文芸社セレクション

生きよ！　ポチ五郎

佐藤　一徳才

SATO Ittokusai

文芸社

目次

プロローグ

それは突然にやって来た。

妻、美智子は、転倒直後から全く動けなくなった。首から下がピクリとも動かせない全身麻痺状態が死ぬまで続く――

C^5C^6頸椎脱臼骨折、頸髄損傷。

手術直後、執刀医に、「一生寝たままです」と宣告された。

「現代の医学では治療不可能で、転倒直後の状況で運命は決まります」と。

私が四十六歳、美智子が四十二歳の時であった。


それから二年後、美智子が重度障害者センターに移って間もない頃、まだ二十歳前の少年が、窓辺の机に突っ伏して、声を忍ばせて泣いていたのを見た。美智子はその少年の経緯を人伝《ひとづて》に聞いており、痛い程に気持ちは解っていた。

その少年は、バイクを乗り回していた時転倒し、首の骨を折って頸髄を損傷したそうだ。

当時を振り返って「こんなに大変なことになるとは思わなかった。どうしてあの時、『あと一走《ひとはし》り』を、やめなかったのか」と後悔していたという。

この話を聞いた時、私は「もし、これが我が子であったなら」と、いたたまれない気持ちになった。

私も美智子が受傷するまで、頸髄損傷の悲惨さを知らなかった。また、数人の頸髄損傷の受傷者から、異口同音に「首の骨を折ったら、こんなに大変なことになるとは知らなかった」と聞かされていた。

「首の骨を折ったら、悲惨な人生が待っている。首の骨だけは、どんなことがあっても折るな！」ということが、世の常識として広まっていれば、悲惨な思いをせずに救われた人がもっと多くいたのではないだろうか。そう思うと矢も盾も堪らなくなった。

美智子は未だに、「あの時、倒れさえしなければ……」との痛恨の念が心底に流れ続けている。

本作は、耐えに耐え、どうにか無念さが薄れ、やっと日々を送れるようになるまでの美智子と懸命に歩んだ闘病の軌跡である。

第一章　苦難の始まり

美智子、倒れる

平成七年三月九日　午前六時三十五分　この日は美智子が勤務する小学校のお別れ遠足であった。私は台所に立ち、味噌汁を作る為、鍋をコンロに掛けたその時だった。美智子が、トトトッと、小走りにトイレに駆け込んだ。

ところが、すぐに出てきて「ああ、目が回る……」と叫んだ途端、ドーンと大きな音を立てて倒れた。倒れた直後「ワァーヒャー」と凄まじい悲鳴をあげた。

私は異常を感じ、急いで美智子の元へ駆け寄り助け起こそうとした。が、思わず手が止まった。

「動かさんで。苦しい。もう死ぬ。自分で分かる。体が痺れてきた。足が冷たくなる。頭を動かすと痛い。首を支えて！　支えたまま、そのままにしておいて」と言い続けていた。

動かすと痛いと言うので、私は手を首の下に入れて頭を支え、大声で長男を呼び、枕を持ってこさせて首の下に敷き込み、体を安定させた。脚を4の字型に組んだまま伸ばそうとしないので不思議に思い、脚を伸ばしてやろうとして、ハッとした。

脚は死体のように重く冷たく尋常ではなかった。脳をやられたか？　……。一体、何が体内で起こっているのか……判らなかった。

急遽一キロ程離れた実家の父に電話し、二人の子供を迎えに来るように頼み、O病院へ急患の受け入れ許可を取り、一一九番に電話し救急車の依頼をした。私と美智子の職場にも連絡した。行く先は脳外科の専門医か、総合病院か？　と迷ったが、前日からインフルエンザに罹患《りかん》している恐れがあり、傷病名も判明しないので、総合病院であるO病院を選んだ。

倒れた直後の状況はこうであった。

仰向けに倒れ、壁で頭部を支えるような格好で頭だけが持ち上がり、首が直角に折れ曲がっていた。脚側の部屋の柱と頭側との壁の九十センチの間隙に胴体がスポッと挟まった為、首が壁と床の直角部分に押し込められて、直角に折れ曲がっていた。おそらく後ろ向きにトイレから出て来て、ドアノブを左手で引きながら気を失ったのだろう。

美智子は前夜、三十九度二分の熱があった。インフルエンザに罹患したと思ったようで、市販の風邪薬を飲んで寝たが、今朝目覚めた時吐き気を催し、慌ててトイレに駆け込み吐こうとしたようだ。が、目が回り始め、『危い！』と感じたのでトイレを出た。その直後、目の前が真っ暗になり、一瞬気を失った。倒れる直前に、「父ちゃん！」と叫んだらしいが、私には聞こえなかった。

そして、気が付いた時には首に猛烈な激痛を感じ、もはやピクリとも動けなかった。目の前が真っ暗になった時、構わずその場にヘナヘナと座り込みさえすれば難を免れたかもしれないと思うと、一瞬の判断が悔しくてならなかった。

病院に搬入できたのが、朝七時半頃であった。

急患受付の部屋で、美智子は無残にも服を切り裂かれて手術用の布が掛けられ、髪の毛を切られて丸坊頭主にされ、すぐにも頭部の手術ができるようにされていた。

事態を察して美智子は「頭の手術はしたくない。頭だけは手術しないで」と哀願した。「心配するな。頭の手術はしない。CT検査だけだ。心配ない」と励ました。また、この頃から美智子は、しきりに「肩が痛い、肩が凝ったように痛い」と訴え始めた。

当直医から整形外科の医師に引き継がれ、頭部の検査をすることになった。私は倒れた直後の美智子の様子を詳細に話した。医師は、この日に検査する予定の人を後回しにして、美智子の検査を優先してくれた。

十時からCT（コンピューター断層撮影装置）検査にかかり、十一時からMRI（磁気共鳴画像装置）検査が実施された。美智子は「寒い。気分が悪い」と訴えたが、手の施しようがなかった。検査中、美智子の実家に何度も電話をかけたが、不在であった。

この頃、急の知らせを聞きつけて、美智子の実弟が駆け付けてくれた。実弟は、O病院の外科の医師であった。事故発生直後には、美智子の母にも実弟にも連絡が取れず、病院は私が選択して決定しなければならなかった。このことで、後日、私は苦しむことになった。

駆け付けた美智子の実弟は、「義兄さん、大変なことになった！　どうして、こうなったんですか。首の骨が折れとるかもしれんが、そうだとしたら、一番悪い結果になった。首の骨が折れるということは、相当な力が加わらんと首は折れんのですよ！」と。

私は、「相当な力」という言葉に、一瞬「ハッ」とした。事の顛末を詳しく話した。義弟は「うーん」と唸ったきり考え込んでしまった。

「母さんは？」と義弟。

「まだ連絡が付かん」

「よし！　飯塚のSセンターにヘリコプターで運び、手術できるかどうか、聞いてみる」

と立ち去った。

が、すぐに「できない」と報告があった。

昼頃、検査の結果が出た。

検査結果の説明を、父と一緒に主治医から聞いた。ＭＲＩ検査の写真を見て、

「あっ！」と驚いた。

「これでは呼吸ができない！」

「頸椎の五番と六番が脱臼・骨折しています。転倒した時に脱臼し、外れた上の五番の骨が下の六番の骨に引っ掛かり、元に戻らなくなった。脱臼部分の骨が折れているので、腰の骨を切り取って移植します。とり敢えず手術で元の形に戻しますが、折れた部分の神経細胞が骨の間に挟まって、こうしている間にもどんどん死んでいっている。夕方まで放っ

ておいたら、呼吸困難で命が危ない。緊急手術をします。今晩持てば命は助かります。しかし助かっても脊髄細胞は再生されず、一生寝たまま……です。お気の毒ですが。助からないかもしれませんが、手術、良いですか？」と。

私は、手術を承諾せざるを得なかった。こんな決断は、生みの親である母親にして貰いたかった。私は確信のないまま、震える手で承諾書にサインした。

手術

午後二時四十分から手術室に入った。三時三十分に手術が始まった。

手術中、私は朝から何も食べてなかったと思い、やっと食事を摂ることにした。食べながら、今後どうするか、どうなるのかと考えようとしたが、手術の結果が気になって、心が集中できなかった。食べ物を飲み込んでも、味は上の空《うわのそら》だった。

手術時間は長かった。夜の八時半まで、五時間かかった。悪い予感がし始めた。

夜七時頃、やっと美智子の母に連絡が取れた。電話の向こうで、ゆったり応対に出た義母の声が一変した。手短に現状を伝えると、すぐに病院に来ることになった。

私の父が、長男と次男を連れて来てくれた。美智子の母を除き、ほぼ関係者が揃った。皆、手術室の前の廊下で待った。待つこと一時間位、夜八時半に、やっと『手術中』のランプが消え、美智子のストレッチャーが出てきた。美智子は目を閉じていた。

「先生、どうですか？」

「成功です。後で説明しますから、ナースステーションに来て下さい」

一応、安堵した。

美智子のストレッチャーに皆付いて行った。ナースステーションの隣の部屋に美智子は運びこまれ、以後そこが居室となった。

執刀医が「こちらに来て下さい」と言ったので、私と私の父が説明を受けに行くと、スクリーンにレントゲン写真が貼られていた。

「ここが手術によって、元の形に戻された所です。前部の骨が欠損していたので、腰の骨を移植しました。首が前に倒れないように、首の後ろを針金で吊っています。この白い線が針金です。脊髄部分は元に戻りません。脊髄細胞は再生されませんので、このままです。動けません。首から下は自分の意思で動かせません。お気の毒ですが、一生寝たままですが、今は急性期ですから、一ヶ月位は動かせません。今晩、一晩持てば大丈夫ですが、場合によっては命がないです。その時は諦めて下さい」と。

私は『一生寝たまま』の言葉を二度も耳にしたので、改めて心に強く引っ掛かった。『なぜか！　何でそんなことになるのか！』と、医師が信じられなかった。父は「困ったことになった」と言ったきり、次の言葉が出なかった。しかし、やっと気を取り直して、「先生、移植手術！　脊髄移植というのはできないのですか」

と尋ねた。

「移植という選択はないです。現代医学では不可能です。このことを、本人に、いつ、どのように伝えるか、考えておいて下さい。今後どうするかも考えて下さい。お気の毒ですが…」

もう、誰も言葉を発しなかった。

(もう駄目だ。取り返しがつかない)

ただただ、運命の非情さに腹が立った。

(誰が、こんな運命を用意していたのか。何の為に、美智子から自由を取り上げたのか)

今までの絵に描いたような平凡だが、満ち足りた幸せ……。

それが突然奈落の底に突き落とされた。

(どうも今まで話が旨すぎると思った。こんなことが待っていたのか!)

時計は夜九時を回った。ひとまず、子供たちを父に連れて帰ってもらい、今夜は父の家に預かってもらうことにした。

夜遅く、やっと美智子の母が到着した。

事の顚末を説明したが、『一生寝たまま』の言葉に、

「え! もう治らんの? 一生寝たままとか、そんなことがあるもんかい。手術が失敗じゃないの」と納得しない。

「失敗じゃないんよ、母さん。神経細胞は再生されない、とのことや」

義母は、まだ信じられないのか、黙ってしまった。

とにかく、美智子は眠ったので、後は病院に任せることにし、義母と私は帰ることにした。義母は私の家に泊まることになった。

今後どうなるのか、どのように対処したら良いのか、全く予想がつかず、明日からの成り行きを見守るしかなかった。帰宅した時にはすでに十一時を回っていた。

母には、今日一日の経過をよく説明したが、今後の病状がどうなるのか、さっぱり予見できなかった。

「とにかく、今晩はもう寝よう」ということになった。

涙の決意

寝ながら考えた。無性に腹が立ち、「何でこの俺が、一生介護の目に遭わねばならんのか」との思いが込み上げてきた。胸は悔しさでいっぱいになり、「厭だ！」と大声で怒鳴りたかった。そして、悔しさを噛みしめ、しばし放心して後、「どうするか」と、思い直した。

まず、何から考えたらよいのか――。

やはり、第一に二人の息子の将来のことに考えが向かった。

私と美智子の人生は、もう先が見えたが、子供二人の人生が、一番重く伸し掛かってきた。次いで美智子の心の安定、不安感の排除、家庭の安定が重要であると思った。

二人の息子は、これからズシリと重い一生を背負っていかねばならない。

長男は、今春、I高校一年生に進級し、次男はI中学に入学する。やっと、ここまで来た。今後、最悪の場合、母親のいない家庭で成長させねばならない。その時、父親一人で全てをカバーできるか？

私一人の給料は安かった。これまでの生活は、私と美智子の二人の共稼ぎで成り立っていた。私たちは教育面には力を入れており、子供たちを屈指の私立進学校（中高一貫制）

に通わせ、小学生時代から今までに才能を引き出す為、塾、算盤教室、書道教室、ピアノ、ヴァイオリン、水泳教室、サッカー、合気道、空手道、等、一通り通わせてきて、その教育費は、私の給料の凡そ半分を占めていた。

教育費が高いのは、某新聞の記事に「教育費が高いほど、子供が高成績を収めている」という統計結果が発表されていたので、無理してそれに倣《なら》った為であった。その為か、長男は、珠算三級、書道七段、剛柔流空手三級（高校時代）となり、次男は珠算一級（小学六年時）で、通常の計算は電卓が要らず、三桁の掛算も暗算でできるようになっていた。

今後、築後九年目の家のローンと、カード会社への支払いをしつつ、美智子の面倒を看、医療費を払わなければならない。場合によっては、息子たちは県外の大学に通うようになるかもしれない。もしそうなれば、一体、その経費はどうなるのか。共稼ぎだから今までやってこられた。私一人の収入では、今までどおりの生活はできない。どこを削るか……。

否、それどころではない。『一生寝たまま』とは、どういうことか。

その介護で、私は仕事を続けられなくなるのではないか！　また、私が健康を害した時、更には私自身が「寝たまま」の状態になった時は……！　思わず私は布団を蹴飛ばした。

本当に怖くなった。

今日まで、一所懸命に築き上げてきた生活と子供たちの未来が、音を立てて瓦解していく。

平凡でもよい、子供たちの未来だけは、今ここで絶対に断念したくなかった。保障してやりたかった。将来、子供たちが難しい判断の岐路に立たされた時、判断基準となる基礎学問と社会的知識を武器にして、事の原因を見抜き、紛《まが》うことなく針路を見定め、苦難を乗り切れるようにしてやりたかった。

この時、私が学生時代に見た漫画『巨人の星』が思い出された。少年漫画ではあるが、筋が一本通っていた。

父親の星一徹は飲んだくれの頑固者で、女っ気など皆無であった。赤貧洗うが如しの中、男手一つで明子と飛雄馬の二人を育てた。時に卓袱台《ちゃぶだい》を引っ繰り返す程真剣に、飛雄馬を諫《いさ》めた。一徹の一途さに邪心はなかった。

子は親の背を見て育つ。人が笑おうと、一途に目標に向かって直進する親の姿を見て、子はいい加減なことはできないはずである。

女性への念を断ち切れず、浮気心を起こして道を踏み外し、家庭を崩壊させ、子供がグレたという話もよく聞く。

子供は親の邪心を直感的に見抜いており、親もすることだからそれで好《よ》しとし、自分も安易な方向へと流れていく。

これからの私にとって『女性』とは鬼門である。『俺は男であることを捨てた。どんなことがあろうと、この子供たちだけは完成させるぞ。その基盤である家庭は絶対に守ってやる。女性には近づくな！』と決心した。思いここに至り、思わず涙が込み上げてきた。『捨てた！』という決心が、あまりにも自分に苛酷に思え、歯を食いしばって泣いた。

しばらく泣いた後、気が収まって、フッと心が軽くなった。世の中のある未練が吹っ切れた。世の男たちが、何を血迷い、無駄な努力をし、破滅していったことか。その原因はここにあったか。今、一徹のように生きるのも、また一興である。ちと苦しいが……。

欲望・邪心を捨て去り、無感情に、客観的に物事を見詰め、人の行動を見据えたならば、原因・狙い、動機が浮き彫りになってきて、道の判断は容易となり、方向性は自ら定まるのではないか。——**慾《よく》を捨てれば自然に見えてくる**——。**これこそ『濁らぬ眼を持つ』ということか。煩悩を捨てよ　喝！**　と。

次に美智子の『今』の心境を思った。

美智子は、未だに自分の『一生寝たまま』の運命を知らない。明朝目覚め、微動だにしない自分に再び戻った時、「？　動けない！　いつ動かすことができるのか？」と、きっと思うにちがいない。

「いつ動けるようになるの？」と質問された時、何と答えたらよいのか。

医師が事務的に宣告したように、「一生寝たまま」とは決して言えない。一生蛇の生殺し状態であることの告知は、私にとって、癌の告知よりも惨《むご》いと思った。一生涯動けず、百パーセント治らないのである。医師から、「将来移植手術の方法が開発され、治るかもしれないので、まだ希望は捨てないで」と、嘘でもよいから言って欲しかった。私の道は、「俺が付いている。心配するな」と言って慰めるしかないのか。それがいつまで通用するのか。

美智子の気持ちが「動かない↓治らない↓見捨てられる↓その先どうなるのか」となり、恐怖心を抱く。

そして、この『見捨てられる』という恐ろしい程の心細さを、全身動かせない『一生寝たまま』の美智子に味わわせたくなかった。

「美智子を不安に陥れることは絶対にするな。人が『馬鹿』と言って笑おうと、共に歩んできた者を見捨てることは絶対しない」と心に誓った。

そして経済面であった。もし私が仕事を辞めざるを得なくなった時はどうなるか……。不安が頂点に達し、考え方の糸口が見出せず行き詰まった。

信長から焼き打ちされた快川《かいせん》紹喜国師の「……心頭滅却すれば、火　自《おのず》から涼し」の如く、『一徳！　己を捨てて、火だるまになろうと、無我無心で進め。子供と美智子を、とにかく守れ！』と自《みずか》らに言い聞かせた。この時、『もう俺は死んだ』と思い、感極まり、どっと涙が溢れ出てきた。

そして『無欲』に辿り着き、やっと振り切れた。――無欲は誘惑に負けない！――

脊椎（背骨）と脊髄（神経）、そして頸髄損傷

翌日、休暇を取った。朝、美智子の勤務先の小学校へ挨拶に行き、校長・教頭に経過説明し、昨日までに美智子が作成していた通知表を引き渡し、午後、O病院へ向かった。

主治医に状態を説明してもらった。

「頸椎五番と六番が脱臼骨折して脊髄が損傷し、全身麻痺状態です。両肩、両肘は少しは動くが、首から下の腕は持ち上げることができず、手の指も、首から下の全身も、全く感覚がなく、自分の意思でピクリとも動かせない。ピンセットの先で、手の甲、脚、足の指先を突いてみたが、痛みは全く感じなくて、何かが触っているという感覚すら全くない状態です。

首の骨の損傷部位から下は、全く動かせないし、熱い、冷たい、痛いの感覚がなくなってしまっている」との説明であった。

私は、この『全身麻痺』という言葉の深意と、『頸髄損傷』という状況がよく理解できなかった。柔道や相撲で、よく関節が脱臼すると聞いていたが、その時に関節をポクンと入れれば治ると聞いていたし、骨折は繋がれば治るものと思っており、頸椎の脱臼骨折く

らいで、どうして全身が動かなくなるのか、と納得のいかない思いであった。

そこで翌日書店に行き、医学専門書を読んでみると、驚きのあまり思わず本を閉じてしまった。これまで私は、『麻痺』とは「長時間正座した時に脚が痺れてきて感覚がなくなり、立とうとしても立ち上がれなくなる」という程度の『痺れ』としか思っていなかった。ところが、医学でいう『麻痺』とは、「自分の意思で、どんなに体を動かそうとしてもピクリとも動かせないこと」で、しかも「頸髄損傷の場合、首から下のほぼ全身が全く動かせなくなる」ということだと知り、愕然とした。

専門書で読んだ内容を、大雑把に纏めてみると、

背骨の内側の中心には太い脊髄が貫通しており、背骨の外側には自律神経が背骨に沿って左右に一対走っている。そして脊髄も自律神経も共に脳に繋っている。

脊髄には、身体から脳へ情報を伝える上行性の神経と、逆に脳から身体へ運動命令を伝える下行性の神経の計二本が含まれている。

自律神経は、一応脳からコントロールされてはいるが、人の意思に依らずに心臓等の内臓全般の動きを司っている。

少し踏み込んで脊髄と神経の関係を簡単に説明すると、背骨の中には、脳からの運動指令伝達の「運動性線維」と、体各部からの情報伝達の「感覚線維」が一本（三機能）縦に貫通している。

「運動性線維」の中には、意思に依らず、「視床下部」や「脳幹」から内臓の動きをコントロールする信号を伝達する「自律神経（側角）」も含まれている。

この「自律神経」は脊髄の中にも含まれているが、脊椎から外に出てバイパス的に脊椎と並走し、「視床下部」や「脳幹」に繋がっている。

従って背骨が折れて（脊椎骨折）、その中の「運動性線維」や「感覚線維」が死滅（脊髄損傷）した場合、折れた所から下方の身体には脳からの運動命令が伝わらず、全く身体を動かすことができなくなり、また逆に折れた所より下方からの「痛い」等の情報が脳に伝わらなくなる。しかし背骨の外の自律神経バイパスは無傷のまま生き残っており、生命活動を維持する指令塔である脳の「視床下部」や「脳幹」に連結しているので、心臓などの内臓全般が動き、取り敢えず命だけは助かっているのである。

美智子の場合、頸椎五番（C^5）と六番（C^6）が脱臼骨折しているので、脊髄の「運動性線維」と「感覚線維」も、その箇所で断絶している。従って脳からの命令信号が五番（C^5）でストップし、且つ体の各部からの情報が六番（C^6）まで来ても、それより上位の脳まで届かないでいるので、断絶箇所から下位は無感覚で動かない。

具体的にいうと、頭から首、肩、上腕までは自分の意思で動かせるし、熱い、痛い、寒いは感じるが、下腕以下の手首、指、胸、腹、腰、脚、足に至るまで、自分の意思で全く動かせず、且つ注射針を刺しても痛みは全く感じないでいる。

ところが背骨が折れて、運動性線維と感覚線維が切断されても、背骨の外で自律神経というバイパスが無傷のまま残り、視床下部・脳幹からの生命維持の信号が全内臓に届いているので、美智子は生き延びているのである。

ここまで調べて、私は二度驚いた。その最も驚いたことは、内臓の動きに関係する自律神経は、背骨の外側にバイパス的に出て、背骨に沿って脳に繋がり、本線の脊髄が不通になっても、独立して、脊髄反射を起こしたり、脳と連絡して内臓の働きを維持しているということであった。

あらゆる場面を想定して、この精緻な人体の仕組みを造ったのは、一体何者か？

バイパスという対策的思考は、理性ある高度な人間だけのものかと思っていたが、バイパスを持つ人体が完成する前に、既に人体の設計段階で、バイパスを予め考えていた何者かがいる！　ということにならないか。

あるいは、いきなり完全な人体が完成したのではなく、進化という試行錯誤を積み重ねて、完全な人体が完成した、と考えると、その進化の過程は必然的な自然現象、つまりは物理現象そのものと考えられる。

その物理の法則に則った自律神経系が、人間が対策として考えたバイパスと一致するということは、人間の考えは物理現象そのもの、ということにならないか。

人間は、地球上の物理現象を未だ全て解明していないと思うが、人間の未だ知らない物理現象を既に設計し終えて、コントロールしているものは、一体何者だろうか？

物理の法則を造ったものは、一体誰か？

人智を超えた者（神？）の存在を思わざるを得ない。


話が大幅に横道に逸れたが、美智子のできること、できないことを羅列してみると、

（できること）
・思考、記憶（脳は正常に機能する）
・顔の感情表現（泣き、笑い等）
・聞く、話す等の会話
・味を感じ分け、咀嚼《そしゃく》し、嚥下《えんげ》するという食べる動作
・空腹感を感じること
・身体の傾きを感じること（身体を制御することはできない）
（できないこと）
・首から下の身体を動かすことが全くできない。
1肋間筋で胸骨を膨張させ肺呼吸することができないので、美智子は無意識に腹式呼吸で呼吸している。

2肩から腕、手首、指先に至るまで動かせない。

腕を挙げて万歳ができない。それどころか、腕を水平位置までですら挙げられない。

手首に力が入らず、手首は重力に任せてフラフラと揺れ、ピタリと制止できない。握

力もゼロであった。

医師が「六番以下の骨折だったら、指が動いていたかもしれない」と言っていた。

このような訳で、腕をもぎ取られたも同然、手を使う作業は一切できず、食事も自分の意思でできないので、食べさせてもらうしかなかった。

3痰を吐き出すこと（喀痰《かくたん》）ができない。肋間筋を動かせないので、「ハッ」と激しく肺を縮めて痰を吐くことができない。また、咳払いもできない。

その為、溜まった痰が腐敗し、肺炎を誘発する可能性があった。

4寝返りを打つことができない。

自力で寝返りを打つことができず、褥瘡《じょくそう》になる危険性が常にあった。

その為、二時間おきに体位変換をしてやる必要があった。

5体温調整することができない。

暑さ、寒さを皮膚が感じても、その情報が脳に伝わらず、脳が対策信号を送れないので、暑い時は体温が上がりっ放しで、寒い時はガタガタ震えっ放しであった。

その為、四季を通じてエアコンで一定温度を保つ必要があった。

ただこれは、最初の刺激に対して、一回だけ反射的に反応したままの結果ではないだろうか。

脊髄には、筋や皮膚からの刺激を受けた段階で脳まで情報が行かず、途中の脊髄に届いた段階で反射的に運動を起こす『脊髄反射』という働きがある。「伸展反射」（例えば「膝蓋腱反射」で立位の姿勢維持に必要とされる）や、「屈曲反射」（逃避反射で、熱い物に触れた時、反射的に腕を屈曲させる）等である。

6 排尿排便を自力で実行・コントロールできない。（尿意・便意は頭が痺れるらしい）肛門の周りの括約筋を自分の意思で調整できず、自力で実行できないので、導尿したり、カテーテルを膀胱内に入れたり、あるいは、下剤を服用して排便促進剤を使用して、出してもらうしかない。

術後の経過

翌日、私は不安な気持ちで再び美智子を訪ねた。

動脈から採血しても、注射針の痛みは全然感じないとのこと。静脈よりも動脈の方が、痛いはずであるが。しきりに痰を出そうとするが、肺が縮まない腹式呼吸なので痰を出せない。

夕方から、二〜三時間位かけて、気管に管を入れて痰や鼻水を取った。夜になって、やっと落ち着いた、と思ったら、今度は寝返りや、嗽《うがい》や、飲み水等、注文が矢継ぎ早に出され、私はクタクタになった。

一旦、「帰ろうかな」と、フッと思った時、その空気を察してか、美智子が「泊まって！」と言い始めた。夜、一人になり、痰が詰まり呼吸困難となるのが怖いのだろう。私は疲れて頭が痛くなったので、返事ができなかった。美智子が眠ったら帰ることにした。そして尚もお腹を押し続け、痰を出し続けて、十二時頃、やっとこっそり帰った。

そして翌朝四時に再び来てみた。

痰を出してすっきりしたのか、美智子は、よく眠っていた。そして七時半頃目覚めた。

首にコルセットを装着し、上体を起こして支えてやったり、横に寝かせたりした。上体を起こした時、「首がだるい」と訴える。痛み止めの坐薬を入れた。右脚の弁慶の泣き所『足の三里』を強く押してやると、「少し感覚がある」と言った。主治医も、「おしりの部分に、少し感覚が残っているようだ」と言っていた。

その後、主治医から二点、話があった。

一つは、『一生寝たままで、再び動けるようにはならない』ということを伝えてくれたか？　ということであった。

そんな惨いことは簡単には言えないので、「そのうち言います」と答えておいた。医師としては、『事実は知らせなければならない。回復の見込みのない者へは、早く実情を知らせなければ、無駄なリハビリ行為を要求され、こちらの方針に従わなくなるので困る』という考えかもしれないが、そんな重大なことを簡単に言えるはずがなかった。

二つ目は、「頸髄損傷で痰が出せないので、放っておくと肺炎を起こし、命が危なくなる。長くこういう状態が続くようならば、喉に穴を開け、痰を取るが良いか？」ということであった。「こういう状態」というのは、美智子は自力で「ハッ」と気合を入れて喀痰できず、その為、何時間も掛けて看護師がお腹を押し続けて痰を出していたことであった。

当時、インフルエンザと思われる症状が完治しておらず、痰を出しても出しても限りなく出続けた。本人は非常にくたびれた。看護師もくたびれて、他の仕事が手につかなかった。私もフラフラだった。しかし、医師の「喉に穴を開ける」の提案を、私は言下に断った。

「先生、それはしないで下さい。できるだけ私が付いていて、痰を出してやりますから、もう少し様子を見させて下さい」と。

　私は以前、食道癌の手術で声帯を切除して、喋れなくなった人を知っていた。症状は違うにしても、その人の不便さ、悲しさを見ていたので、美智子の残された部分の完全さを守ってやりたかった。

　今は、インフルエンザによる一過性のもので、『今』を何とか凌げば、後々完全な姿で過ごせるではないか！

　これ以上、美智子の体を傷付けたくない。『尾羽打ち枯らしてやっと逃げている者を、尚も追いかけて打ち叩くか！』という心境になり、絶対に、周囲の都合で承諾する気はなかった。医療現場は、生命第一に考え、正確に状況判断し、基本どおり対処説明する義務があるだろうが、患者側は、『将《まさ》に今現在』の苦痛を取り除いて欲しいし、この上更なる苦痛を上乗せすることなど希望しないだろう。

　医師も正しいし、患者側の感情も道理であるとすれば、どちらを優先すべきか？

　後日、美智子がこう言った。

「父ちゃん、あの時、喉に穴を開けるのを反対してくれて、ありがとう。お陰で、今このように難なく喋れる。好きな歌も、声を出して歌える。この私から、言葉を取り上げたら、何も残らんかった。本当にありがとう」

と、にっこり笑った。私も「良かったのう」と、普通であることの幸せをしみじみと感じた。

痰除去

今頃、美智子は苦しんでいる最中かもしれないと思い、五時の退社時刻と同時に職場を飛び出した。「私が付いていて、痰を出しますから」と言った以上、行かねばならない。

部屋に入った時、美智子は、苦しそうに痰を出してもらっている最中であった。看護師が、お腹を押し続けていた。

早速私に替わり、四十分かけて痰を出し続けたが、ほぼ出てしまったのか、美智子は「疲れたから眠る。あんた、もう帰っても良いよ」と言った。

「まだいい。俺が出してやるから」と言うと、苦しみながらも、

「あんたは、強情やなあ……」と言う。強情なのはお互い様であるが、美智子の強情さは、体躯がこのような状況になっても、元気な時と少しも変わらなかった。夜中にまた、苦しむことになるかもしれないが……。

主治医が、聴診器を当てて、「肺は綺麗だ」と言っていた。まずは安心。

今日、職場の女性たちが「手伝えることがあれば、何でも言って下さい」と、私の前に来て揃って言ってくれた。ありがたかった。

翌日、その日は二度目、再び美智子の所へ。着いてみると、やはり看護師が痰を出す為、お腹を押さえ続けていた。一日中出し続けているようで、痰は出しても、出しても間断なく続く。すぐに交代し、四十分位、私もお腹を押し続け、痰を出し続けたが、この四十分間が長かった。なかなか終わらない。

「今晩は泊まって！」と美智子は言い続けた。少し休んで、また、苦しそうに「出して！」と言うので、お腹を押し続けた。九時頃まで押し続けて、私は、ヘナヘナと椅子にへたり込んだ。空腹感と軽い頭痛。「私が出します！」と、きっぱりと言い切った勢いは何処へやら！『もう限界だ』と思った時、主治医が睡眠薬を注射してくれて、美智子がやっと眠りに就いたので、落武者のようにこっそり退散した。不思議なことに、熟睡している間は、朝まで痰の詰まりを訴えなかった。

この痰出しが、実は大変な作業であった。痰を出さなければ肺炎を誘発する危険性があり、本人の命が危うくなる。

「喉に穴を開けて、これ以上の苦痛を本人に与える位なら、俺がヘトヘトになっても構わん。死ぬ気で痰を出してやれ！」と、意を決して頭が痛くなるのも堪《こら》えてお腹を押し続けた。

ところが、である。

痰を出し終えても、一分も経たずに美智子の喉が、ゴロゴロ、ゼイゼイと鳴り始め、美智子が鳩尾《みぞおち》の処を、力のない拳でポンポンと叩いて合図を送る。「またか！」と思いつつ、休む間もなくお腹を押し続ける。この繰り返しで限りがなく、頭が痛くなった。

それで、美智子が睡眠薬で眠り始めた時、「抜け出すのは今ぞ！」とばかり、やっと帰ったのであった。こんな状態が数日間続いた。

この頃の私は、国道・県道・公園用地等の公共用地の買収業務に従事しており、用地交渉で夜遅くなることが多かった。この時の理事長から、「向こう、一年間、用地業務から外すから、看病に専念しなさい」との言葉を戴き、また、職場の上司・仲間からも温かい理解で見守られ、思い切った行動に出られたことを感謝している。

翌三月十六日、早朝訪ねると、顔の表情が何となくすっきりしていた。痰のことも、鼻水のことも訴えなかった。「最高の所に行って、リハビリ受けたい。ピアノも弾きたい」と言って、さめざめと泣いた。倒れる前、美智子は、ピアノ講師の資格（グレード）を取り、次の段階へ進む為猛練習をしていた。教師を辞めた時、ピアノ教室を開く予定であった。この頃、美智子は『散歩』と称し、ストレッチャーに乗せられたまま院内の廊下を回遊した。この時、「このままで、私はどうなるのだろう。早くリハビリしないと、私は動けなくなってしまう」と思い始めたようだ。そして「学校を辞める」とも言った。また、今日から、朝晩の食事が出始めた。夕方再訪すると、やはり痰が詰まっていた。それから三時間程、いつもどおり痰を出し続け、十時頃、美智子が鼾《いびき》をかき始めたので、そっと帰った。

翌十七日には、痰はずっと楽になった。また、食欲も出てきたようで、母の看病日記によると、「痰は自分の力で出そうとして、出しましたが、時々看護師さんの手をかりました。穴を開けずに出るようになったので、看護師さんと喜び合いました。朝食はよく食べたそうです。……リハビリをしていると、「右足」、「左足」と当てるのでした。言い当てた時は「ピンポーン」で誉めると、今日、初めて笑いが出ました。声を出して二回笑いました。私も看護師さんも、一緒に笑いました」とあった。

心の変化

痰出しの苦労は、幾分下火にはなったが、相変わらず続いていた。結局は、O病院退院後も暫く続くのであったが。

そして三月二十日月曜日、朝、担当の看護師が美智子の病室に入ってくるなり、「今、世間では、大変なことが起こっているよ。東京の地下鉄で、誰かが毒ガスを撒いて、大勢の人が入院したり、亡くなっているらしいよ。誰が撒いたのかねえ。その点、佐藤さんは良いよ。この様に入院できて、治療を受けられるから。頑張ろうよね！」と、事件を伝えた。『地下鉄サリン事件』であった。

今の美智子にとって、「この先、どうなるのだろうか」という不安でいっぱいであった。「いつまで、こんな状態で放っておかれるのだろう。早くリハビリを開始して欲しい」という思いが、次第に大きくなっていった。

この日、私は、学校教育課を訪問し、美智子の休職期間、給付関係、年金関係等を確認した。休職期間は三年間あり、勤続年数二十年以上から年金が給付されるということであり、美智子の場合は、辛うじて勤続年数が二十年を超えるとのことであった。

夕方から、痰を出したり、手足を動かしたり、寝返りを打たせたりの介護をしてきたが、十時頃から、美智子は妙なことを言い始めた。

「お腹を締めつけている紐を取って！」と言う。

「紐などない」と言うと、

「取って下さい」と泣くように言う。

寝巻をかぶせるだけにするが、納得しない。

「足を蒲団から出して！」と言い張る。

「足は出している」と説明しても、

「あんたには、分からんのや」と言い張り、泣きながら、

「人間的な扱いをして下さい」と訴える。

仕方ないので、足を高く持ち上げてやり、

「見えるか？　足は出している」と見せると、

「ホー」と驚いたように頷いた。

また、こんなことも言った。

「脚が、蚊とり線香のように、グルグルと巻いている。真っすぐに伸ばして！」と。

これには、ギクリとした。「もしや！」と、私は気が気ではなかった。

この時は、真実の脚の情報が神経の損傷箇所で遮断された為に脳まで届かず、首の損傷箇所の感覚がそのまま脳に届いて錯覚でも起こしているのであろう、と単純に思い込もうとし、ずっと疑問を持ち続けていた。

が、後に医学的な説明書を読んだ時、よく似た現象を見出した。「幻肢痛《げんしつう》」という現象であり、「糖尿病などで手や足を切断した後に、なくなっているはずの手足が痛むことがある」というのである。これは、「手や足がなくなっても、以前手や足からの感覚信号を受け取っていた脊髄と脳は存在しており、強い痛みの信号により脊髄細胞の反応性が変調されて、過剰な興奮状態が持続的に起こると、その信号を受け取る脳では激痛を感じる」と説明されていた。

美智子の場合は、痛みではなく「蚊とり線香のようにグルグルと巻いている」という現実的には決して起こり得ない感覚なので、「どこから、そのような感覚が発生したのか？」となおも疑問が残り続けている。また、動かせない手の感覚を聞いてみた。「手が動かせない、という感じはどんな感じか？」と。美智子は、「手の上に、何トンもの重たい物を乗せられたみたいで、ピクリとも動かせない。力いっぱい握ったつもりでも、一ミリも握れない。感覚は、ぶ厚いスポンジの手袋を着けて物を触っているようで、全く物に触った感じがない」とのことであった。

美智子は、今日一日思い倦《あぐ》んだのだろう、「子供たちに何もしてやれない」と言って涙を流し、「車椅子かい。しょうがねえなあ……」と言い、声をあげて泣いた。

美智子には、未だに『一生寝たまま』の現実を伝えていなかった。美智子の母は、「一生寝たまま、とか、あるもんか。必ず動くようになる」と信じていた。

この日の母の伝言メモには、こう書かれていた。

「一徳様。天の試練と思って頑張って下さい。リハビリ効果のあるうちに（リハビリをしてくれる病院に転院する）タイミングを失することのないように（転院の決断を）お願いします。母として（母の）体調を考えて、できることはして悔いのないようにしてあげたいと思っています」と。

母は焦りを感じていた。

「今有効なリハビリを開始しないと、体は硬くなり動かなくなる。早くリハビリを開始しないと、取りかえしがつかなくなる」と。

私には迷いがあった。

脳梗塞の場合、機能回復訓練によって、壊死した脳組織に代わって未使用部分の脳組織に神経細胞が伸びていき、その部分に学習効果がインプットされて、体を動かすこと（機能回復）ができるようになると聞いているが、頸髄損傷の場合は、脳組織は完全に生きてはいるが、脳からの信号を伝達する神経が切断されている為、いかに脳を訓練して運動を覚え込ませようとしても、信号が末端の手足・指にまで到達せず、手足・指が動かせるようにならない……と私は考えていた。

従って、美智子の場合、母が言うように「早くリハビリを開始すれば、動くようになる」というのは間違いで、せっかく転院しても、何もならないのではないか……と思っていた。

吉田松陰の「親思う、心に勝る親心……」の如く、美智子のことを必死に思う母の心と、美智子の必死に「助かりたい」と思う気持ちを考えると、「ここは、どうしたら良いか……」と思い悩んだ。

そして三日後、三月二十三日は、次男の小学校の卒業式であった。式には、私が参加し、次男の様子を美智子に伝えた。

担任でない女性の先生が、帰り際に校庭で次男を呼び止め、衆目の中、かなりの時間に亘り懇々と諭していた。次男は直立不動のまま、口を一文字に結び、時々「うん、うん」と小さく頷いていた。私は中に割って入り、お礼の挨拶をしようかと思ったができず、遠くから、ただ見守っていた。この時のことを美智子に話したら、美智子は眼にいっぱいの涙を浮べ、

「ヨッちゃん、ごめんなあ。母さん行けんかった。ごめんなあ……」と、声を殺して泣いた。美智子は倒れる二週間前に、この日の為に、思い切って八・五ミリの大粒の真珠のネックレスを買い、洋服も新しく買い揃えて心待ちにしていたが、「もうこれで、あの服もネックレスも、一度も身に着けることがなくなった……」と、ポツリと言った。

この日、夜九時過ぎ、私は帰り際に思い余って主治医に尋ねた。

「先生、リハビリは、いつから始まるのですか」と。

主治医は淡々と答えた。

「リハビリは現在行なっています。受傷後、三週間経てば、筋肉や筋が拘縮するので、そ

うならないように現在やっています。拘縮するのを防止するのがリハビリであり、リハビリをやったからといって、神経は回復しません。神経が生きていれば、二〜三週間もすれば、そろそろ回復の動きがあるはずだけど、佐藤さんの場合は、何の変化もない。もう百パーセントと言っていい位、奇跡が起きない限り、回復は無理でしょう」と。

『え?』と私は思った。

美智子は『神経が回復し、動けるようにするのがリハビリである』と考えていたのに対し、病院側は『頚髄損傷の場合、動けるようにするのは土台無理で、せめて拘縮するのを防ぐことがリハビリである』と考えていたようである。

私は、両者の考え方（というか知識）に格段の差があることを再認識した。病院側は、リハビリどころか動かすことさえ危険な状態であると考えていたのではないだろうか。

それで美智子は「病院はリハビリ訓練をしてくれない。あんた、脚を動かして、手を揉んで。手を挙げて万歳させて！」と、看護師がいない隙に私に注文していたのである。

「先生、リハビリをするという福岡の『Sセンター』へ行く方法は、ないでしょうか」

「三時間かかって、救急車で運ぶことは危険です。途中で命が危なくなるかもしれない。現在の体調では無理です」と答えた。

「命が危ない」に返す言葉がなかった。

全ての道を奪われ閉ざされ、何も知らずに、今眠っている美智子が可哀想でならなかった。

美智子の直訴

そして次の日、昨日主治医から聞いた内容を、母に伝えた。美智子の母は、未だに信じようとはしなかった。

この夜、美智子は痰が詰まり、なかなか眠れなかった。

「リハビリ訓練を早く開始してくれれば動けるようになるのに、何故開始してくれないのか」という焦燥、「このままいつまで放っておかれるのだろうか」という心細さ、情けなさ……夢か現《うつつ》か、現《うつつ》か夢かが続くなか……まっ暗な病室でただ独り、悲しさと悔しさに苛《さいな》まれ、居ても立ってもおれなくなった。

深夜三時、遂に美智子は爆発した。

激しく泣き叫びながら、大声で訴えた。

「リハビリさせて下さい！　お願いです。早くリハビリさせて下さい。先生、リハビリさせて下さい……」と。あたかも号泣しながら命乞いする子供のようであった。

看護師が飛んで来たので、

「いつ頃治るんですか？　今後、どうなるんですか？」と尋ねた。

「そうですねえ……。では、先生を呼んでこようかねえ」と、看護師は医師を呼んできてくれた。重ねて尋ねたら、医師は一言何かを伝えたまま立ち去った。美智子には確《しか》と聞き取れず、縋るものを全て失った美智子は暗澹《あんたん》たる気持ちで、子供のように泣き続けた。

医師にしてみれば、「早く現実を伝え、限界を悟らせせなければ、却《かえ》って可哀想なことになる。医師として嘘は言えない」ということであろう。至極当然のことであり、この判断は正しいと思う。しかし、肉親側の判断は、「何とか助けたい」という感情論そのものである。

自らの死期を悟り、覚悟のできている者に対して「あと六ヶ月です」とか言えるかもしれないが、美智子のように「死」を全く予期してない者に対して、「一生寝たまま（の無間地獄が続くのだ）」と宣告し、諦めさせることはできない。母親は、この時点でも現代医学の限界を信じようとはせず、「病院の選択を誤った」と思っていた位である。

しかし、結局、この二十五日未明の美智子の直訴が、飯塚のSセンターへの道を拓いた。

直訴の朝十時頃、美智子が茫洋《ぼうよう》暗然たる気分で失意のうちに、うとうとしていると、美智子の母が、ニッコリと笑顔で入ってきた。

「みっちゃん、家の近くに、手と足が動かん人がいたんよ。その人を訪ねたら、手にフォークを巻き付けて、立派に独りでご飯を食べてたよ！」と、嬉しそうに話し始めた。

絶望に打ち拉《ひし》がれ、茫然《ぼうぜん》としていた美智子にとって、近所の人の話など、どうでも良かった。が、母は話を続けた。

「その人、あんたと同じ。頸髄をやって、飯塚のSセンターで訓練を受けて、手が使えるようになったらしいよ。それだけじゃないよ。車椅子で立派に動いているが」と。

美智子は「Sセンターで訓練」「独りで飯を食べている」「車椅子で動いている」の言葉に、大きく目を見開いた。母のニコニコ顔がとても優しい顔に見えた。受傷以来、何一つ自らの手で動作できなかった美智子に、燦然と一芒《いちぼう》の光が降り注がれた。

しかし、喜びも束の間、美智子の脳裏に一抹の不安が過《よぎ》った。

「この体で、訓練が受けられるだろうか。耐えられるだろうか……」と。だが、すぐに、「Sセンターの訓練に賭けてみるしかない」と決心した。

この日の夜、美智子の直訴内容を知らない私は、いつものとおり、美智子の介護に行き、痰を出させたり、薬を飲ませたり、夕食を食べさせたりした。そして、美智子が眠りに就く前、「月曜日には、Sセンターに行く、Sセンターに……」と小さく呟いて、目をつぶり、涙を浮かべていたのを目撃した。

「名月を　取って呉れろと　泣く子哉」の俳句の如く、美智子がいじらしくて仕方なかった。動かぬ身体に閉じ込められてしまった美智子……移動が可能なら、何とかしてSセンターに連れて行ってやりたい。

翌三月二十六日の日曜日、美智子の母から朝七時半、「一刻を争うので、相談したいから九時前にO病院に来て！」と連絡があった。何事かと訳を尋ねると、「今、転院しなければ手遅れとなり、一生、手足は動かなくなる」と言う。

「母さん、今動かしたら、『命が危ない』と、医者は言ってるんですよ！　それでも動かしますか？」と、私は語気を強めて反論した。母は「とにかく、相談したいので、朝早くて悪いけど来て下さい。お願いします」と姿勢は変わらなかった。

八時五十分に私が病室に着くと、「来た！」と美智子が、小さく叫んだ。「鼻息で判る」と言って、朝食の介助をしていた看護師を笑わせた。

そして九時、美智子の母が「みっちゃん、」とニコニコしながら入室してきた。美智子は食事中なので、廊下に出て話の続きをした。私は、「医者は、『ほぼ百パーセント、手足は動くようにならない』と言っているのですよ」と念を押したが、母は「できるだけのことはしたい。駄目でもともと、後悔したくない」との決心を打ち明けた。

私は「駄目でもともと」の言葉にハッとした。「駄目でもともと」どころか、最悪の場合途中で命を失う危険すらある。元には戻らない。母は「一生寝たまま身動きできずに苦しみ続けるよりも、いっそ一思いに命を賭けた方が本人が楽だ」と考えたのか。あるいは、本当に命懸けの転院になるかもしれないと思っていないのだろうか。母は子を想う一心で感情的になっているが、とにかく、最良の形で美智子を救いたいと思っていることに間違いないので、ここは母の親心「転院」に賭けてみようと思った。あとは、搬送途中の危険性は、どの程度のものか、疑問が残った。

この夜、外科医である美智子の実弟に、意見を聞いてみた。実弟は、「確かに命の危険性はある。しかし、センターのリハビリは、ここ（O病院）と大分《だいぶ》違うし、母さんと本人が望むなら、やってみるしかないだろう」と、賛同した。これで私の肚も決まった。医師であり、肉親である義弟が言うのであるから、まず、後悔することはないだろう、と思った。

転院への道

翌三月二十七日、母は、担当医師から呼ばれ、初めて美智子の様態の厳しい事実を聞いた。

(医師の言葉)

『手と足は、動くようにはならない。どのようなリハビリを加えても無駄である。行こうとするSセンターは、リハビリ専門の所ではなく、O病院と同じく医療機関である。Sセンターでの治療が終わったからといって、再びO病院は受け入れることはできない。また、Sセンターへ運ぶ手段として、ヘリコプターを要請することはできない。救急車なら要請できるし、医師の同乗もできる。また、紹介状は書けるし、レントゲン写真も返還してくれるなら貸しても良い。

先方で治らなかったからといって、再びO病院に受け入れることはできない。頸椎は、人によって症状が異なり、一概に言えない。

一番怖いのは、肺呼吸できず、腹式呼吸に頼っている点である。風邪がもとで、肺炎に発展したら、肺の中に膿が溜まり、痰を出せずに窒息死することである。いつ風邪から肺炎になるか分からない。佐藤さんは若いから助かったが、年寄りなら死んでいただろう。

普通は助からない。また、膀胱炎から腎不全に発展しやすい。佐藤さんの場合、最悪の状態である。けれども、Ｓセンターへは、事情を話してみて下さい。美智子さんが希望しているので、センターが受け入れてくれると有り難いのですが……』と。

これを聞いて母は、ガックリと力を落とした。しかし、母は希望を捨てなかった。諦めきれなかった。

同じ日、私も医師から念を押された。

「美智子さんの今の段階は、リハビリ効果を論ずる段階ではない。美智子さんにとって、リハビリとは、残された機能をいかに使うか訓練することであって、死んだ神経を生き返らせることではない」とも言われた。

私には、そんなことは分かっていた。けど、今の美智子と母の気持ちを収めるには、転院しかないのではないか、と思っていた。

母にとって、転院することは『やれることは全てやった。悔いは無い』ということになるだろうし、美智子にとって、転院することは『何もしない今の世界から脱出して、訓練次第によっては、元のように動けるようになるかもしれない』という希望を手に入れることなのである。『動きたい！』と必死であった。

私も、『もしや！』という仄《ほの》かな希望と『やってみなきゃ分からん』という思いがあった。

三月二十八日、飯塚のSセンターへ相談に行った。初診申し込みの為、朝六時に大分を出発、八時十五分に到着した。初診受付後、整形外科のU部長に診察を受ける形で会い、相談し、受け入れをお願いした。

（U部長の説明）

Sセンターが受け入れることは難しい。現在、ベッド数は百五十床だが、二百人が予約して待っている状態である。手術後の、リハビリ目的だけの人は断っている。手術目的で来る人は仕方ないが。

リハビリの効果があるかどうかは、本人を診てみなければ分からない。O病院でも一応の手術と処置をしているようだから、ここに来ても、それ以上処置することは何もない。ただ、リハビリの点では、当センターの方が一日の長あり。どんなリハビリをするかは、色々と種類があるので、一概に言えない。

手術後、一ヶ月以内だから急性期にあるので、リハビリをすると、何らかの効果があるかもしれないが、ほぼ駄目でしょう。その判断は、レントゲン写真を送ってくれると、おおかた判る。

ここの入院期間は、六ヶ月が限度である。それ以上は、気管にパイプを入れた人でも退院してもらった。退院後、大分で受け入れてくれる病院がありますか？（O病院の担当医は再入院できない、と言った）。急性期を過ぎると慢性期（O病院は二ヶ月と言った）となるが、そうなると、腹筋も発達して、呼吸し易くなり、痰も出せるようになる。リハビリは、今、残された動く部分を、いかに使うかの訓練である。とにかく、レントゲン写真を送って下さい。……という説明であった。

私は必死にお願いした。

「先生、手術後の人は受け入れない、ということですが、大分では、退院後、専門的に訓練を受けさせる所がないんです。何らかの訓練を受けないと、一生寝たままで、自宅に引き取るしかないです。そうすると、私は介護の為、仕事を辞めざるを得なくなるんです。先生、何とか救って下さい。お願いします」と文字どおり床に土下座して頼み込んだ。

「まぁ、頭を上げて下さい」と、U部長は言われて、最初は「受け入れるのは難しい」と言われていたが、「レントゲン写真を送って下さい」という所まで漕ぎ着けた。

まずまずの結果を得て、急ぎ大分へ引き返し、午後三時に、O病院で待つ母と相談した。

そして、Sセンターへ行くことに決めた。

この三月二十八日、美智子は、初めて背板が斜めに起こせる車椅子式のストレッチャーに乗せられた。僅か五分程であったが。

次の日は、一時間位乗ったが、『手、足の動かないことを知って、三回泣きました』と母のメモに記されていた。

この頃から、毎日一時間程、車椅子式ストレッチャーに乗せられて院内を巡り歩くのが日課となり、美智子の唯一の体を動かすリハビリとなった。

背板を斜めに立てた時の感じは、『まるで大きなゴムマリの上に腰掛けたような感じで、姿勢が安定せず、倒れそうで怖かった』そうである。「姿勢を直立に保て」という脳の命令が、途中の頸髄切断部分でブロックされ、腰や腹の筋肉まで届かなかった為である。

因みに、頸髄損傷患者の車椅子は、胸の部分に太いベルトを取り付け、それで上半身を縛りつけ、姿勢の安定を保つようになっている。


三月三十日には、私は主治医に会い、二十八日にSセンターへ行ったことを話し、レントゲン写真等の資料の提供をお願いした。主治医は、快く承諾してくれた。

この成りゆきを聞いてか、美智子が明るくなった。母のメモには、こう記されていた。

「……美智子は昼食を、目を開いて美味しく食べました。今までは、目を閉じて、『しょうがない』と言わんばかりに食べていました。手、足が思うように動かないにも拘わらず、美智子なりに動かそうと、一所懸命の姿が見えて、母の方が泣きたいくらいでした」と。

私は、残された能力で、一所懸命に闘っている美智子の姿に涙した。

ある時、夕方六時に病院に着き、病室の前まで来ると、看護師を呼ぶコールサインが鳴っている。「もしや、美智子では！」と思うと、やはりそうであった。

病室に入ると、夕食を前に置いたまま、目にいっぱい涙を溜めて歯を食いしばり、目前の夕食を見詰めていた。

『くそ！　神様、あんまりではないか。今後、何年間、身動きできない状態を強いるのか！』と心の中で叫びつつ、私は駆け寄った。早速涙を拭いてやり、夕食を食べさせた。為されるがままに、全てに従順に従わざるを得ない美智子の姿が、赤ん坊のようでいじらしく、悔しくて、可哀想でならなかった。

四月四日、再度、飯塚のSセンターへ向った。去る三月三十一日に、レントゲン写真を送っており、美智子の受け入れをお願いする為であった。

U外科部長に会い、再度お願いしたところ、

「来週にはベッドを空け、入院させましょう」との回答を得た。「道が拓けた！」と、嬉しくなった。泣き濡れた美智子の喜ぶ顔が浮かびあがった。

（U外科部長の話）

「ここに来ても、特に処置することはありません。指は動かないし、足も動かないだろう。これは、物理的判断で、例外なく動かない。入院期間は、六ヶ月間です。それ以後は、施設を探すか、在宅介護です。施設は、六十五歳以上でなければ受け入れないだろうし、在宅介護を考えると、家を改造する必要があると思います。その時は、設計図を持参して下さい」とのことであった。

『六十五歳以上……、家を改造……』という言葉に不安があったが、「まずは行く所ができた」とばかりに心も軽く、凱歌をあげんばかりにカーステレオから流れる「ラバウル海軍航空隊」を歌いながら、片道二時間半の道を、すっ飛んで帰った。

夕方四時過ぎに病院に着くと、美智子は、涙が両方の耳にいっぱい溜まっていた。余程泣いたのであろう。ちり紙で拭き取ってやった。だが、「受け入れる」の言葉を聞くと、涙をポロポロと流し、「ありがとう」と何回も言った。私も、やっと溜飲が下がる思いであった。

しかし、翌日になると、美智子は、

「リハビリがきつい、とてもできない」と言って泣いた。

「飯塚に行っても、これ以上にきつければ耐えられない。母さんに、飯塚に住み込み、ずっと一日中看病して欲しい」と泣きながら訴えた。

「母さんに相談してみるけど、経費がかかるし、母さんの体がもたんだろう」と言うと、

「貯金を全部出しても良い。借金しても良い」と言う。

「後に残された、子供たちのことも考えろ、せっかく、ここまで来たのに、学校に行けなくなるぞ」と言うと
「舌を噛んで死ぬ」と言い、必死に泣きながら訴える。


……そうか。この問題があったのだ。本当は、今の美智子は、何もできなかったのだ。指、手はおろか、首から下は全身がピクリとも動かせないのである。この為、涙を拭けない、顔に留まる蚊を追えない、自力で食事ができない、痰を出せない、寝返りが打てない、……全てが何もできないのである。

従って、「できるだけ、自力で生活できるように訓練する」という方針の病院では、介

助なしの美智子にとっては、生活できない場なのである。ましてや、動かない体を「動かせ」という訓練は、拷問に等しい難行苦行となる。美智子が数日前、食膳を前にして食べる事ができず、涙をいっぱい溜めて、歯をくいしばって我慢していた理由がここにあった。……とすれば、受傷以来、美智子は満足に食事を摂っていなかったことになる……。

思い、ここに至り、「母さんに相談して方法を考えるから、心配するなよ！」と言って励ました。そして、やっと美智子は夕食を口にし始めた。「食べないと死ぬから……」と泣きながら、夕食を食べた。が、手に括《くく》り付けたフォークを口に近付けると、あとちょっとのところで手首が「フラッ」と返り、食物がパラパラと全て落ちてしまう。何回やっても落ちてしまう。見るに見かねて、この場は私が食べさせてやったが、全部食べきれなかった。病院側が介助しないとすると、普段は、母さんが食べさせていたのだろう。誰もいない時は、やむを得ず看護師が食べさせてくれたらしいが。

翌日、美智子の実弟に、母の飯塚行きを相談してみた。実弟は、「母さんの健康を考えれば、美智子一人でSセンターへ行くしかない」と主張した。

そこで母さんに電話で相談した。母さんは、

「私が行ってあげる。弟には私から説得するから、心配せんで」

と言ってくれた。私は、

「では、土、日曜は僕が行くから、母さんは、土、日は実家に帰ったら？」と提案し、了解を得た。まもなくして母の飯塚行きが決定した。

翌、四月七日、主治医から、「Sセンター行きは、十二日の水曜日です。ここから、救急車で行きます。医師も添乗します。先方には、私から連絡しておきました」と告げられた。この時、主治医に対して、感謝の気持ちでいっぱいになった。やっと、一つの山を越えた。この日、美智子は気持ちの整理がついたのか、介助するスプーンを拒むことなく黙々と食べ続け、夕食を全部、平らげた。

桜の花

四月八日、桜の花が満開になった。

この四月になってから、美智子はしきりに桜の花を見たがった。リハビリと称して、ストレッチャーで廊下を巡回する時、唯一動かせる目を皿にして、懸命に窓外の桜を探した。しかし、桜の木は、一本も見つけることができなかった。

「桜は、もう咲いているのかなあ?」と数日前、尋ねられたので、今日の夕方、私は桜の枝を一本切って、持って行った。一メートルを超える見事な枝振りの桜であった。

廊下で擦れ違う人が振り返り、部屋に入った途端、美智子が素っ頓狂な声をあげた。

「ワッ、桜や！　どうしたん！」

「桜じゃ。奇麗やろ！」

その声に、看護師も飛んで来て、声をあげた。部屋の中が、パッと明るくなり、ピンク色に染まった。

「見せて！　こんなに近くで見られるとは思わんかった」

美智子は満面の笑みを浮かべ、枝ごと掻き寄せて、花の中に顔を埋め、涙を浮かべて桜の花を嗅いだ。そして、桜の花を食べた。

後《のち》に、この時の気持ちを美智子に聞いた。

「あの時、あの力一杯咲いていた桜、生命力に満ち溢れている桜が見たかった。生きていく気がしない私にとって、儚《はかな》くも力一杯生きている桜が、私の心の支えやった。あんたが持ってきてくれた桜の花を見て、どんな境遇に置かれても、務めを果たすかのように季節が来ればきっと咲く、くよくよせずに力いっぱい咲く桜に生命力を感じて、思わず食べてしもうた」と答えた。

私も、短くも力いっぱい咲く桜に、涙した覚えがある。あれは、私が二十二歳の春であった。

私は東京中野区の、とある学生寮で生活していた。法学部の研究室で、司法試験の受験勉強を本格的にやり始めた頃、何事にも挫けない不撓不屈の精神と、強靱な体躯が欲しかった。

この時、『坂井三郎空戦記録』を読んだ。鍛え上げられ、達人の域に達した者の凄味に強く惹かれた。それで、自らに訓練を課すつもりで走りに走った。我流であった。その結果、度が過ぎて、左肺がパンクした。自然気胸だった。

入院して、自然に肺が膨らむのを待つ治療方針を採った。しかし病状は好転せず、徒《いたずら》に時が過ぎ、「この先、俺はどうなるのか。二十二歳で死ぬかもしれない」と、言い知れぬ不安に襲われ、「まだ人生を知りたい。生きたい」という未練が強くなり、留めどなく涙が流れた。また、なおも元気に楽しく生き続けている同年齢の若者たちとその生活の平凡さが羨ましく、私は遠く置き去りにされていく淋しさを、ひしひしと感じた。
以前、ラジオで聴いた芭蕉の句がある。

地に落ちて
なおも頭上の　蟬しぐれ

「自分は死んでゆくが、相も変わらず頭上の樹の上では、仲間の蟬たちが元気よく鳴き続けていることよ」
という意味だったと思うが、この時の私の心情を、ピタリと言い当てていたと思う。

この時、私の実弟が「兄貴、桜が咲いたぞ。元気出せよ！」と、一輪の桜の花を持ってきてくれた。小さな桜の花を手にした時、涙が込み上げてきた。

桜の花は、自らの命が短いことを知らないかもしれない。それでも生きる時は汚《けが》れなく、誰に見せる訳でもないのに美しく咲き、時時刻刻、力いっぱい生き抜いている。そして時が来れば潔《いさぎよ》く散る。この壮絶な健気《けなげ》さに涙があふれた。

「よし、俺も生きてやる。先はたとえ短くても、何か役目を果たす為に与えられた命！今を力いっぱい生き抜いてやる」そう決心した。

今、私はこの世は人間道の道場であり、神が与えた試練・腕試しの場と考えている。

「神が試練を与えて俺を試そうとしている。稽古《けいこ》場内の出来事だから、死ぬことはない。やり直しはきく。命を取るというのは神の仕業ではなく、人の為せる業だ。人を生かす為の試練だから、神は人が越えられないテストは用意していない」と考えている。

私は思う。神は、殺す為に人間を態態《わざわざ》世に放ったのではない。また、殺すを口実として試練を課しているのではない。試練を与え、人間を完成させる目的で試練を与えている。そして苦難を乗り越えた時、人間は大きく成長する仕組みになっている。その証拠に、生物には進化という成長があり、学習効果という褒美が用意されている。ならば、人が越えられない試練はないはずである。神は試練（テスト）に対して、工夫して力いっぱいやれば、切り抜ける道（正解）を用意してくれている。

問題は、その「道」を探し当てることができるかどうかである。人の智慧を借りる道もあるではないか、と。

だから「謀《はかりごと》（特に人間社会での罠）に落ちて、まんまと邪神の望みどおりに自殺してたまるか！　その手は食わん」と考えている。

そして今の私は、困難に直面した時、「うーん、乗り切ったら、これは絵になる」と考え「工夫して力いっぱい頑張れば、きっと方法は見つかるはずだ。『へとへとになるまで悪あがきしろ。そして、人事を尽くして天命を待て』」と常に楽観的に考えるようになった。

もう一つ、自殺行為としばしば比較される特攻攻撃について、考えたことがある。

私は中学時代に、初めて特攻の実態を聞いた。それは、海軍兵学校在学中に終戦を迎えた、数学の恩師が言われた言葉であった。

「特攻隊員を見送ったことがあるが、脱出できないように風防の外から鍵を掛けていたのを見た。また、爆弾を機体に縛り付けて、途中で捨てられないようにしていたのを、見たことがある。よくもあんな惨《むご》いことをしたもんだ」と。

これを聞いた当時の私は、知識もなく、深く思料することができなかった。

そして大学生時代に『坂井三郎空戦記録』に出会い、後、就職したある日、予科練出身の方から問われたことがある。

「特攻隊員は、どんな気持ちで死んでいったか解るか?」と。

その時も、私は実感として想像できなかったので答えられなかった。氏はしみじみと、力を込めて語った。

「生きて人生を謳歌したい盛りに、誰も死にたいと考える者はいない。死に対して恐怖心のない者はいない。齢老いた親や、生まれたばかりの乳飲み児を遺して誰が死ねるか。けど、『敵が上陸して国土を焼き尽くし、親兄弟を殺し、愛する恋人や妹を必ず凌辱するとしたら、放っておかれるか? それを阻止する為には、上陸せむとする敵艦の吃水《きっすい》線に体当たりし、敵艦を沈めれば良い。それができるのは、飛行技術を持つ俺たちしかいない。怖いとか言ってられるか』と思っていた」と。この話を聞いた瞬間、私はその現実にハッとした。且つ、それでも尚、私自身は覚悟できないだろうと思った。

この時の予科練出身の方の言葉と重なる遺書が、広島県江田島の旧海軍兵学校教育参考館に奉納されているのを後年知った。

着陸装置のない特攻機「桜花《おうか》」に搭乗し出撃した某海軍少佐の遺書であった。

一部抜粋すると、

「……小生が大なる武勇を為すより、身体を毀傷せずして、無事帰還の誉を担はんこと、朝な夕なに神仏に懇願すべきは、これ親子の情けにして当然也。不肖《ふしょう》自分としても亦《また》、身を安じ健康に留意し、目出度く帰還の後、孝養を尽くしたきは念願なれども、蓋《けだ》し時局は総《すべ》てを超越せる如く、重大にして徒《いたずら》に一命を計らんことを望むを許されざる現状に在《あ》り。

……すべて一身上の事を忘れ、後顧の憂いなく干戈《かんか》を執らんの覚悟なり。死すること強《あなが》ち忠義とは考えざるも、自分は死を賭《と》して征《ゆ》く。必ず死ぬの覚悟で征く」

とあった。

(『靖国神社のすべて』別冊宝島2049号　宝島社2013年より)

この純白な真実の遺書を読んだ時、私は自分の灰色の心を恥じ、その崇高な覚悟に思わず目が潤《うる》んだ。そして近年まで色々と文献を読んでいくと、「剣」という特攻専用機は、再び着陸できないように、離陸する時に車輪を捨てていくように改造されていたという。これはもう当初の「国(人)を救う」という特攻精神と遠く掛け離れた単なる自殺強要だと言わざるを得ないと思った。

これに反し、撃墜王のラバウル海軍航空隊のS・S氏は、硫黄島上空の空戦で十五機の敵機に囲まれながらも、その絶体絶命下を見事逃げきり生還した。そして次の出撃で「空母の舷側に体当たりせよ」との特攻命令を受けて出撃したが、帰路、自爆せずに列機を引き連れて生還し、終戦まで生き延びた。同じく撃墜王のI・T氏は、頑として「無駄死にはせぬ。生き抜いて一機でも多く叩き墜としてやる」と特攻には志願せず、人が何と言おうが構わず戦い抜いて終戦を迎えた。

私は〝これだ〟と思った。〝こう生きたい〟と切に思った。

二人とも、いつ死ぬか判らないにも拘わらず、諦めず、真っ向試練に立ち向かって生き延びた。これが本当に人生という試練の目的に向かった生き方ではないだろうか。生か死か、結果の成否はどうであれ、まず、懸命に生きてみること、それだけでも与えられた試練に立ち向かって立派に人生という目的を達成したことになるのではないか、と私は思った。

死は選ばずとも、自然に向こうからやって来る。

従って、私は、その試練を放棄した自殺は身勝手な死であるが（美智子は握力がなく全身麻痺で動けない為、自らの手で自殺することすら叶わない。即ち、試練から逃げられないように仕組まれている）、真の特攻は「国（人）を救う為、一命を捧げる」と信じて死んだ「滅私殉国」であると考えており、自殺は他者を救わない、単に苦難から逃げるだけの行為と考えている。依って、自殺と特攻は全く質を異にするものと、私は考えている。

蛇足ながら、いま一つ。旧約聖書（イエスキリスト生誕以前の、神と人との契約を説いている）の中に「ヨブ記」という節がある。

これは神がサタンを使い、ヨブに色々な試練を与え、ヨブの信仰心や善行が本物かどうかを試そうとする話が説かれている。

ヨブは、試練として重い皮膚病に罹り、その激痛に耐えかねて「何故、私だけに『これでもか、これでもか』とこのような苦痛を与えるのか」と神に反論する。が、ヨブが神を恨むことなく、自死せずに試練に耐えたので、神はヨブを元の状態に戻してやり、以後ヨブは繁栄したという。結局、キリスト教は、苦難を試練として耐え続けて「もう限界だ」と思った時、神から加護の手が差し延べられ、乗り切った後は栄えることが約束されている。つまり、諦めて自殺するのではなく、試練だと割り切って耐えれば、きっと救いの手（ヒント）が差し延べられると信じて生きることだ、と教えていると思うのである。勿論、事故等の遭遇死は別論であるが。


このような訳で、時が来るまで自分を大切にして力いっぱいに生き、そしてその時が来れば潔く散る桜の花が、潔く散る特攻隊員の姿と重なって見えて仕方がないのである。

桜の花を見て、翌日美智子は二人の子供を呼び寄せた。二人を側に立たせ、遺言を言うように、懇懇と涙ながらに言い聞かせていた。二人の子は神妙に聞いていた。

「これからは、すぐには会えない。もう、ずっと会えんかもしれない。けど、毎日、体に気をつけて頑張ってね。事故に遭いなさんなよ。父さんは、母さんのことで忙しくて何もしてやれんだろうけど、爺ちゃん、婆ちゃんの言うことをよく聞いて、勉強頑張ってね。母さん、何もしてやれんかった。ごめんね……」

美智子は、万一の場合を覚悟していたのだろうか。ここまで聞いて、私は堪らなくなり、そっと廊下に出た。

二人の子供を父が連れて帰った後、美智子はなおも「何もしてやれんかった。子供たちに何もしてやれんかった……」と泣き続けた。

「足はどうなるんかなあ。松葉杖を突ける人はいいなあ。車椅子なんか好かん」

フーンという絞り出すような声で泣いた。

「曲がった足でもいいけん、松葉杖でもいいけん、自分の脚で歩きてえ……。ワァーン」と幼児のように、大声をあげて泣いた。

「まだ、決まった訳じゃないぞ。医者は、ああ言うが、可能性はあるど。希望を捨てるなよ。頑張れ。俺が、ずっと付いとる」と、語気を荒げて励ましたが、美智子は収まらず泣き続けた。こんな時、どうしたらよかったのか。

また、この頃の美智子は「元のような完全な体には戻れないかもしれない。そしたら車椅子しか方法がないのか……。けど、車椅子でもいいから動きたい。自分の力で、体の一部でもいいから動かしたい」と悲願を抱きながら悲嘆に暮れていた。

そして身体的には、肩に力が入らず、腕は鉄の輪を三つ嵌められた感覚で持ち上げられず、手首は全く力が入らずグラグラし、指は先端の第一関節が僅かに曲がったままで、五本の指全部が真っ直ぐに硬直し、私が折り曲げようとしても、棒のように硬くて曲がらなかった。まるで熊手のような格好をしていた。

そして、脚は重い石を乗せられたような感じでピクリとも動かせず、時には二本の脚を束ねられたように感じたり、脚が四本あるように感じたり、あるいは、お尻の下に折れ曲がって敷き込んでいるように感じたりして、あたかも幻覚のような感覚が続いていたのである。そんな感覚と毎日闘っていた。

第二章　Sセンターでの生活

転院

いよいよ転院の日が来た。四月十二日　この日は快晴であった。

私は八時にO病院に着き、主治医と看護師にお礼の挨拶を済ませた。美智子の母は八時前に来て美智子の着替えを済ませ、荷物の整理を完了していた。

美智子の表情は華やいでいた。点滴をされながら、ストレッチャーで救急車に乗せられた。この時、「やっと行かれる」と私に笑顔を向けた。私は笑顔で頷いた。添乗して下さる医師が、「ま、心配ないでしょう」と言ってくれた。若い医師が頼もしかった。

私は、救急車の運転手と簡単なコースの打ち合わせを行ない、九時に救急車はSセンターへ向けて出発した。

発つ時、主治医と看護師が見送りに出てくれて、主治医が大声で「頑張れよ！」と叫んでくれた。この声は、途中で命を落とすことになるかもしれない美智子にも聞こえた。少し悲愴感があった。

救急車が、ピーポーピーポーと遠ざかるなか、私と美智子の母が、私の車で後を追うように出発した。コースは、大分―宇佐間は高速道路を利用し、国道10号―椎田有料道路―国道201号を経て飯塚へ至る、片道百三十六キロの道程。以後、美智子がSセンターを退院するまで、土曜・日曜の度に、私は欠かさずこの百三十六キロの道程を辿ることになった。

結局は信号停止せずに行ける救急車の方が三十分も早くSセンターに到着し、私の車は二時間三十分かかった。とにかく、美智子は無事に着くことができた。

美智子の救急車がSセンターの門を通過した時、救急車の窓を桜の枝がバチバチと打ちつけてきた。びっくりした美智子が目を向けると、満開の桜の花が車窓を流れ、目いっぱいに飛び込んできた。

『桜の花が、私を拍手で迎えてくれた！』と美智子は感じ入り、嬉しかった。しかし、次の瞬間、今まで思ってもみなかったことだが、

『遂に来た。けど、治るかな？』と、不安が過《よぎ》った。

到着した美智子は、先ず、救急治療室に連れて行かれた。そこで主治医となる医師と対面した時、美智子は開口一番、

「先生、どうか助けて下さい。治して下さい」

とか細い声で哀願した。主治医は何も答えず、事務的に毛ブラシのようなもので、体の各部を触診した。

「ここ、判りますか。触っているのが判りますか？」

と尋ねられたが、美智子には感覚が全然なかった。医師は肛門に指を突っ込み、

「はい、閉めて！」と言い、看護師に、「固定ガードは、L寸でなくて、M寸で良いな」と言い、第2病棟の二階に連れて行った。

そして美智子は、今後の生活の場となる四人部屋へ移された。

そこで、ストレッチャーから電動ベッドに移された美智子は、最初のショックを味わった。

看護師が電動ベッドで背板の部分を直角に立てて、座位姿勢を取らせようとした瞬間、バタンと上体が前に倒れ込んだ。

まるで戸板が、バタンと倒れるかのように。そして、美智子は自力で起き上がれず、そのままであった。看護師が慌てて抱き起こした。自力で傾きを修正し、座位姿勢を保持できなかったのである。

今までのO病院では、ベッド上で食事をする時などは、毛布や枕で背中や両脇を支えて座位姿勢を保ち、座って食事をしていた。

そのことを、看護師に予め伝えておくことを、うっかり忘れていた。

一応、美智子が四人部屋に納まった頃、私と美智子の母は、主治医から説明を受けた。

その内容は、以前、ここのU外科部長から聞いた内容と同じであったが、次の一言が強く心に焼き付いた。

「ほぼ、九十九パーセント、現状のままでしょう」……と。

これを聞いた時、『ああ、またか。そんなことは分かっているが、何も試みないうちに本人が諦められるか！　やってみなけりゃ分からん』と思い、信じてここまで来た美智子が不憫でならなかった。

美智子の母は、俯いたまま何も言わず、ただ聞き入るのみであった。

『完治は無理だろう。元のようには動けないかもしれない。けど、このまま放っておけない。何かがあるはずだ。何か方法らしきものがあるはずだ。その「何か」を俺が見つけてやる。徹底抗戦だ！』と考えた。

部屋へ美智子の荷物を搬入し、看病の為に泊まり込む母の宿泊施設への申し込み、食事の予約、パジャマ等の買い出しを済ませて、十九時三十分に、いよいよ帰途に就く段階になった。

美智子の顔を見た。美智子は淋しそうな顔を向けて、

「子供たちを頼んだよ。お父さん、お母さんにお礼を言っといて。ここは、母さんがいてくれるから心配ないよ。早く帰りよ。気をつけてな！」と、涙を浮かべながら言った。

「また来る。土曜と日曜は、ドライブのつもりで続けて来るから。頑張れよ。負けるなよ」

と言い残し、残る美智子の母に後のことを頼んで、後ろ髪を引かれる思いで部屋を出た。

今後、ここで苦しいリハビリを味わう美智子を残して行くことは、宛《さなが》ら孤島に生きていく術のない吾が子を残して行くようで、堪らなかった。

一緒に残る美智子の母も、この時七十歳になろうとしていた。三十五年前、心筋梗塞で夫に先立たれて以来、小学校教諭を務めながら、女手一つで七歳の美智子を筆頭に、五歳、三歳の三人の子供たちを育て上げ、三人とも大学を卒業させた。

「時には、冷蔵庫の中には、卵が一つしか残っていなかったことがあった」と、美智子は述懐したことがある。文字どおり、星一徹の女版であった。

斯《か》くして私は帰路に就いたが、センターに入院したその晩から翌朝まで、美智子は苦しんだ。

大分と違い、未だ飯塚の夜は寒かった。

夜になると、美智子は、また、あの痰が出始めた。美智子は指が動かせないので、舌で舐めてナースコールを鳴らす装置をもらっていたが、その装置を頻繁に使って看護師を呼ぶので、遂には集中治療室に移されてしまった。そして、一晩中一睡もできずに苦しんだ。

美智子は、痰が喉に詰まり『窒息するのではないか』と怖がった。

そして、翌日、美智子は元の病室に戻された。痰の詰まりは、大分楽になっていた。

看護師が引き上げた時、隣のベッドで清拭を済ませた女性が、カーテン越しに誰に言うともなく、ポツリと呟いた。

「この病気は、治らんのよ。どうしようもないんよ」と。

一瞬、部屋中の空気が凍り付いた。暫く、誰も一言も発しなかった。

　当時、一般的に、治療方法が限界に達している場合、早く患者に限界を悟らせ、諦めさせることが、逆に患者を救う方法だ、と考えられていたのではないか。
　高校時代に習った、
　Can't be cure, must be endure
（治療できなければ、耐えなければならない）
　だから、隣のベッドの女性は「早く諦めた方が楽だ」と悟らせるつもりで敢えて言ったのだろう。
　ところが、美智子にしてみれば、そう簡単には諦めきれない。「一瞬気を失った直後、気が付いてみれば動けなくなっており、しかも神経が一部切れているばっかりに、完全な身体がピクリとも動かない。こんな馬鹿なことがあるものか」と諦めきれないでいた。

車椅子に乗れた　そしてリハビリ開始

痰が下火になった入院二日目、美智子は車椅子に乗せられ、リハビリ室に導かれた。待望の車椅子とリハビリ！　美智子の心は躍った。

これは、美智子が大分の病院で、最も待ち望んでいたことであった。

この時の状況を、美智子がメモに残している。


（美智子のメモ）

車椅子に乗ったのは入院した翌日だ。ストレッチャーに乗っただけで、車椅子に乗った事はなかった。リフトで車椅子に初めて乗せてもらった。貧血はなかった。看護師さんがPTに連れて行ってくれた。PT（理学療法）、OT（作業療法）の送り迎えは看護師さん。PTで同室のTさんが平行棒の所にいた。私は車椅子に乗れた喜びで感激し、涙が出た。それと同時に鼻水も出てきた。Tさんは優しくティッシュで涙と鼻水を拭いてくれた。


美智子にとって、「車椅子」とは、最初に手にした「自由」であった。

そして、いよいよリハビリの開始である。

リハビリとは言っても、最初は午前と午後に一時間位ずつ、リハビリの療法士が、筋肉が拘縮するのを防ぐ為に手足を動かしてやる、という程度のものであった。

それでも美智子にとっては、嬉しかった。

そしてリハビリ室には、美智子と同じように受傷した人たちばかりであったので、美智子は急に元気になり、やる気が起こった。この美智子の気持ちの変化を見て、母はホッと安堵した。

リハビリの開始時期は、受傷後、早ければ早い程効果がある、と私も美智子たちも考えていた。後日、それを裏付けるかのように、ここSセンターでは、手術の翌日、術後ホヤホヤの患者がベッドに乗せられたままリハビリ室に連れてこられたのを見て、美智子は大変驚いた。

「これは、大分と大分《だいぶ》違う！」と。

一般的に病院では、手術後、筋肉の拘縮化を防ぐ為のリハビリまでが治療行為とも考えられていたと思う。

しかし、このセンターでは、手術後本人の損傷状況に応じて訓練計画を立てて、極限まで運動能力を引き出し、できるだけ単独生活ができるようにリハビリすることまでが、治療行為と考えられていたのではないか。

その為、リハビリの行程は、

①身体がどこまで動くのか、まず確認する。

②次に、生活に必要な動作ができるようになる為には、どのような訓練が必要か、見極める。

③そしてリハビリメニューを組み立てて、必要な動作ができるようになるまで訓練する。

というように、行程を組まれていたようである。

美智子が自立する為に必要な動作とは、

・食べて、排尿・排便するという生命維持する基本的な動作

・洗面、歯磨き、着替え等の身辺を整える日常の動作

・車椅子等で移動する動作

・エレベーター等の設備を利用する動作、等々

これ等の日常の何気ない動作をマスターしなければ、美智子は自立できなかった。

訓練に慣れた頃、筋肉の発達に伴い、行動の範囲を拡大し、単独で生活できるようにして自立させる、というのがSセンターの究極の目的であったと思う。

だから訓練は熾烈さを極めた。『脳からの信号が届かないから、手足は動くはずがない』と分かっていても、『動け！　動け！』と念じつつ手足に信号を送り続け、動かそうとする。

受傷者にとって『もう限界だ。勘弁してくれ』と叫びたくなるような過酷な訓練であった。

そしてSセンターのリハビリ室は、畳のような健常者の生活環境を備えた設備と、お座

敷トイレのような障害者に適した構造の設備を兼ね備えており、身体の移動訓練や、車椅子への乗車訓練は、革を張った滑りやすい専用のリハビリ台で、徹底的に行なわれた。

リハビリ台は、車椅子と同じ高さになるように設計されており、車椅子からリハビリ台へ、またはその逆の乗り移りがスムーズに行なえるよう、工夫されていた。

なお、リハビリを開始した頃の身体の状況を、美智子はメモに残している。

(美智子のメモ)

関節は硬く、オーバーテーブルの上に手を置いて、指を直角に折り曲げようとしても、(真っ直ぐに伸びたまま)全く曲がらなかった。脇を締めようとしても、何か脇にボールのようなものが入っていて、脇が締まらない。くっつかないという感覚だった。足はびくともしない。全く震えることもなく動きは全然なかった。足は二本縛られていたり、四本になったりと異常感覚だった。腕の中には鉄のリングが四つ程入っている感覚だった。

苦しいリハビリ訓練

（美智子のメモから）

ＰＴもＯＴもリハビリ台に移すのは、担当の理学療法士と作業療法士がやってくれた。

ＰＴの担当の若い理学療法士のＮ先生に、母が「お世話になります」と挨拶すると、「あとで後悔しないように、今しっかりできるだけのことはやらせてもらいます」と言ってくれた。嬉しかった。

リハビリは、排便日以外は朝九時から乗車してリハビリ室に行った。

ＰＴは午前中にあり、ＯＴは午後一時からであった。十二時過ぎまでＰＴでリハビリをやり、一旦病室に戻り昼食を取って、午後一時からのＯＴに間に合うように急いで行った。ＰＴやＯＴの先生たちは、『いつ昼食を取るのだろう』と不思議に思う程遅い時間までリハビリをしてくれた。


（リハビリの最初）

リハビリ台に寝かされた。

脚を前に伸ばし、前屈の姿勢で寝かされた時、紙を二つにピシッと折ったように体が柔らかく折れ曲がった。健常者の頃は足の指に到底届かなかったのに、今では平気に手が足の指に触れられる。不思議だった。バレリーナのように、頭がペタンと脚に着く。しかし、自分で体を起こせない。脚と顔の隙間から「すみません、起こして下さい」と言って体を起こしてもらう。勿論、先生はすぐには来てくれない。先生たちは忙しく、他の人のリハビリも掛け持ちでしている。

最初は、手と足を動かすのが主だった。PTでは、N先生が天井の金網に手を掛け、必死に私の手を引っ張り、肩上げの訓練をしてくれた。ハアハア言いながら。私も必死だった。二百、二百一……と心の中で数を数えながら、より高く肩を上げようと頑張った。OTでは、一メートル半位の高い台に二人掛かりで私を乗せて、その台に私を縛り付け、台ごと立てて起立台に仕立て、何分間か立たされた。貧血を起こしそうになったが、「目を開けて！　目を瞑ってはだめだよ」と先生は言っていた。
「佐藤さん！　僕が見えるね？」と声を掛けていた。

（座る姿勢から寝る姿勢への移行訓練）

座っている姿勢から後ろに両手を突き、寝る姿勢になる訓練もした。しかし、後頭部を打ってこんなに手足が麻痺して苦しい思いをしているのに、手を突き損なったら、まともに後頭部を打って、また受傷してしまう。怖かった。勇気が要ることだった。本当に難しい動作だった。何度も何度も練習した。なかなか旨くいかなかった。

（リハビリ台の上で体を前進後退させる移動訓練）

最初は前進の訓練。

前進する時は、体をペタンと二つ折りにして、両手をお尻のずっと後方に突き、一番力が入る所を探り当てて、その地点から前に進もうとするが、びくともしない。渾身の力を振り絞って手でリハビリ台を強く押すと、ほんの数ミリ、体が前に出た。同じ要領で、ハアハア言いながら、スキーをストックで漕ぐように力を入れると、ほんの少しずつ前に進むようになった。その繰り返しだった。手はパンパンに腫れ上がっていた。

そして訓練を重ねるうちに、次第に体をぐっと前進させることができるようになった。

次は体を後方に移動させる後退訓練だ。

お尻を左右に何度も振り振りして、少しずつ体を後方に下げていくというものだ。

最初の頃は、いくら肩やお尻を左右に振り振り動かしても微動だにしない。U先生に、『私にはできません』と何度言おうと思ったか知れない。

力を振り絞って、肩やお尻を左右に振るのだが、体は全く後ろに行かない。これは私には無理だと思った。

その時、U先生が私の両腕をしっかりと摑み、顔を真正面からはっきりと見据えて、いつもの大きな声で

「私はあなたを治すことはできません」

と言った。それでも毎日毎日、リハビリを続けた。そして毎日毎日、何度も同じ練習していうちに、ほんの少しずつではあるが、後ずさり出来るようになった。

美智子の訓練はリハビリ台の上で体をずらしながら、体の位置を移動する訓練の次に、リハビリ台から車椅子に移る、あるいは車椅子からリハビリ台に移る訓練、そして車椅子を漕ぐ訓練へと続くのであるが、これと並行して、自助具（補助具）を使い、食べる訓練、歯を磨く訓練、字を書く訓練などが実施された。

自助具は、それぞれの用途に適した型のものがこのセンターで作られて、美智子に渡された。

（食べることの訓練）

同時に食べることの訓練もした。

「佐藤さん！　これは食べることだから旨くならんとね」とU先生が言った。最初、左手で食べる練習をした。右手より左手の方が少し麻痺が軽かった。しかし口まではやっと自助具で運んでも、手首が引っ繰り返って、また一からやり直しだ。

何回も何回も口まで持っていっても、手首が引っ繰り返って食べ物が全てパラパラと落ちる。カステラ、メロン、すいか、ＯＴのＫ先生が鹿児島出身なので、かるかんのお菓子を寄付してくれた。

お皿の手前にある物はフォークで刺すことができるが、ちょっとでも皿の後ろの方にある物は引き寄せられない。肘が伸びない。右手ではどうか、とやってみた。左手よりも、もっと手首がくにゃくにゃしていて、話にならない。口まで持っていくことさえできない。手首が引っ繰り返るのだ。どうせ両方できないのなら、普段右手で食べるのだから、困難な右手ではあるが右手で食べられるように繰り返し繰り返し練習した。

手のひらにバンドを巻き着け、そのバンドに、柄の方を直角に曲げて差し込んだフォークで、スコップのように食べ物をすくって、または突き刺して捕らえて口に運ぶのだが、手首がくにゃくにゃ引っ繰り返るので口まで持っていけず、お盆からちょっと離れただけで手首が引っ繰り返り、食べ物がフォークから外れ、あちこちに散乱してしまうことがしばしばだった。

たまに、やっと手首が引っ繰り返らず、食べ物を口まで持ってくることに成功しても、口の中に入る直前に手首が引っ繰り返り、また一から出直しということになった。

しかし手首が安定して、口の中に食べ物を入れることができた時は、喩えようもなく嬉しかった。「苦労して自分の力で食べられた」という喜びは一入《ひとしお》だった。とても美味く、噛み締めて食べた。訓練の甲斐あって、フォークで食べることができるようになったら、自分の部屋で、自分で食べるようになった。

それまでは、大分の病院でもそうであったが、看護師さんに食べさせてもらっていた。今度は自分で食べられるのだ。料理を食べる順番は自分の好きな順番でよいし、ちょっと休みたい時は休んでよいし、食べる速度も自分のペースでよい。

まず、気を遣わなくてよい。

自分で食べられることが、こんなに素晴らしく嬉しいことなのかと実感した。


（歯を磨く訓練）

食事の訓練と同じ頃、歯磨き用の自助具を作ってくれた。作る前に、握った状態の掌の型を取っていたので、手に着けた時ピタリと手にフィットしていた。

自助具ができたら早速自分の部屋で、朝、晩、食後に歯磨きをした。

歯磨き粉をチューブからちょっと口の中に入れて、自助具にハブラシを差し込みゴシゴシと歯を磨く。そう難しくなかった。

しかし、ベッドに座って磨くので、弱いながらゴシゴシと歯を磨いていると、振動で体のバランスを失い、体が前に倒れてしまった。危うく左側のベッド柵に頭ごと寄り掛かった。

部屋中の皆が、ナースコールしてくれて、看護師さんを呼んでくれた。同室のKさんは、

「私が立って歩けたら助けられるのに、ただ見てるだけで……」

と言ってくれた。

看護師さんは忙しいのだろう。すぐに来ない。来るまで、歯磨き粉を口に含んだまま、じっと待った。自分で体を起こせないのだ。来てから口を濯いで、洗面器の中に捨てた。

洗面器は、手で持てないが両手首で挟んで持てた。

（字を書く訓練）

やがてOTで自助具を着けて、字を書く練習を始めた。

この自助具も、ペンを挟んだ大きなクリップをベルトに取り付け、そのベルトを手に巻いて、あたかもペンを握ったかのような構えができるようにしたものであった。

最初は八枡《ます》のノート位の大きさの中に、あいうえおから順に書いていった。枡からピッと食《は》み出たり、真っ直ぐな線を引けず、くにゃくにゃ曲がったりと、上手に書けなかった。手首を固定できず、毛筆を持ったような恰好であった。

しかし、これも、ゆっくりと書いていくうちに、次第に字になっていった。

以上が自助具を使う訓練であったが、美智子が体を動かす訓練に話を戻す。

リハビリ台・ベッドから車椅子へ、または車椅子からリハビリ台・ベッドへ移行する動作は、かなり難しく、ある程度美智子が体を動かせるようになってから、始められたようであった。それまでは、車椅子・リハビリ台・ベッド間の乗り移りは看護師に手伝ってもらっており、車椅子を漕ぐ訓練の方を優先した。

（車椅子を漕ぐ訓練）

車椅子を漕ぐ練習も早いうちから始めた。ＰＴ、ＯＴに漕ぐ練習に行く時も、看護師さんが車椅子を押してくれた。

漕ぐ時は、両手を車輪の奥に手を掛けて、肩を大きく回して漕ぐように言われた。車輪の前の方で、少しずつ押すのはよくないと言われた。

始めは一メートル離れた所から「ここまでおいで」と言われて漕いで行き、それができたら二メートル離れた所から、と、だんだん距離を長くしていった。

ＰＴでは、車椅子の後ろに重い砂袋を付けて漕ぐ練習をした。哀れな姿だった。毎日ご主人さんの付き添いをしている奥さんが、私に語り掛けた。

「腕を強くする為だからね」と。

車椅子が漕げるようになったら、部屋からＰＴ・ＯＴの場所まで、自分で漕いで来るように言われた。けれども進むのは遅く、時間がかかった。ちょっと上り坂になった廊下では、一層進まず苦労した。

最初の方は母が付いてきてくれた。手助けをしたら私の為にならないと思ってか、一切手を出さず、すたこらさっさと先の方を歩いて行った。

一生懸命に漕ぐのだが、ゆっくりしか進めない私の側を隣の部屋のＷさんは、「お先に！」と言ってビュンビュン飛ばしていく。羨ましかった。

母は心を鬼にして私から離れて先の方を歩いて行った。冷たいな、と感じた。私を自立させる為に手を出さなかった。

それにしても、七十歳で県外の病院に来て付き添い、自分の居場所はなく病室のベランダ側の窓辺に丸い椅子を置き、そこで私以外のKさんなどの世話もして座っている。気疲れもして精神的にも肉体的にも疲れているのだろう。母の後ろ姿は、『もうきつい』と言っているようだった。ズボンを穿き、足を一歩一歩やっと動かしていた。

（エレベーターに乗れない！）

一階の病室から二階のリハビリ室に行くには、エレベーターに乗らねばならない。外来の人も乗ってくる。

エレベーター入口の大きなボタンを押すことができない。肩の高さに押しボタンがあり、押す時は肘を開いて肩の高さまで腕を水平に持ち上げなければならないが、腕が持ち上がらない。せめて肘で押すしかなかったが、肘と脇を開いて、ポンとボタンを押すことができない。

だから人が押してエレベーターが開いた時に、ひょこっと一緒にエレベーターの中に入るのだ。

「すみません」

と言い、二階で降りる時は、

「有り難うございました」と言って。

エレベーターの中の二階の表示ボタンは小さくて軽いタッチで押すことができた。

行きは何とかなったが、午後のリハビリの帰りは人があまりおらず、エレベーターのボタンを押せず、人が通りかかるまでエレベーターの前で待っていた。

「すみません。押していただけませんか」と言って。

帰りは四時過ぎまで頑張っても、いつも二階の廊下は人がまばらだった。

エレベーターのボタンを押せない！

一人で病室まで帰れる自信はなかった。

いくら待っても人が通りかからない時は、自分でボタンを押すしかない。車椅子をいろいろと傾けて、一番ボタンに近い所に車椅子を近づけて、思いっきり手首を前に突き出してボタンを押した。

ボタンは大きく硬く、弱い力では扉は開かなかった。この頃は、手首や腕の力は弱く、病室のドアも開けることができず、看護師さんに開けてもらっていた。

しかし、リハビリのお陰か、一ヶ月くらいしてやっと肘を開き、腕を伸ばして手の甲でボタンを押すことができるようになった。

一階のエレベーターのボタンを押して、ドアを開けて他の人を中に入れることができるようになっても、「すみません」と呟いていた。今までドアを開けてもらって「すみません」と、ずっと言い続けていたから、癖になっていた。

同室のKさんも「私もそうなんよ」と言っていた。

「おかしいね」と言って笑い合った。

しかし、せっかく玄関の近くのエレベーターに慣れたのに、工事の関係でもう一つ奥のエレベーターに来週から乗ってきて下さい、という。そこのエレベーターは人気《ひとけ》が少なく、診察室から離れていて、外来の患者はあまり利用しなかった。

『エレベーターのボタンを押してもらう人が殆どいない。どうしよう』と小さな胸を痛めていた。

奥のエレベーターは、他の人が開けて入る時に一緒に入れてもらった時もあったが、誰もいなくて一人でボタンを押さざるを得ないことが多かった。なかなか押せなかった。

土・日・祭日、夫が病院に来てくれた時に、ボタンを押す練習をした。

「廊下からこの角度でボタンに近づき、車椅子を何回か切り換えて向きを変えて、ボタンに一番近づいて右肘を開いて、ポンと押せばよい。そしてサッと乗る」

と夫が教えてくれて、何度も何度も練習した。

次第にできるようになって、自信が少しついてきた。

（お尻を浮かすプッシュアップ訓練）

夏頃、ＰＴでプッシュアップの練習が加わった。これは、将来、車椅子からベッドに乗り移る時など全ての運動の基礎となる動きだった。けど、ある程度慣れて、筋力が付かなければできない動きでもあった。

両手を左右に開いて五センチ位の高さの台の上に手を乗せて、力を入れてお尻を浮かす練習だ。

何度やっても、お尻は一ミリも浮かない。一回浮かしては、体がすぐに倒れる。

「すみません、起こして下さい」と言って、起こしてくれるのを暫く待つ。上半身が倒れたら僅かな隙間で息をして起こしてくれるのを待つ。先生は、他の人のリハビリも掛け持ちしているのですぐには起こしに来てくれない。真上の天井の隙間から差し込む光を浴びて、何度も何度もお尻を浮かそうと努力した。二人の子供、そして夫の為にも頑張って早く家に帰りたいと思った。しかし、重たいお尻を浮かすのは容易ではなかった。担当外のY先生が側に来てくれて、

「手をこうして、体はこうして前屈みになり、重心をここら辺《へん》に掛けてこうすればいいんだ」

と繰り返してプッシュアップをして見せた。Y先生は大分県別府市出身だと聞き、親近感を持っていた。有り難かった。

私の姿に見兼ねて教えてくれたのだろう。

（車椅子からリハビリ台へ移動する訓練）

最初のうちは、車椅子からリハビリ台に移る時は、私が車椅子に座ったままの姿勢で、先生が靴を脱がせ、車椅子の前面をリハビリ台の側面にできるだけ接近させ、両脚を揃えてリハビリ台の上に置き、前面方向のリハビリ台の上から先生が足首を引っ張り、お尻を

車椅子から引っ張り出していたが、次第に自分の力で足を片方ずつリハビリ台の上に置く事ができるようになった。

こんなに足は重いものかと痛感した。重くて足がリハビリ台の高さまで上がらない。手首の力が極めて弱く、足を持ち上げきれない。頭を下から上に反動をつけて、体ごと起こさないと足は上がらなかった。このことに気付いたのは、ずっと後になってからだった。手だけでは、足は絶対に上がらなかった。

自力で片足ずつリハビリ台に足を上げられるようになってから、まず靴を脱ぐ練習をした。

片足ずつリハビリ台に足を上げ、両脚を真っ直ぐに揃え、左脚を左手首で膝の裏をグッと抱え込み、脚をくの字型に曲げて顔を近付ける。そして右手で（先生に手伝ってもらって）靴を脱ぎ、靴を右のブレーキレバーに爪先から掛ける。同じように右脚を右手首で膝の裏をグッと抱え込み、脚をくの字型に曲げて顔を近付け、左手で靴を脱ぎ、左のブレーキレバーに靴を爪先から掛ける。

この練習をする時、お尻は大きなゴム毬に乗ったようにバランスが取れずフワフワして、靴に付けた取っ手の輪に親指を入れて外そうとすると、体が前につんのめり、頭から転倒しそうになった。気を集中して慎重に靴を脱ごうとするのだが、どうしてもバランスを失った。

これはSセンターにいる間は、自力で完全にはできなかった。U先生に手伝ってもらっていた。

　さて、いよいよ車椅子から、お尻をリハビリ台に乗り移す段階である。

　車椅子の背もたれに、振り向き姿勢で片腕を後ろに回し、取っ手に引っ掛けて、その腕を引く反動で、思いっきりお尻を前にずり出す。何度も何度も交互にお尻をぐいぐいと振って、リハビリ台の方に少しずつお尻を乗せていく。体がずっこけ姿勢になったところで、両車輪に手をやり、両腕で車輪を押さえるようにして身を起こし、今度は逆に身を前に倒してペタンと二つ折りにして、両手で後方を突いて前進し、リハビリ台に乗り移る。

　そして、体の向きを九十度回転してもらい、バタンと上半身を仰むけに倒し、寝る姿勢をとった。


（リハビリ台から車椅子へ移動する訓練）

　まず、先生に手伝ってもらって寝ている姿勢からL字型に座った姿勢をとる。

　そしてリハビリ台の側面に、こちらに向けて接地しておいた車椅子に、背を向けるよう体を九十度回転させてもらう。

　そして、お尻を車椅子の方向に向けたまま、お尻を振り振りして後退運動し、ベッドの縁まで体を移動させる。

　そして、なお、お尻を振り振りして後退し、車椅子の座席の半分までお尻を押し込み、手をリハビリ台にやり、体はぺたんと二つ折りになったままの姿勢で再びお尻を振り振りして、力いっぱいリハビリ台を押し、あと半分の車椅子の奥までお尻を突っ込む。この時、肩の力が必要となる。突っ込みが浅かったら、片方ずつのお尻を上げながら突っ込み、奥行きや体の角度を調整し、姿勢を整える。

ここまで終わったら、体を起こして、ブレーキを解除し、足をリハビリ台の上に預けたまま、リハビリ台と車椅子の距離を少し空ける。そして片方の脚の内側にグイッと手首を差し込み、脚をくの字型に引き寄せ、靴を履く。そして、車椅子の足置場に足を下ろす。残った片方の脚も同様にして靴を履き、足置場に足を下ろす。

これは成功した姿であったが、こうなるように何度も何度も練習した。が、特に靴を履いたり脱いだりする動作は、細かい手作業であり難しかった。完璧にはできなかった。

なお、これまでの体を動かしたり、移動させたりする訓練は、革製の滑りやすいリハビリ台での動きであり、容易であったが、本物のベッドの上では、布製のシーツが滑らず、殆ど動きが取れなかった。

動きがほぼ完全に取れるようになったのは、別府に帰ってからで、ひょんなことからできるようになった。

（起立台で立つ訓練）

寝た状態で起立台に体を縛り付け、台を起こして立つのは最初のほんの数回だけで、すぐに作業台のような、四人まとめて立てる台に立たされることになった。腰のところを、太いマジックテープで留めているだけだ。

足の感覚は全くなく、足が細い一本の針金に感じた。肩の力で必死に立っていた。肩にずっと力を入れているので、肩が痛かった。

最初は立っただけで気分が悪くなり、すぐに車椅子に座らせてもらった。

立っている時、大きい尿袋をぶら下げて立っている姿は哀れだった。間もなく母が布で尿袋を入れる袋を作ってくれた。尿袋が人に見られないだけでもよかった。

第三章　長駆、片道百三十六キロ　二時間半の道程を通う日々

いざ飯塚へ

四月十五日（土）　私は転院後初めて美智子を見舞う為、飯塚へ向かった。

朝七時半、大分を発つ時、

「ちと遠いけど、ラバウル海軍航空隊の片道千キロのガダルカナル攻撃に比べれば、軽い軽い。こちらは陸路、何のこれしき！」とばかりに出発した。が、竜頭蛇尾！　着いた時には腰が痛く、屁っぴり腰で脚がフラフラだった。

以後、美智子がSセンターを退院するまでの九ヶ月間、必ず毎週土曜・日曜・休日の日と、それ以外の日も含めて、延べ九十一回、総距離にして二万四千七百キロを走った。

眠くなるのが一番怖かった。眠くなり、センターラインを越えそうな時もあった。窓を開けたり、歌を歌ったりしたが駄目だった。ハッカ入りガムを嚙むのが一番有効だった。ガムの味がしなくなるまで嚙み続けたが、その時は絶対に眠らなかった。

雨の降る夜と、夜の霧も怖かった。夜の雨はライトの光が路面で全反射し、センターラインが全く見えなくなるので、対向車との正面衝突が怖かった。

夜の霧はライトを点けると、前方一面が真っ白になり、何も見えなかった。対向車のフォグランプも、余程接近しないと見えなかった。それでこのような時は、高速道路は利用しなかった。一般道だと三時間半かかった。

また、台風が午後上陸するという予報があり、午前中から激しい雨が降り続いた時があった。それでも出発した。

また、美智子の母も齢《よわい》七十にも拘わらず、苦労してSセンターへ通い続けた。

母は大分の田舎町から、毎週月曜日の朝六時過ぎの汽車に乗り、一時間位揺られて大分に着くと博多行きに乗り換えて、小倉↓折尾↓飯塚と乗り継ぎ、いつも十一時半頃タクシーでSセンターに到着した。「美っちゃん、来たで」と、PTで訓練中の美智子の顔を、決まって覗き込んで笑顔を見せた。

とにかく四月十五日のことに話を戻そう。

着いてみると、美智子の母が、十二日の転院以来、ずっと付いていてくれた。

母は強し、である。簡単な引き継ぎを行ない、母は十一時半に病院を出て帰路に就いた。

美智子は、体温の変化が相変わらずある様子で、体温調節ができず、夕方から寒気がして、ガタガタ震えているという。

「もう駄目かもしれん。廃人になってしもうた。二人の子供に何もしてやれん。お父さん、見捨てんでな……」と、声をあげて泣いた。

「まだ、リハビリという可能性がある。やってみなけりゃ分からん部分があると医者は言っているのだから、頑張れ！　俺が、ずっと付いとるが」

と励ましたが、それ以上何も言えなかった。

尿道のカテーテルは抜いていた。一日三回、九時、十六時、深夜一時に導尿をしている、とのことであった。

四月十九日（水）、十時にセンターに着いた。

午前中は、リハビリ室にいると聞いて、8ミリカメラを持ってリハビリ室を訪ねた。

戸口に立ち、美智子を目で捜した。

少し暗い、向こうの奥の方の訓練台の上に、あたかも薄い紙をピシッと二つに折り畳んだような恰好で、脚の上に顔を伏せ込んだまま動かない美智子を発見して、「これは！」と、私は息を飲んだ。美智子に近づけなかった。あまりにも『頸髄損傷』の惨《むご》さを感じ、8ミリで撮ることを止めた。そっと居室に引き揚げた。

そして泌尿器科の主治医に会って説明を聞いた。説明はこうだった。

「十四日頃、尿管カテーテルを外して以来、排尿は一日に三回尿導管で排出しているが、本人が四回も五回も要求して困る。今のところ、一日三回と本人と約束しているのだが。一日に何回もカテーテルで排尿すると、膀胱が痙攣するようになり、失禁の習慣が身につき、将来普通の在宅生活ができなくなる。

膀胱には五百～六百cc位尿を溜めて、一日二回位カテーテルで排尿すれば、痙攣は起こらず失禁は防げる。それが厭なら、カテーテルを一日入れっ放しにするしかなく、そうすると、まず行動が制限され、また、細菌が侵入し易くなり、膀胱炎から腎不全に発展する。

だから、本人に一日二回という線を説得して欲しい。将来、在宅看護となったら、一日二回、誰かがカテーテルで排尿してやらなければならないですよ」

　昼からは作業療法士の先生によるリハビリテーションを見た。

　午前中の理学療法士と違い、担当の先生は、「よいしょ、よいしょ」と掛け声を上げ、美智子の脚を真剣に屈伸運動させていた。このような真剣なリハビリは、今まで見たことがなかった。

四月二十九日（土）

カーネーションの鉢を買って持って行った。昼食を、スプーンを手に装着して食べた。今日で三日目という。細かいことまで旨くできない。

美智子の耳をふと見ると、耳殻《じかく》の窪みの処に、ベットリとバターのようなものが溜まっていた。何だろうと思ってよく見ると、それは涙と耳アカのようなゴミが、積り溜まったものだった。

「わっ、これは！」と言いつつタオルで拭《ぬぐ》い取ってやった。反対側の耳殻の窪みも見てみると、やはり同じように溜まっていた。

　毎日泣き明かしたのであろう。首を固定しているので頭の向きを変えることもできず、手も動かせないので拭《ふ》き取ることもできなかったのだ。その涙の多さを思うと胸が痛んだ。

　午後から二時間半かけて、車椅子に乗り、漕ぐ練習をした。腕力がなく、少しずつしか進まず、僅かな上り坂になると全然進まない。
「こんなことになるとは思わんかった」と言って泣いた。
「尿の処理ができるようになるまで、一年といわずここにいたい」と言って泣き続けた。

四月三十日（日）

十時に着いたら、看護師にオムツを替えてもらっていた。

子供たちに電話をかけたいと言うので、携帯電話を繋いで渡すと、美智子は泣きながら話していた。足をマッサージしてくれと言うので、マッサージしてやると、「足に感触がある」と言った。左手の感触も以前よりあると言った。

昼食、指の動かない左手にフォークを取り着けて、一生懸命に口に運んでいる。口に辿り着く寸前にポロリと溢《こぼ》す。それでも一生懸命に何回も何回も口に運ぶ。見兼ねて手を貸そうとすると拒否し、やっと一口分辿り着いた。私は、ただ見守るしかなかった。

指が一本でも動いてくれれば、生活様式が随分と変わるのに、神の非情さに腹が立った。如何に試練といえども、ちょっと度が過ぎている。

看護師が、三〜四時間毎に「体向」といって、体の向きを変えに来る。床擦れ防止の為である。O病院ではしなかったという。

現在、一日に二回、尿を管で出してもらっているが、「自分で調整し、尿意を感じて尿を出せるようにならなければ、膀胱に穴を開けて尿袋を外に取り付けられる」という。

「膀胱瘻《ぼうこうろう》」のことである。

管で尿を出せなくなったら、失禁するようになり、それが一～二ヶ月続くと、床擦れするようになるので、膀胱に穴を開けるとのことであった。尿意を感じとり、自力で導尿することなどできるはずがなかった。

迫り来る非情な運命を受け容れざるを得ないことを悟ってか、

「一生、病院にいたくねえ。子供たちの所に帰りてえよお……」

と、子供たちに縋り付く思いで、美智子は大声をあげて泣いた。私は、「帰れるよ」と強く言ってやるのが精いっぱいであった。

やはり、何かに縋りたくなったのか、O病院の時に贈られた千羽鶴と、子供たちの写真が欲しいと言うので、次回、持ってくると約束した。

「お義父《とう》さん、お義母《かあ》さんに迷惑かけて申し訳ねえ。子供たちを立派に育ててくれてありがとう」と言って、また、泣いた。

昼、一時半から三時半まで、車椅子に乗せた。車椅子は少しずつしか進まない。手先がブラブラだから思うように漕げない。

三時頃から「早く帰りよ」と言う。美智子の食べる姿を思うと、食べさせてやろうと思い、帰れない。鼻をかませたり、荷物の整理をしたりして、時間を稼いだ。

四時四十五分、食事を配り始めたので、食べさせる用意をしようとすると、

「食べることができない時は、看護師さんが食べさせてくれるから、心配せんでもいいよ。

帰りよ」と言う。

　これも訓練だと思い、心を鬼にして、

「じゃ、帰るぞ」と言うと、

「うん」と言い、思う存分の作り笑いをした。私は後ろ髪を引かれる思いで病室を後にする。

　五月四日（木）

　肌布団、下着、子供たちの写真、千羽鶴を届けた。早速、肌布団を着せてやると、

「暖かい」と喜んだ。今まで寒かったのだろう。このことに関して、美智子は後日メモを残していた。

「痰は五月に入ってあまり出なくなって、痰切り薬は飲まなくてよくなった。あんなに痰で苦しめられていたのが、まるで嘘のようだった」と。

「昼食は自分で食べるよ！」

と言って、美智子は手に装着したフォークで口に運ぶが、途中でポロポロと落とす。半分は落とす。

『スプーンは……』と見ると、スプーンには前回のご飯がこびり付いていた。『よく後始

末をしてもらってないのだな』と不憫に思い、洗ってきてやったが、その間、じっと待っていた。以前に比べて、少しは口に運べるようになったが、皿の上の物を最後まで拾えない。

「もう、ここまでやれたから立派だ。後は俺がしてやるよ」

と言って食べさせた。今回は私の提案を素直に受け容れた。私によいところを見せようと思って無理をしたせいか、いささか疲れたようだ。

「今日は、脚に重さがないようや。こんな感じは四回目位かな。いつもなら、脚にずしりと重さが加わって、動けず、痛くて苦しい。お尻の下に脚が折れ曲がったように感じたり、脚が曲がったままに感じたり、全部で四本あるように感じて、いつも苦しいが、今日は二本あるようで痛みも感じない」と言って泣いた。

「一生、このまま痛みが続くのかもしれんが、生きていた方がいいのかなあ」と泣いた。

「子供たちの為にも生きんといかんぞ。母無し子にしたら、いかんぞ」と励ました。

車椅子に乗った時、

「背中に板が入ってるようや」

と苦しがるので、車椅子に座ったまま、背後から両手を引き上げるように背を伸ばしてやった。

「わあ、気持ちがいい」

と言って、美智子は子供のように喜んだ。

「明日五日は子供の日だから来なくてもいいよ。明後日六日は来ておくれ」と。少しは元気が出たようだ。私は五時前に帰路に就いた。

五月六日（土）

飯塚に向かう途中、花を買って持って行った。美智子は殊《こと》の外《ほか》花が好きであった。花を見て思わず破顔。久し振りの笑顔であった。

昼食を食べさせたが、やはりポロポロと落とす。それでも懸命に口に運ぶ姿に、今日、私は思わず涙が出た。

昼から「車椅子に乗せてくれ」と、美智子が看護師にお願いしたが、

「佐藤さんだけにしてあげる訳にはいかないよ。検討してみるけど、まず駄目だと思って下さい」

と言われて、悔しそうに諦めた。可哀想で堪らなかった。もう乗れないと思ってか、

「父ちゃん、もういいから帰って」

と言われたが、そうあっさり言われると帰れない。色々と話し込んだ。

「脚二本が、一本にくっついている。これが二十六時間以上続いている。お尻に脚を敷き込んでいるようや。けど、今日は重量感はない」

ということであった。

次の日、丁度正午に美智子の許に着いた。

よいタイミングで、美智子の前に昼食が備えられていた。早速準備し、食べさせた。

が、相変わらず懸命にフォークで拾うが、ポロポロと落としてしまう。美智子は
「フー」と溜め息をついた。見兼ねて手を貸そうとすると、

「放っといて、練習やけん！」と言う。

今日は少し突っ張っている。見守るしかなかった。

脚をマッサージしてやると、

「脚がポカポカする」と言っていた。

二時から、看護師に車椅子に乗せてもらった。乗って漕いでいる時、悲観してか、しくしくと泣き始めた。

「自殺したい、と何回も思ったけど、自殺もできない。ただ、訓練をやるしかない。今はもう、自殺なんかしないから安心して。子供たちの為に生きなければ」と泣いた。

私は、この言葉にハッとしたが、気付いてないように即座に、

「馬鹿なこと考えるな。あの時死に切れずに生かされているということは、生きる意味があるということど。何かの役目を背負って生まれてきたんだから、途中で役目を放棄したら駄目ど。生きよ！　俺が付いとるが」と励ましたが、尚、泣き続けた。

言われてみて、ハッと気が付いた。全ての方法を取り上げられ、益々生かされているのかと思った。

左手で軽い包帯類を拾えた。

五月十三日（土）

十一時半に着いた。美智子の部屋へ向かう途中、廊下で擦れ違う看護師に、「（美智子が）待ってますよ」と言われた。急ぎ部屋に入ってみると、私の顔を見るなり、堰を切ったように泣き始めた。

「昨日、先生からこんなことを言われた。『いくらリハビリをやっても治らない』とか、『六ヶ月経ったら退院してもらう』とか、『看護師さんは、あんたの為だけにいるのではない』とか……」

あとは言葉にならず、泣き続けた。

さめざめと泣きながら訴える姿が、長男の幼い頃の姿と重なり、我が児のようにいじらしかった。

医師は、ただ客観的に事実を家族に伝える調子で言ったのであろうが、美智子には少し応えたようである。

こんな時は、美智子を全面的に支持してやる調子で、

「そんな言葉は気にするな。リハビリはやってみなけりゃ分からん面がある。リハビリ効果がなければ、こんな辛い所にいつまでもいる必要がないので、大分に帰ろうや。そんなに泣いてばかりだったら、子供たちも暗くなる。お母さんが笑って過ごしていると、子供たちもやる気が出てくるだろ。過去のことや悲しいことは、サッと捨ててしまえ。考える

な。テレビでも観て忘れろ」

と励ました。まだ完全燃焼しなかったが、美智子は少し収まった。

昼食を食べるのを見守り、車椅子に乗せた。車椅子は少しずつしか進まない。漕ぎながらまた、泣き始めた。

「手も動かん。足も動かん。こんな生活、病院で、あと四十年も生きられん。子供と一緒に住みたい。車庫の所に狭い部屋でもいい。部屋を建てて、帰りたい」と泣きながら訴えた。そして、

「尿や便を、自分でできんと家に帰られん……」と、うーっと声を押し殺して泣いた。ここにいるのも辛い。帰るにも帰れない。手足も動かない。二進《にっち》も三進《さっち》もいかない状態に美智子は追い込まれていた。私も気休めは言えず、嘘も言えず、追い込まれた。

「何とか方法があるはずや。探す」と言うのが精いっぱいだった。

夕方、一旦発ったが、夕食が気になり、カーネーションの花を買って戻り、夕食を食べさせた。少しは慣れたかにみえたが、やはりポロポロと落とす。

途中「疲れた」と止めてしまったので、

「無理をするな」と食べさせた。美智子は泣きながら食べた。

翌五月十四日（日）、昨日のことがずっと気になっていた。着いてみると、昼食の直前で、前面のテーブルに食事を置いたまま、じっと待っていた。

が、私を見て、嬉しそうに、顔がくしゃくしゃになった。すぐに食べさせたが、半分くらいしか食べられなかった。

「一日中寝ているから（お腹が空かない）」と弁解していたが。両手のマッサージを一時間くらいしてやると、

「手がポカポカしてきた。マッサージ前は、ガラスの破片がガシャガシャあったみたいだが、なくなった」と言って喜んだ。

手首に少し表情が出てきたような感じがする。

五月二十日（土）

十一時半に着いた。途中花屋に寄り、ガーベラを十本、買って行った。

着いた時は、丁度昼食が配られた直後だった。美智子は、

「わあー、よかった。丁度よかった。看護師さん、もういいよ」とはしゃいだ。

昨日、体を支えきれずに横に倒れ、味噌汁をこぼしたそうである。

食事を看護師は、前にポンと置いたまま、「早く食べて」と言ったきり、手伝ってくれない場合もあるそうである。食べさせてくれる優しい看護師もいるが、指が動かないうえ、手の届かない所に置かれた食物は、どうやって食べろというのか。そんな時美智子は、じっと我慢して待っていた。

「できるだけ自分で食べる」と言って食べ始めるが、口の前まで持っていったスプーンの

食物が、ポロリと落ちる。やっと口の前まで持ってきて「今度こそ」と思った刹那、その腕がスーッと別の方向へフラフラと泳いでいき、ストンと手首が下に落ちてしまう。

　深い溜め息をついて、暫くじっとしている。

　やる気を充溢させるのに時間がかかるのだろう。見ていられず、手を貸そうとすると、

「いい！　一人の時は、どうしても自分でせねばならんから、手を貸さんで」

　と言い、また、同じ動作を繰り返す。

　神は残酷である。これは努力次第で乗り越えることができる試練なのか？　思いどおりに動かせないなら、フラフラを逆利用してタイミングを旨く摑む方法でもないのか？

　ま、何とか食べ終えて、一時半から車椅子に乗せてくれるように看護師に頼むと、

「今日は六号室までで、美智子さんは明日」

　と言われた。

「今日、主人が来ているから、明日でなく今日お願いします」と泣くように美智子が言い、やっと了解を得た。

　ベッド際で、リフトで美智子を吊し車椅子に移すのである。後にこの操作を私は習った。乗せてみたら、車椅子の進むスピードが、先週よりも速くなった。バックも、方向転換も少しずつできるようになった。ただ、未だエレベーターには一人で乗り込めない。床に少しの段差があっても乗り込むことができない。

　車椅子に乗っているうちに、辛いので泣きながら、

「お医者は、どう言うたんかい？」と問い詰めてきた。楽観的な言葉で慰め騙すこともできず、いつかその時期が来ると思い、

「脊髄が切れているも同然」という表現をしたら、廊下であるにも拘わらず、美智子は取り乱して泣き始めた。

「リハビリしてもつまらん。死にたいけども死ぬ事もできん。手も足も動かん。どうしたらいい？　どうしたら……」と声をあげて泣いた。どんな言葉を掛けても、首を振った。

「今は、何もかも我慢の連続や。顔が痒くても掻けずに我慢、食事が食べられなくても我慢、便をしたくて頭が痺れても我慢、我慢……」と肩を震わせて泣いた。

私は、この日が一番辛かった。何の言葉も掛けてやれなかった。気が収まるまで待った。

夕食の配膳前に部屋に戻ったが、例の如く夕食が食べられずに、惨《みじ》めな思いをさせたくないので、今日は食べさせて帰ることにした。夕食は、今日は私の介助を受け入れて、無言で食べた。歯を磨いてやり、鼻をかんでやり、手、脚のマッサージをしてやった。足の踵に、少し床擦れができかけていた。

「夢の中で、白い狐を見た。もう奇跡を待つしかない」と呟いた。

「明日は来なくていいよ」と、思い詰めたような小声で言った。

「白い狐」という言葉が、私にある決意をさせた。

五月二十一日（日）

美智子は、「今日は来なくていい」と言っていたが、「奇跡を起こしてやろうではないか！」という気が私の中に起きていた。望みを断たれた今の美智子に、意外性をぶつけるのが一番である。

私は、「来なくていい」に逆に燃えた。今日、竹田の扇森《おうぎもり》稲荷神社の祈願した御札を届けたらどうか！

この扇森稲荷は「白い狐」で有名で、「願い事が叶う」という言い伝えがある、霊験あらたかなる神様であった。伏見稲荷に似ている。

朝九時に大分を出発した。

毎年正月にお祓いを上げてもらっている神官さんに事情を話し、お祓いを上げてもらい、御札を戴いた。これを届けるよう指示された。

「さて、驚くぞ！」と期待に胸を膨らませ、竹田を出発。新緑の久住・瀬の本高原を抜け、玖珠、日田（夜明）を経由、国道２１１号を北上し、十五時に飯塚へ到着した。大分を出発して六時間経っていた。途中久住高原の新緑の風が爽やかであった。

「今日は来ない」と思っていた美智子が、私の姿を見て「あっ」という顔になり、くしゃくしゃの笑顔で声を上げた。

「来てくれたん！　ワァー」と、涙。

来た甲斐があった。昨日の辛い気持ちが一瞬でも吹っ飛んでくれればよかった。来意を伝え御札を渡すと、潤んだ目で何回も「ありがとう、ありがとう」と言っていた。

夫が竹田のお稲荷様の御守りを、瀬の本高原を回って四時間かけてこの飯塚に持って来てくれた。夫は「もう大丈夫じゃ」と言って、引き出しに御守りを入れてくれた。何かほっとして、精神的に守られている気がして心強かった。四時間もかけてはるばる竹田から来たことに感動し、感謝の気持ちでいっぱいだった。

（美智子のメモ）

身の回りの荷物の整理をしていると、すぐに夕方になった。

美智子は直径五センチ位の、表面がイボイボ状のボールを摑む訓練をしていた。「摑む」というより「支える」という表現が適切で、手に力が全く入らず、「摑む」ことなど到底できなかった。それでも懸命にボールを摑もうとした。

夕食が配られたので、食べさせようとすると、

「先にオムツを買ってきて」と譲らない。買って二十分後に戻ってみると、夕食は最初に置かれたままで、美智子は待っていた。すぐに食べる用意をしてやると、不自由な手で一生懸命に食べ始めたが、やはり殆ど失敗する。この「命を守る」という動作さえできないのを見ると、可哀想でならなかった。

『もういい。俺が食べさせてやるから、もういい』と、私は心の中で何度も言った。

今日、大分に帰り着いた時、疲れてはいるが子供たちを預かってもらっている父の家に立ち寄った。長男は高校一年生、次男は中学一年生になっていた。

長男がポツリと言った。

「お父さん、今夜何時に帰る？　ここに泊まらんかい？」と。

「夜、一人で勉強してると淋しさを感じる」とも言った。また、

「夜食を買ってきて」と甘えてきた。

パン等を買ってきて、十二時近くまでいてやった。次男もやっと寝床に就いた。長男も、やっと振り切れたようで、別れる時、

「うん、おやすみ！」と元気に応えた。

今日、学校で何かあったのか、私の弟が家の前に車を止めた時、「お父さんか！」と叫んだそうである。この時、相談したいことがあったと、何年も経った後に聞いた。私は後悔した。

帰宅後、美智子の母からの置手紙を読んだ。

「美智子には、もっと強い信念を持ってもらいたい。同じ部屋の友達は逞しく、子供、主人、家族の為、現実を見つめて頑張っている。私も三十四歳の時に主人を亡くしたが、仕事と子供たちの育児の為に強い信念を持って、今日まで生きてこられた。だから、美智子にも子供たちに会わせて、強い信念を持たせて下さい」という内容だった。

私は「よし分かった」と、何故か明るい気持ちになった。

美智子、子供たちと会う

五月二十七日（土）、これで飯塚へは十七回目となった。

初めて長男と次男を連れて行った。このことは、美智子には事前に知らせていなかった。昼の十二時にセンターに着いた。

次男が先頭を切って部屋に入った。

見た途端、美智子は「ワーッ」と大歓声を上げ、顔をくしゃくしゃにして涙をボロボロと流し始めた。この頃の美智子は、よく顔がくしゃくしゃになった。

次男はベッドの側に椅子を持ってきてチョコンと座り、中学入学試験のこと、新しい友人のこと、部活のことなどを次々と美智子に話して聞かせた。美智子は終始ニコニコしながら聞いていた。そして、ここでの訓練の成果として、得意気にキャンディーをつまめることをしてみせた。次男も長男も、「おー、凄いじゃん」と驚いてみせると、美智子は嬉しそうに、何回もキャンディーをつまんでみせた。

そして外の中庭で話そうということになり、四人で部屋を出た。廊下で先を行く美智子は、車椅子を一生懸命に速く漕いだ。後を追う次男が、

「大分《だいぶ》速くなった！」

と声を掛けると、美智子は嬉しそうに漕ぎ続け、クルリと振り返って満面の笑みで応えた。得意の絶頂であった。

美智子から提案があった。

「母さん、何もしてあげられんから、売店でアイスクリーム食べよう！」と上気した顔で言った。

売店前の長椅子で、四人してアイスクリームを食べた。子供たちと美智子の顔が輝いていた。この時のことを美智子はメモに残していた。

「母として何もしてあげることができないことに申し訳ない思いだった。売店でアイスクリームを買って売店の前のソファで食べてもらった。元気な姿が本当に嬉しかった。ヨッちゃんはまだまだ母親に甘えたい年頃だったろうに。まだ顔に小学生の顔だちが残っていた」と。

中庭に出て、花を見ながら四人で話した。美智子は饒舌であった。二人の子供に、

「くれぐれも気を付けて、事故に遭いなさんなよ」と言い聞かせていた。

美智子は、胸の痞《つか》えが完全におりたのか、久し振りに会心の笑顔で我々を見送った。

もう泣かない？

子供たちに会ってから、美智子の心境に明らかな変化がみられた。

次の日の日曜日、私はまた、花を買って持って行った。昼頃着いた。

部屋に入ると、食事中で、口をモグモグさせながらこちらを見て、嬉しそうな顔をした！

今までと少し違う……。ふと見ると、食事を殆ど食べ終わっていた！　戸惑いながら手を貸そうとすると、

「いいよ。一人でするから」と、キッパリと断られた。私は思わず顔が綻《ほころ》んだ。

「昨日は有り難う。子供たちは元気やったね。ホッとした」と、さらりと言ってのけた。

私も嬉しかった。今までの涙は、一体何だったのか。とにかく、私もホッとした。

「お盆、下げて！」と強く宣《のたま》わった。豹変さに戸惑いながら、私は心の底から笑いが込み上げてきた。

両手、両脚をマッサージしてやった。特に手のマッサージに対して、

「厚いスポンジに包まれたような感覚がなくなった。あっても、極《ご》く薄い感じや」と。

脚が細くなった。臑《すね》は、次男のそれ位になってしまった。

「七キロ痩せた」と言っていた。

『こんなになるまで、食べる事ができなかったのか』と思い、思わず目頭が熱くなった。

新な問題が起きつつあった。

数日前から、一日三回導尿してもらっているが、失禁状態が続いているという。私はこの時まで、「失禁」の問題性に気付かなかったが、医師に言わせると、

「失禁が始まったということは、膀胱が働き始めたということで、一歩前進だが、失禁寸前まで我慢していると血圧が高くなり頭の血管が破れそうになるので、頭が痛くなる（過緊張状態）。また、逆に失禁状態が続くと、こんどは褥瘡《じょくそう》（床擦れ）の心配が出てくる。失禁に対しては、どこまで耐え得るかが、今後の問題となってくる」とのことであった。


一週間後の土曜日、再び訪ねてみると、美智子の元気さは、まだ健在であった。

昼食は、殆ど自力で食べた。その懸命に食べる姿に、悲愴感は微塵もなかった。

食後、来る途中に買ってきたカーネーションを花瓶に生けてやると、ホーという顔をして、

「近づけて！　嗅がせて！」と言う。

『あっ、こいつまた、食べるかもしれんなあ』と思いつつ鼻に近づけてやると、力いっぱい息を吸い込み、

「あー、いーい匂い！」とニッコリ笑って顔を離したので、私もホッとした。

昼過ぎ、車椅子に乗せてやった。以前に比べて、漕ぐ動作が大分板に付いてきた。エレベーターにも、どうにか一人で乗れるようになった。

私は気が緩んだ。頃合いはよしと思い、

「俺の婆ちゃんが亡くなったよ」と言った。

「え、いつ？」

「五月七日に」と言って、『しまった』と思った。

「知らんかった。最後まで、何もしてやれんかった」

と涙をポロポロ流し、顔をくしゃくしゃにして泣き始めた。私の祖母と美智子は、奇しくも誕生月日が同じで、その縁からか実の親子以上に仲がよかった。だから今まで言えなかったのだ。

「九十二歳の大往生だから、今頃婆ちゃんもホッとしてるやろ」

と言って慰めた。美智子は涙を拭って、ふっと笑顔を浮かべて頷いた。受傷以来、初めて他人のことで涙を流した。

車椅子の運動から自室に戻り、夕食まで、手をマッサージしたり、足を揉んでやったりしたら、気持ちがよくなったと笑った。夕食は右手にフォークを括《くく》り付け、懸命に食べた。食後、歯磨きは自分でするというのでさせてみたが、チューブのキャップを歯で噛んで取ろうとするが、手で挟めない。やむなく手伝った。こんな時、以前なら涙を流したが、もう泣かなかった。何とかやり遂げた。

気功との出会い

私の片道百三十六キロの通院は、まだまだ続く。始まったばかりであった。五月の終わり頃から顕現化し始めた失禁という問題に、美智子は暗い気持ちに落ち込んでいった。

六月八日には、主治医から「過骨症《かこつしょう》」と診断された。左腰裏の骨が少し大きくなってきており、薬を日に五錠ずつ飲んでいるとのことであった。寝たきりの状態が長く続いた為と言われたらしい。次から次に、苦難を背負わされていく――。

この日、私は連絡協議会に出席する為、北九州市に出張していた。会議まで、まだ間があるので、書店である本を探していた。

すると、『あらゆる気功を超越した　元極功入門』（広岡純著・学習研究社）という本が目に付いた。手に取って目次をパラパラ捲《めく》ってみると、

「一瞬にしてシコリが消えた！」という文字が目に飛び込んできた。「これだ！」と思った。

この頃の私は、人間とは自然界の一部であり、体内で起きる心理現象、生理現象、化学反応、筋肉内に微弱電流が流れる等の物理現象は、全て地球上の物理学の法則に則ったも

のであると思っていた。

その根拠は、心理現象を例にとってみると、故団藤重光教授著、『刑法綱要総論』（昭和四十四年版　創文社）の六十八頁、犯罪論の体系「行為」の処で、

「行為は、……生物学的な基礎をもち、……社会的な基礎をもっている。……行為は身体の動静であるが、……心理的要素が必然的にそれに内在する。……心理作用は……意識作用を伴うばあいにも、その背後にさかのぼって行くとき、微弱意識的なもの、無意識的なものをとおして、ついには……潜在的な人格体系そのものに行きあたる。それは心理学的・精神医学的な領域をとおして、最後には生物学的な領域に入ることになるのである」

と明言している。

例えば人間が極端な渇きに遭遇した時、無意識的にも水を補給しようとする行動に出る心理（動機）は、体内の生理現象に基づく生物学的なものが根底にある、と教授は言っているると思う。つまり、生物学も根底には物理学があると私は考えていた。

そして、蜥蜴《とかげ》やプラナリアには再生能力があり、両者とも尻尾《しっぽ》の部分を切り落とされても、再び立派に尻尾が再生してくる。プラナリアたちは、どこを切り落とされても、失った部分が再生する。つまり、頭が残れば尻尾が生え、尻尾が残れば頭が再生するのである。

これは、地球上の生物学の根底にある物理現象の一つと私は考えていた。

ならば、人間についても考えられるのではないか。物理現象のどこかに、それがあるはずだ。その方法を未だ人間が発見していないのではないか、と思って探し続けていた。

それを美智子には「方法を探す……」と言っていた。そして行きついたのが、気功であった。気功については、以前、少し見聞きしていた。

私が独身の頃、少林寺流空手道場に通い、一年半経った時七級になったが、どうしても正拳突きで板が割れなかった。今から思えば、単に筋肉が未発達なだけだったのだろうが、その時、気功の達人が、裂帛《れっぱく》の気合もろともに空手の掌底《しょうてい》突きの恰好で離れた距離の数人を吹っ飛ばす映像を観た。さすがにこればかりは物理現象として説明できないと思った。後で知ったが、気功は、硬気功と軟気功に大別され、硬気功は武道に活用され、軟気功は医療に活用されるということで、気功の世界ではあり得ることだったようだ。

現代医学の移植という方法で治せないというのなら、このどちらでもよいから、美智子の頸部に直接メスを入れずに、気功という手段を使って治療できないかと考えるに至り、その資料を探し求めていた。そして、この本に巡り会えた訳であった。

この本を未だ熟読しないまま、次の土曜日に、とにかく美智子の許へ持って行くことにした。

六月十日（土）に本を持参した。

センターに着いて、部屋に入る前に看護師とすれ違った時、「（美智子が）待ってますよ！」と、また伝えられた。映画によくある場面だが、すぐに現実に引き戻された。

部屋に入ると、私の顔を見た途端、美智子はポロポロと涙を流し始めた。

昼食を前にして食べる事を逡巡していたようだったが、私が現れたのを機に急に元気に

食べ始め、

「誰かがいると思い切って食べられる」

と言いながら、昼飯を上手に食べあげた。

食事が済んで、美智子に気功の本を見せた。

「一瞬にしてシコリが消えた！」という目次を見せ、「貫頂《かんちょう》（気功師が、患者の頭の天辺『百会《ひゃくえ》』にポンと指の先端で触り、気を注入する行為）により、全身麻痺が八十パーセント治癒した」という頁を見せたら、美智子は「オッ」と目を見開いた。他の頁には担架で運ばれてきた女性が、椎間板ヘルニアで過去二回の手術にも拘わらず歩けなくなっていたが、貫頂後歩けるようになった、という写真を見て、「ホー」と喜色満面、驚きの声を上げた。

ただ、美智子は、本を手に取って硬い紙の頁を捲り読むことができなかった。それで、今日のところは一旦本を持ち帰り、コピーして美智子が読めるように製本し、再び持参することにした。従って、美智子は、今日の段階では気功を理解するに至らなかった。

一ヶ月位経って、私はコピーして製本した一冊を、書見台と一緒に美智子に届けた。そして美智子は貪るように読んだ。

「何日かして、夫が気功の本のコピーを持ってきた。『元極功入門』という題だった。私が読めるように夫は西洋紙大に拡大コピーしてくれた。一枚一枚、書見台にそのコピーを立てて捲っていき、最初から読み進めていった。鯣烏賊《するめいか》を噛むように、じっくりじっくりと噛みしめるように読んでいった。病気を治すのに貫頂といって、ツボに触れた指先からエネルギー（気）を発射して治療するものであった。半信半疑だったが丁寧に一字一字を読み進めていくと、頚髄損傷の治癒率が八割という行があった。貫頂で治った人が八割もいるという。

私はこの行を何度も何度も読み返した。

絶望の淵にいた私は暗いトンネルの中で、ほんの微かな弱い光だが何か希望の光を感じた。治るんだ。中国に行って貫頂を受ければ八割の人が治るんだ、と。西洋医学では治らない頚髄損傷が東洋医学では治るという。

目を疑う信じられない行に、目が釘付けになって小さな胸を躍らせた。本の最後の行まで夫はコピーしてくれ、私は三回、最初から最後まで読んだ。

そして、まだ治る道があるんだ、と知った時、嬉しくて仕方がなかった。どうしたら中国の先生から貫頂を受けられるのだろうか、と心が躍った。早く著者と連絡を取りたいと思った」

このあと、美智子を車椅子に乗せ、散歩に出た。エレベーターのスイッチを押す練習を何回も繰り返したが、やはり旨くいかない。中庭に散歩に出て花を見ていたら、「倒れたばっかりに、大変なことになった……」と、現実に引き戻されて泣き始めた。

「今まで真剣に働いてきたから、今からは、もう働かんでもよい。俺が全て動いてやるから、全然心配せんでもいいぞ」と励ました。

失禁との闘い

この頃の美智子は、苦しいリハビリ訓練を続けても顕著な効果が認められず、かといって訓練からは逃げ出せず、頻繁に起こる頭痛を伴う失禁に苦しみ、治る見込みもなく行く当てもないのに転院先を探すように言われていた。まるで逃げ道を完全に断たれた鼠のようで、絶望感から毎日泣き暮らしていた。しかし、訓練場では、気丈にも涙を見せまいと気を張っていた。私の毎回の訪問が唯一の心の支えであった。記録によると、この六月は、一ヶ月間で十一回訪問していた。

六月十一日（日）　昼過ぎに着いた時、昼食は終わっており、食器類はそのままであった。

私の顔を見るなり、

「もう厭やー」と泣きだした。看護師さんは殆ど手をかしてくれず、惨めな思いをしたらしい。

「よく来てくれた」と泣いた。

途中で買ってきた花を花瓶に刺してやった。

「嗅がせて」というので、花を近付けてやると、いつものように息をいっぱいに吸い込み、

「いい匂い！」と顔を離し、安堵の表情を浮かべた。花の匂いを嗅ぐと、きまって美智子は安定するようであった。

あとは、足の爪を切ってくれ、両の耳掻きをしてくれ、頭を掻いてくれ、鼻をかんでくれ、湿布薬を貼ってくれ、手や足を揉んでマッサージをしてくれ……と、一所懸命に頼んでくる。そして「有り難う」と何度も言って、涙をこぼした。毎回、この繰り返しだった。

「大分の近くに入院したい。ここは、もう半年でいい……」と今日、初めて言った。

「リハビリの効果はなかなかないだろう。もう、こうなったら、気楽に過ごすことを考えた方がいいぞ」と励ました。

車椅子に乗せて散歩している時、

「ピアノを弾きたい。せっかくあそこまで（ピアノ講師のグレード資格を取っていた）いったのに……」と思い出して、顔をくしゃくしゃにして泣いた。倒れる直前まで、懸命に生きてきた……。

六月十八日（日）、この日は暑かった。昼少し前に着いた。着いた時、暑いので美智子は汗をかいていたが、誰もタオルケットを退けてくれないので、歯を食いしばって泣いていた。

「暑い……」と一言。

すぐに、バッと退けてやった。

昼食を食べさせる時、悲しかったのかポロポロ涙を流し、子供のようにすすり泣きながら食べた。来る途中に買った寿司弁当のネタの部分を食べさせた。肥ると悪いとのことで、ご飯の部分は食べず、私が食べた。

そのあと、尿の失禁をしていた。五〇cc位。紙オムツを換えてやり、洗濯もしてやった。夕方、また、五〇cc位失禁したので、すぐに看護師に導尿して貰った。一五〇cc位出た。便も出たので紙オムツも交換した。

この日、私は美智子の母が残していたメモを目にした。

「母としては、穴（膀胱瘻）を開けないように、お願いしたい」と。

母の子を思う気持ちは痛いほど分かるが、膀胱瘻を回避する為には、美智子自身が自己導尿するか、誰かが常時付き添い、二時間置きに導尿してやるしか方法がなかった。私は苦しくなった。美智子は「病院で、いつか死ねばいいわ」と口走ることもあり、自暴自棄になっていた。

（この頃の美智子のメモ）

尿を自分の意思で放出できないので、尿は膀胱内に溜まったままとなる。それを防ぐ方法を考えなければならなかった。

尿をどの位膀胱内に溜められるか、看護師さんが毎回尿を採って、尿の量を記録した。方法は、血圧が上がって頭が痺れてくるぎりぎりまで我慢し、限界が来た時、細いパイプを尿道から膀胱に差し入れて採尿し、その量を量るのである（どういう訳か頸髄患者は、尿路が詰まった時や、膀胱がパンパンになった時、尿意を催すことができない代わりに頭が痺れてくる）。

もうこれ以上我慢できないというぎりぎりの時でないと尿は採ってはいけないと看護師さんに言われていた。それで、ぎりぎりまで我慢して尿をたくさん溜められるように頑張った。

ある日は血圧が、上が一六九にもなった。尿の量は最大で二五〇cc位であまり溜めきれなかった。

最初は介護導尿ということで、母の手により尿を出す練習をした（介護導尿とは、介護者が尿道に細い金属製のパイプを差し込み、尿を排出する方法）。

しかし、夜が困った。夜中に尿を採ってくれる人がいない。母が夜中に付き添って導尿するのは無理だった。

次に自己導尿の練習もした（自己導尿とは、自力で尿道にパイプを入れ、排尿する方法）。自己導尿の道具も買った。しかしこれは、指が動かせない私にはどうしてもできなかった。

介護導尿も自己導尿もダメになったので、導尿という方法がなくなった。五月頃、若い医師に聞くと、頸椎五番は膀胱瘻にする人が多いと言う。

そして六月の終わり頃、遂に、医師と看護師長と、夫、私、母が一つの部屋に入って、膀胱瘻を勧められた。理由は手が適わないので自己導尿できないから、という。尿道にカテーテルを入れたままにしておく、という方法は、一切言われなかった。これは心残りであった。が後日、「尿道カテーテルの方法は、カテーテル交換する時に段々と尿道が太くなって、カテーテルも太くなり尿漏れをするようになる」と説明を聞いた。仕方がなかった。

そして後に、膀胱瘻の手術を受けることになる。

この尿の失禁と同時に、便の失禁にも苦しんでいた――（美智子のメモ）
排便は、一週間に二回やってもらった。火曜日と金曜日。受傷前は一日に二回排便することが普通だった。それが一週間に二回だけとは！　金曜日の排便のあと、土・日・月と三日間も排便できない。
食べることが怖かった。
訓練中に便が出たことがある。すぐに新聞紙をお尻の下に敷いて部屋に連れて帰ってもらい、お尻を綺麗にしてもらった。補助看さんが片付けてくれた。汚れたパンツとズボンは母が洗濯してくれた。土・日は夫がセンターに到着するなり、いきなり看護師さんから言われて洗うこともあった。

直腸障害で排便をコントロールできないのだ。リハビリの訓練を受けるのだから、三度の食事は摂《と》って体力をつけねばならないので食べるのだが、何せ一週間に二回の排便だから、訓練で体を動かすと、どうしても便が出がちになる。一週間に二回排便日があり、排便日以外の日は便を出したらいけないのだ。

一週間に二回排便というのが、医学的に正しいものだと思っていた。介護の負担を軽くする為、一週間に二回となっていると気付いたのは、ずっと後になってからだった。

受傷してから今日まで、この排便コントロールは、ずっと悩みの種である。

そして六月二十二日（木）には、年次休暇を取って、泌尿器科の主治医から、美智子の現在の状況を説明してもらった。

（主治医の説明）

三月九日の事故当時からは膀胱の機能はストップしており、動きがなかった。従って、尿を溜める力もなく尿を排出する力もなかったので、たれ流し状態となり、カテーテルで出していた。

しかし今は、何らかの刺激があると膀胱が縮む。これは元の状態に戻ったことであり、機能回復の一つといえるが、尿道を閉じる括約筋が開いたままなので、膀胱収縮時に排尿となり、たれ流しとなる。いわゆる失禁です。

これは長く、ほぼ永久的に続くでしょう。

失禁状態が続くと、一～二週間もすると褥瘡（床擦れ）ができ、細菌が入るので膀胱炎から腎不全へと発展する。危険です。

これを防止する方法は二通りあります。

一つは、以前のようにカテーテルを使用する方法です。

二つ目は、膀胱瘻（膀胱に外側から穴を開け、外側に尿袋を取り付けて尿を溜める）という方法です。

カテーテルの方法は、細菌感染の危険性があります。

膀胱瘻の方法は、苦痛もなく、安全で、経費もかからず、床擦れの心配もないです。

この二つの方法が採れない時は、自己導尿の方法も考えられるが、美智子さんの指が動かないという状況下では不可能なので、お母さんにしてもらうしかないです。

という説明であった。

本人とよく相談して、一週間後の水曜日に泌尿器科の部長先生と、もう一度相談することにした。

三日後の土曜日、正午に着いてみると、

「あ、よかった。来てくれた！」と嬉しそうに言って、こちらを見た。昼食が前のテーブルに置かれたままであった。早速食べさせた。

「頭がジーンと痺れてきた。尿が出るう……」と知らせたので、急いで溲瓶《しびん》を用意してやると、五〇cc程出た。出る時期が分かるようであった。

昼から車椅子に乗せ、中庭に出て、それとなく話題を膀胱瘻に振ってみたが、「膀胱瘻は厭や」との一言で話が進まなくなった。

散歩の途中、またもや「頭が痺れてきた」と言い、失禁を予告した。そのとおりとなった。便も漏らしてしまったので、部屋に連れて帰った。看護師に、オムツの交換をしてもらったが、ズボン、下着、シーツ等は、洗い方を習い、私が洗った。最近は、美智子の注文が多いらしく、看護師からよく叱られるので、テキパキと注文ができなくなっていた。

夕食を食べさせ、歯を磨いてやり、爪を切って、薬を飲ませ、マッサージをしてやって、夕方私は帰った。毎回このような日程であった。

次の日の日曜日も、同じであった。美智子にとって、日常の普通のことが大変であった。

膀胱瘻の手術

そして一週間後の六月二十八日（水）、美智子の母と私は、主治医を交えて泌尿器科の部長先生から説明を聞いた。

「現在の状況は、括約筋が開きっぱなしになっています。膀胱内に尿が一八〇cc溜まった時、膀胱圧が高まり、反射作用として膀胱収縮し、失禁となります。この時、血管が収縮し、額が汗ばんだり、頭が痛くなったりする現象が起こります。これは尿意ではない。反射的に起こっているだけです。

三月九日の手術以後は、全機能がストップしていたので、こんなことは起きませんでした。だからカテーテルを入れっ放しで排尿していたはずでしたが、今は膀胱の機能が回復してきた。けど、括約筋の動きが回復しないので、垂れ流しとなっています。

対策としては、自己導尿か、お母さんが二時間置きに導尿してやるか、膀胱瘻しかないです。看護師は、全員の二時間置きの導尿などできません。一日三回が精いっぱいです」

と、前回の主治医の説明とほぼ同じ説明内容であった。美智子は放心したような顔で聞き、母はガックリと肩を落とした。

そして六月最後の日には、整形外科の主治医から転院先を探すように言われた。入院期間は、六ヶ月とされているから、今から転院先を探さないと間に合いません。別府のJセンターにも問い合わせてみましたが、美智子さんの場合は障害の程度が酷《ひど》いので受け入れは無理ということでした。あとは、一度自分で探してみて下さい――。とのことであった。私もガックリきた。重度障害の施設が「程度が酷いから受け入れられない」ということは、もう行く所がないということではないか。

七月一日（土）に着いてみると、便を漏らしていた。美智子は看護師を呼ぶのをためらっていた。私は構わず呼んでやった。私は小さくなっている美智子を見て、無性に悔しかった。

この時、「膀胱瘻の方が楽かもしれんのう」と控えめに問いかけてみたが、堰を切ったように、

「手が動くようになりたい。治りたい……」

と言い、顔をくしゃくしゃにして声をあげて泣いた。私も同じ気持ちだった。慰めの言葉も励ましの言葉も出なかった。無力であった。

次の日曜日、私は百合の花を持って行った。美智子はいつものように花に顔を近付けて匂いを嗅いだ。そして、

「好い匂いや」と、いつもの笑顔を見せた。私の訪問と花が、唯一の安らぎであったようである。


七月に入ってから、私は頻繁に夏休みを取った。

七月五日（水）には泌尿器科の部長先生から、導尿方法を習った。

七月八日（土）、美智子は「早く大分へ帰りたい。この病院にいても、さほど効果がない」と言い始めた。

次の日も、「早く大分に帰って、大分川の土手を散歩したい」と夢を語るようになった。

七月十二日の朝七時すぎ、美智子から泣きながら電話がかかってきた。

「夜、十一時半以降、失禁すまいとすると、頭痛がして苦しい……。膀胱瘻をした方がいいのかなあ……」と。

「案外、先生の言うとおりかも知れんぞ。楽かも知れん」と答えると、

「そうかなあ……」と未だ決心は付かない様子であった。


七月中旬には、私も美智子の母も、介助導尿の施行練習をした。医師、看護師から二回程手順を習うと、どうにかできるようになった。美智子に実施してみると、今までは導尿前の時刻になると、決まって頭が痛いと言っていたが、それがなくなり、夜もよく眠れるようになった。これには母も安心した。

だが、この導尿方式は、抜本的な対策には成り得なかった。常に二時間置き位に、導尿してやることができないという問題があった。

そして七月二十二日（土）、
私はいつものように昼前に到着。昼食後、「頭が痺れたように痛い」というので、「すわ！」とばかりに導尿してみた。すると百五十ccばかり出た。

「ごめんね」と美智子。

「なんの、気にせんでもいいわい」

と、私は一応役目が果たせた思いで安堵した。昼一時半から車椅子に乗せた。美智子はプロのように進むのが速くなっていた。

話す場所は、いつもの待合室のソファの前。今日は土曜日、受付は昼までの為、広い待合室は誰もいない貸し切り状態であった。

「看護師さんがしてくれる導尿は、朝の九時と、昼四時、夜十一時の一日三回だけだから、その間の失禁直前の頭が痛くなったら、全部母さんがやってくれている」

「知ってる」

「母さんも相当疲れてきたし、私も失禁する前の頭痛は、一日何回もきて、もう耐えられんわ。限界や。もう導尿をやめて、膀胱瘻の手術するわ。もうそれしかないやろ」

と、溜め息をついた。美智子は決心したのだ。

「そうか。一日に何回も頭痛がするのは、よくないかも知れんから、膀胱瘻の方がいいだろう。厭になったら膀胱瘻は外せば良いだけだろうし、喉に穴を開ける時のように、一生それで決まりということではないから、痛みも無いことだし、心配するな」

と、私は努めて楽観的に励ました。

「母さんは膀胱瘻をさせたくなかったみたいだから、一応、今日帰ったら、母さんに相談してみるよ」

「うん」と美智子は肩を落とした。

翌日来てみると、昨日決心した後、いろいろと考えあぐねたのであろう、異なことを言い始めた。

「私と同じ位に悪い状態の人でも動くようになるのに、私は、どうして治らないの？　手術の失敗やろ。事故直後、O病院でなく、最初から、ここに連れてくればよかったのに。O病院が失敗したんや。ここにヘリコプターで連れてきて、手術すれば動くようになったはずなのに、それをしなかった。O病院の失敗や」と、失敗、失敗と繰り返し言った。

私は、

一、まず時間との勝負で、緊急手術をしなければ、命が危なかったこと

二、ヘリコプターは動員出来なかったこと

三、重傷である頸髄損傷は、どこの医療機関で処置しても結果は同じで、元どおりの機能

回復は望めないこと

四、後日判明したことだが、O病院の執刀医は、以前飯塚のSセンターで経験を積んでいたこと

等を説明したが、美智子は「失敗」と信じ込み、聞く耳を持たなかった。終いには、私も腹が立ってきた。

けど、他に選択肢が残されていない美智子を思うと、可哀想でならなかった。誰だって、失禁も厭だし、お腹に穴を開けて尿袋を下げるのも厭である。美智子は行き詰まった。

そして七月二十六日（水）、膀胱瘻の手術をするかどうかの最終相談をした。

私は、この日夏休みを取って、昼から飯塚へ向かった。午後四時に、泌尿器科の部長先生、主治医、母と美智子の五人で打ち合わせを行なった。

（医師の説明）

・手術については、痛みは伴わない。
・膀胱瘻は、何回でも外したり、着けたりできる。
・細菌感染の可能性は、導尿と殆ど同じである。
・膀胱瘻の方が生活が楽である。　　等々

この説明を聞き、やっと母は「仕方ないか」と言いつつ、膀胱瘻の手術に同意した。

美智子は、今の導尿法のままでは、過緊張が続き、発汗、頭痛が伴うので苦しいから、

早く膀胱瘻の手術をしてくれ、と母に願った。

夕食後、同意書にサインした。明日手術することになった。

夕方六時半、母は腹が立ったのか、美智子の導尿をしようとせず、知らん顔をしているので、美智子は、

「母さんがしてくれないので、父ちゃん、して下さい」と泣くように言った。私が導尿をしてやった。私には母の悔しい気持ちが分かっていた。皆、それぞれの立場で悔しい思いをしていた。


七月二十七日（木）膀胱瘻の手術を実施した。私は行けなかったので、電話で母に尋ねたら、「昼前に手術しました。そして昼からのリハビリには出ましたよ」との返事。

夕方に、もう一度電話して、様子を尋ねたら、

「今、頭痛がして、氷枕で後頭部を冷やしてます。今晩痛むようだったら、一徳さんに来てもらいますよ」と言った。この非常識な言葉に私は腹が立ったので、

「僕が夜中に行って、何をするんですか？」と反論してしまった。母の気持ちを思いやることができなかった。


（美智子のメモ）

膀胱瘻の手術をした。

膀胱瘻とは、臍下一五センチ位の所から体内の膀胱に向けて穴を開け、膀胱内からカテーテルの先端に取り付けた尿袋に貯尿するという方法である。

手術には、首から下の痛みは感じない為、麻酔なしで行なわれたと思う。

穴開けは、最初一六ミリから始まり、一八ミリ、二〇ミリと直径を大きくしていって、最終的には二〇ミリになった。

穴を掘る時、軽い痺れを感じた。この痺れは、だんだん月日が経つに連れて強くなっていった。

その後、膀胱瘻の穴は、毎日、イソジンゲル・キシロカインゼリーを塗布して、ガーゼを取り替えた。血や膿が出ていた。土・日・祭日以外は、毎日膀胱洗浄をしていた。

こうして排尿方法は、一応膀胱瘻という方法を採ることになった。


七月二十九日（土）、私は、手術後初めて訪問した。昼から車椅子に乗せて、院内を散歩していたが、その途中、

「どうしてこんなことになったのか……」

と、泣き始めた。お腹からカテーテルが引き出され、その先端部分に尿袋が取り付けられて、それを脚に装着されている。その、あまりにも人間性を無視した機械的な姿に、美智子は悔しさで途方に暮れた。自然の形の人間が羨ましくて泣いた。その震える肩に、私は手を置いてやるのが精いっぱいであった。

三時半に部屋に戻り、横にしてやって足の感覚を確認した。

私に両足の足首を持たせ、美智子は足に力を入れたつもりで顔をしかめて、必死に力んでみた。

「少し動いた？」

との問いに、首を横に振ったら、涙を浮かべて、

「どうしてかなあ……」

と、力を落とした。動くはずがないことを本人に説明できない。どちらも不可能だった。

「O病院に担ぎ込まれた時、すぐにSセンターに連れてこれんかったん？」

と残念そうに、また訊くので、
・緊急手術をしなければ、命が危なかったこと
・頸髄損傷の場合、どこの病院でも処置は同じであったこと
等を説明したところ、どうやら自分が重大な局面に立たされていることが、やっと判ったようであった。

「大変なことになった……。大変なお荷物になってしもうた……」

と、さめざめと泣き続けた。

「いっそ、あの時、死んでしまった方がよかったかなあ……」

「馬鹿言うな！　死んだ方がよかったなら、あの時助けとらん。子供たちの行く末も見ずに、死ねるか？」

「そうやなあ」と目を伏せた。

「このまま行けば、もう家に帰れんかもしれん。一生、病院で寝たきりかもしれん……」

「色々と、つまらんこと考えるな。動けんようになった犬や猫が、将来のことを考えて、くよくよするか？　あの食い物を、どうやって取ってやろうかと、今のことを真剣になってるだけやろ。分からん先のことを考えるな」

　ここまで聞いて、美智子は、キッパリと言った。

「そうやな！　明日は来んでもいいよ。あんたに何かあったら大変や」

「ある訳がねえ。事故の方が俺から逃げる。『済まぬ、済まぬを背中に聞けば、馬鹿を言うなと　また進む、兵の歩みーのー♪　頼もしさ』」

と「麦と兵隊」の一節を吟ずると、美智子は、フッと顔を綻ばせた。

遂に転院の勧告を受けた

八月に入った。来るなと言われるも通い続けた。

八月四日（金）、十時半に到着。

着くと、美智子は車椅子に乗って、リハビリに出かけるところだった。

「あっ！」と驚いていた。私はリハビリ室に付いて行った。

車椅子から訓練台に移る練習。到底移れないので、先生から移してもらい、台の上で体を少しずつ前進させる訓練を実施した。

一回の動作で、一センチずつ位しか進まない。脚を前方に伸ばし、腕を後ろ向きに伸ばして体を支え、前傾する反動で腕を後方に突きやり、前に進もうとする。筋肉が発達してないので、とても苦しそうだ。

それでも約三十分間続けた。疲れると、パタンと体を前に二つ折りしたまま休み、全身を波打たせて息をしている。

数ヶ月前までには予想できなかった変わり果てた姿が、そこにあった。這這《ほうほう》の体《てい》で、ここまでやっと逃げてきたような姿に、手を貸すこともできずに、目頭が熱くなった。

昼からは、別のリハビリ室で、マッサージ、体の捻転、体を起立台に括り着けた直立訓練が三十分間位、実施された。この直立姿勢の時、話したりすると気分が悪くなるので、話をせずに、じっと耐えているとのことであった。

将来必ず回復するとか、何かの目的がなければ、このような拷問のような訓練生活は耐えられないであろう。こんな時、「頑張れ！」とか言われたら腹が立つ。

逃げ場を失った美智子は、最近「自殺したい」と、よく涙を流す。「頑張れ」という空虚な言葉は励ましにならず、かける言葉が見つからない。効果のない苦労はさせたくない。何をやっても効果のない重症であることなど、本人には言えない。

部屋に戻る時、重度障害者が生活するモデル室を見学した。そこには、健常者の生活とは別世界の設備があった。

入口は段差のないバリアフリー、車椅子が方向転換できる幅の広い廊下、低位置のスイッチ、車椅子が寄り付ける洗面台と傾斜鏡、指を使わずに掌で開閉できる棒状の蛇口水詮、リフト付きの浴槽、障害者を寝かせたまま洗える洗い場、寝たまま排便できるお座敷トイレ、大きな洗浄装置、等々。

これを見て、私は溜め息が出た。私の溜め息に美智子は間髪を入れず、

「一生病院生活は厭や」と呟いた。

当然であろう。が、今の状態で医療機関を離れたら生命の危機が付き纏う。そのことを美智子は未だ悟り得てなかった。

ある晩、美智子は主治医から転院の勧告を受けた。

夜、いきなり私はベッドごと年老いた母と一緒に別室に連れて行かれた。主治医がいた。主治医がにこにこしてこう言った。

「今まで家庭の為に働いてきたのだから、これからは家族の人からお世話をしてもらって生きるのがいいですよ。大分にA病院といって、N病院の系列の病院があります。そこに転院して下さい」と。

　一瞬私はこう思った。

（ちょっと前にお腹に穴を開け、膀胱瘻にしたばかりで手当てしていく方法も分からない。ましてや、リハビリは始めたばかりで殆ど自分の力ではできない）と。

外は雨がしとしとと降っていた。

悲しかった。（捨てられた）と思った。

私と母は、主治医の話を黙って聞くしかなかった。話が終わると看護師がさっと来た。タイミングよく来て、ベッドを病室に運んだ。夜の九時位だった……。

同じ頃、美智子の日常の感情がメモに残されていた。

（美智子のメモ）

（美智子のメモ）

土曜・日曜・祭日は褥瘡予防の為、横向きに寝かされていた。大きな枕を背中に置いて、汗びっしょりになっていた。昨夜寝たのに、また寝ないといけない。もう眠たくなかった。四時間、じっとしているだけではいけないと思い、黄色いニギニギ玉を持ち、力を入れたり抜いたりしていた。途中で手から外れて落ちると、巡回に入ってきた看護師さんに取ってもらった。

しばらくの間、右肘が、どうかするとスッと脇の方に擦り上がり曲がってしまう。看護師さんに肘を伸ばしてもらっても、また上に曲がってしまう。

自分は何もせず、じっと寝ているが、Wさんは外のベランダで洗濯物を車椅子の高さの台に干している。羨ましかった。

自分も将来洗濯物を干せるようになりたいなあ、と思った。

窓辺からWさんの干している姿は見えるのだが、クークルクル、クークルクルと物悲しげに山鳩が鳴いている姿は見えなかった。多分、中庭に何羽もいたのだろうと思う。

八月頃、首を固定していたガードを、やっと外すことができた。

それまで毎日二十四時間着けており、五・六・七月と暑くなるにつれ、汗びっしょりでガーゼが濡れて煩わしかった。

ガードを外す時は怖かった。看護師長さんが、そっと外してくれた。

「頭が、こんなにも重いということが分かったでしょう。首がこの重い頭を支えているのよ」と、ニッコリ笑った。

私は前を見るだけで、斜め後ろや真後ろなど向くことはできなかった。頭は重かった。ガードを外すと、私の髪の毛は白髪が一杯で、なお且つ一ヶ月に一回カットしてきたショートヘアだったので、もう四ヶ月も切っておらず、髪の毛はぼうぼうと長くなっていた。病院に床屋さんが来ていることを知り、早速行った。中に入ってみると、街の床屋さんの中の様子と同じ鏡があった。

ラジオから音楽が流れていた。日常の生活の匂い、社会と隔離されていた病院のと違う社会生活の匂い、世間の匂いを感じた。懐かしい受傷前の日常生活が思い出された。

床屋さんの夫婦は優しかった。綺麗にカットしてもらい、人間に戻った感じがした。シャンプー、ヘアーマニキュアは私の体の状態ではできなかったが、カットだけでもすっきりした。床屋さんの前の廊下を右に五メートルぐらい行ったら裏口だった。早くよくなって家に帰りたいなと思った。裏口を出たら社会の営みがあった。

全てが限界に来つつありて

転院の勧告を受けてから、美智子も私も行き場のない不安感に追われ始めた。

転院と一口に言われても、当時は六十五歳以上の老人ホーム的な所は多かったが、介護方法の異なる若年の重度障害者が入れる施設は非常に少なかった。

この施設に入所できない時は、自宅を改造するか改築するしかなく、厖大《ぼうだい》な費用と改築に要する期間が必要で、すぐに実施できなかった。

また、自宅介護をする為の改造・改築の場合、医師から、

「火事、地震等の最悪の場合、美智子さんが自力で脱出できる設備がないと、自宅生活は無理ですよ。少なくとも、誰か介護できる人が四六時中駆け付けることができないと、自宅での生活は無理ですよ。自宅改造する時は、設計図を一度見せて下さい」と言われていた。私が仕事を辞める訳にはいかなかった。

私は、ここでの美智子の訓練を見てきて、

「頸髄損傷の場合、脳からの命令が神経の途中で途絶えて筋肉に届かない限り、如何に訓練を積んでも動けない。従って、ここセンターでのリハビリは、殆ど効果なく、超医学的

な（例えば気功のような）方法でしか効果は期待できないのではないか。ただし、ここセンターでの訓練のうち、歯を磨く、というような、日常生活でできる技の発見は、大変有意義であった」と考えるようになった。

従って、無駄な苦労はできるだけ早く切り上げて、美智子を早く引き取るべきだ、と考えるようになっていた。

一方、美智子の方は、

「このような、苦しいだけの効果の出ないリハビリは、もう沢山だ。早く苦痛から逃れたい。リハビリで動作ができなければ叱られる。逃げたいが逃げる方法がない。逃げ場がない。自殺したいが、自殺する力がない。転院先も決まらない。もう気が狂いそうや」と、心の中で泣いていた。

美智子の母は、

「リハビリ訓練を積んで、何とか自分の事は自分でできるようになってもらいたい。私も歳を重ね、今後、いつまで面倒を看られるかわからない。今は苦しいリハビリでも、訓練を重ね、自立できる目途が立つまで、このセンターで頑張って欲しい」と思っていた。

従って美智子と美智子の母は、考え方が対立していた。逃げたい美智子は、リハビリを強要する母を恨むことさえあった。

また、この頃、美智子はＭＲＩ検査の結果、医師から「頸椎空洞症《くうどうしょう》」と言われた。この「空洞症」について、後日、外科部長に説明してもらった。

「元来、脊髄の所には、髄液があります。損傷した脊髄は、その部分溶けてなくなり、空洞化します。そこに髄液が溜まり、液が脊髄を圧迫し、神経の伝達状況が今よりも悪くなります。今のところ、このSセンターにいる限り、悪くなることはないでしょう」との説明であった。

八月の半ば頃から、私は転院先を探し始めた。暇をみて、大分市内、別府市内の目星《めぼし》い病院や施設を巡り、内部のリハビリ設備を見て回った。ところが、このSセンター程の設備を構えている所は少なく、あっても病院のリハビリ室は、術後の患者の身体の動きを回復させることを目的とする訓練場のようで、凡そSセンターのリハビリ室の雰囲気とは違っていた。それでも、やっと別府に二ヶ所探し出した。

このことを美智子に報告すると、「どちらがいいか、もう少し情報が欲しいので、調べて欲しい」とのことであった。

「同室のKさんは、退院後、改築した家に戻るからいいなあ。あんたが退職してから家に戻れるとしたら、あと十五年かかる。あと十五年も病院におれん……病院のタライ回しはスカン」と、美智子は声を上げて泣いた。

私は胸が締めつけられる思いであった。

「あの時、何故Sセンターに連れてきてくれんかったん……」と、また、泣き続けた。いくら説明しても聞き入れず、私も腹が立った。

「自宅に帰ると言うが、二十四時間付きっ切りに面倒を看られる人が、誰かおるか？」との問いに、美智子は返事がなかった。返事はできなかった。

この時代には、未だヘルパー制度も発達しておらず、不可能であった。私は現状が悔しかった。逃げられない美智子が可哀想で、ここまで美智子を追い詰める言葉を浴せた私は、自分が情けなくて仕方がなかった。

八月二十七日の日曜日の朝、美智子の母から私に電話があった。

「美智子は、やる気を失っている」と。

昼、Sセンターに着いて美智子に会うと、

「もう母さんも限界や。以前は、月曜に来て金曜に帰っていたけど、今は水曜日には帰ってしまう。ここの訓練は苦しい。もう地獄や！　自己導尿の方法と、車椅子からベッドへの移行を早くマスターして、別府に早く帰りたい。もう十月一杯が限界や。この前の別府の話、確認してみてくれんかなあ」と言った。明日にでも訪ねてみることにした。

美智子の両手の親指が、意識的に、微かだがピクリと動かせるようになった！　新しい発見であった。

翌日、大分市障害福祉課より、障害者手帳の交付を受けたので、早速、別府のＪセンターに相談に伺った。

センター長に相談したところ、十月頃までに飯塚Sセンターの先生から紹介状を書いてもらってくるように、との回答を得た。

ただ、別府のJセンターは、今まで頸髄損傷の人の入所は少ない、と聞いて、不安を感じた。


九月一日（金）の午後二時から、美智子の母と一緒に、飯塚Sセンターの外科部長から、現在の状況と今後の方針を聞いた。

「現在から今後にかけて、美智子さんの指や脚は動くようにはなりません。

空洞症とは神経の炎症のことであり、これが高すぎると、もっと麻痺が酷くなることがあるが、今、やっと抑えているのが現状です。

今、恐ろしいことは、肺炎と、尿道炎と、床擦れです。万一の場合、すぐに対応できる病院を探しておく必要があります。

受け入れる病院は、以前のO病院の担当の先生に相談するのもいいでしょう。

今後の理想は、病院に三ヶ月、次に家に数ヶ月、また病院に数ヶ月、というようなリズムがいいと思います」との事であった。

夕方、別の担当医に、入院期間をもう少し延ばして欲しい、とお願いしてみたが、逆に「十月には出てもらいたい」との返事で、いよいよ転院先を探すしか道がなくなった。

美智子は、泣きながら事故当時のことを後悔した。

「どうしてあの時、倒れたのかなあ……。もう取り返しがつかない……」

「そう悲観するな。今、神経移植手術の研究がされているらしいぞ。今はコンピューター部門と医学部門の進歩が凄いから、頭のいい人たちに任せておけ。何とかなるわい」

と、美智子のクヨクヨを、ボカンとぶち壊すように言うと、美智子はフッと表情を取り戻した。

九月六日には、大分市障害福祉課を訪ねて転院先の相談をしたところ、別府のJセンターへの入所願書を、早く提出するように指導を受けた。急に突破口が拓けた。

九月九日（土）には、飯塚のSセンターに、別府のJセンターへの入所申請書に添付する医師の意見書を依頼した。

美智子は、

「入院生活は辛い。指の節が痛い。こんな生活は、九月一杯が限度や。子供たちと一緒に暮らしたい。父ちゃん、見捨てんでな！」

と泣きながら私に訴えた。

「見捨てんでな！」の言葉が、心の奥深くに響き渡った。

翌十日の日曜日、美智子はやはり悲観的であった。

「私、もう駄目かもしれん。何もしてやれんでごめんな。若い奥さんを貰えんでごめんな。皆の足手まといになってしもうた」

と、悲観的なことを言った。

「バカ言うな。今、医学が発達してきた。移植手術も医者が真剣に考えている、とテレビで言っていた。移植方法の完成を待て。完成した時に、逆に手足が使い物にならんでは、話にならん。今のうちに鍛えておかんと、後悔するぞ。最後まで希望を捨てるなよ」

と夢のようなことを言うと、久し振りにケラケラと笑った。本心から笑った。

今は、「移植手術」という言葉に、一縷《いちる》の希《のぞ》みを託していた。

次の土・日曜も、美智子の悲観は変わらなかった。

「毎日、倒れた瞬間の夢が出てくる。どうしてか分からないが。もうリハビリでは駄目や。リハビリは苦しいばかりで、治らん。精神的にも限界や。気が狂いそうで耐えられん。移植手術しかない」

と、何回も言った。

翌日の日曜日、昼から車椅子に乗せて庭に出て、外の空気を吸わせていた。

「どうしてこんなことになったか。手も動かん、足も動かん。もう、いくらやっても駄目や。『リハビリには限界がある』と先生が言った」

と、感極まり、子供のように泣きじゃくった。私は声を荒げた。

「『リハビリだけで動けるようになろう』、とかいうのは、最初から無理だと分かっとる。リハビリをしなかったら、体が硬くなり、もっと動かんだけだ。動けるようにする方法は、移植手術とか他に方法があるはずや。まだ研究中だが。テレビの取材番組があった位だから、信用して待っておけ。治療方法が確立した時、手足が使い物にならんでは、話にならん。部品は完全だから、いつでも使えるように手入れしとけよ。その為のリハビリだぞ」

と叱咤激励した。私も必死だった。しかし、美智子の気は晴れなかった。元気者が如何に激励しても、動かないという現実の美智子にとっては、所詮他人事であったのだろう。

腕や脚が細くなっていた。以前の面影はなかった。

この骨だけのような細い腕で体を支えながら、車椅子からベッドに移る訓練をするのは無理である。本人も苦しい、と泣いた。

「朝、八時半からリハビリ室に行き、できないことを訓練させられ、できなければ先生から叱られ、昼からまた、訓練。もう逃げ場がなく、六ヶ月間、こんな生活をしてきた……。もう気が狂いそうや。いつになったら別府の病院に帰れるかなあ。あと、二週間かなあ……」

と指折り日数を数える姿を見ると、可哀想でならず、こちらも耐えられなかった。

美智子は、「早く転院手続きをして！」と泣きながら訴えてきた。

台風十四号　上陸す

九月二十三日、土曜日、テレビでは朝から台風関連のニュースが報じられていた。台風十四号が、今夜半、九州を直撃するという。さて、どうするか。

今度の台風は雨足が速く、朝八時現在には既に大粒の雨が降り始めていた。風も強い。ただ幸いなことに、大分の直撃予定時刻は真夜中であることだった。昼間は案外行動できるかもしれない。

美智子の、昨日までの泣き濡れた顔が想い出された。毎日、絶望感と苦しいリハビリに苛《さいな》まれ、耐え難きをやっと耐え、忍び難きをやっと忍び、日々泣き通している美智子を想った。今、一番、元気を必要としているのではないか。

これを思った時、

「父ちゃん、見捨てんでな！」と、美智子の涙の声が聞こえた。

「えい、ままよ。行け！　行って顔だけでも見せてやる。飛行機じゃあるまいし、陸路、墜落することはない。危ない時は停まればよい。明日は日曜だし、何とかなる。バカと言うなら、バカと言え」と肚《はら》を決めた。

行く前に、父母の家に立ち寄った。子供たちも、二階から下りてきた。

母に「今から行ってくるから」と伝えると、

「行きなさんな。台風が、もうすぐ来るよ。あんたに、もしものことがあったら、どうすんの。明日にしなさいよ」と。

父も「台風に行くバカがあるか。止めとけ」と、言葉少なめに言った。

「心配ないちゃ。九州上陸が夕方以後じゃから、それまでに帰るから、心配せんで」と答えた。私の決心が変わらないとみて長男は、「父さん、どうしても行くんやな。む…。じゃ気をつけて。じゃあ！」と、二階に上がってしまった。案外あっさりとしていたので、気が楽であった。

この時、午前九時の台風情報は、那覇市西北西約二百キロの海上に在り、中心気圧九百六十ヘクトパスカル、最大風速四十メートル、時速三十五キロメートルで北北東に進行中。午後十時には鹿児島阿久根市に上陸し、大分直撃は、明二十四日の午前二時頃と報じられていた。

さて、雨、沛然《はいぜん》と降る中、九時に出発した。高速道路の状況を確認するまでもなく、一般道を通ることにした。国道十号を、フォグランプを点けて、ゆっくりと北上した。台風と同じ位のスピードであった。まるで、台風を飯塚へ連れて行くような感じがあった。途中、飯塚市に入ってから、いつも立ち寄る花屋に寄って、花を買った。店の主人が、

「台風が来ているのに、気をつけて下さいよ」と心配そうに言っていた。

十二時すぎに到着した。美智子は、こちらを見るなり、「あっ」というような少し強

張った顔をしたが、すぐにくしゃくしゃ顔になり、「あんた！　来てくれたんかい。よく来てくれた」と、満面の笑みを浮かべた。私も、この笑顔で救われた。

もう昼食は済んでいた。何とか食べ終えたのだろう。

お尻に少し傷があるので、看護師は車椅子に乗らないように、と忠告したが、美智子は、どうしても乗ると言い張り、とうとう乗った。そして廊下を、ゆっくりと散歩した。窓を打つ雨が、少し激しくなってきた。

私が行く日は殆ど土・日であるので、病院は休診日であり、待合室はガランとしている。それでいつも待合室が、美智子と私が話す場となっていた。

車椅子に乗っている間中、美智子は後悔し続けた。

「あの時、ちょっと気を付ければよかった。こんなことが、どうして起こったのか……。もう、手も足も動かん。大変なことになった……」

と、泣く。美智子は憚らず泣き続けた。

「医学は日進月歩、いつか手術が実施されるだろうから、その日まで手足を大切にして時期を待て。決して希望を捨てるなよ。今、お前は貴重な体験をしておるんど」

と、いつもの言葉を繰り返した。――美智子は、やっと耐えた。

「もうすぐ台風が来るので早く帰りよ」

と美智子が言う。私が帰る時、

「私も帰りたい……」

と泣きながら、車椅子をヨチヨチと漕ぎながら、私の後を追ってきた。私は曇る眼で、「いつか、帰る日が来るから。台風、心配すんな。帰り着いたら看護師さんに伝言電話入れるから」と、やっと言い残し出発した。

美智子が、今日、反対を押し切って車椅子に乗った理由が、分かる気がした。『かつて美智子の母が感じたように、これが夫の見納めになるかも……』と思ったのだろう。

Sセンターを出発したのが午後三時。暗くなる前に大分に帰り着きたかった。少し出発が遅かったかな、と思った。

フロントガラスを打つ雨が激しくなった。飯塚を出て、烏尾《からすお》峠に差しかかった時、風圧で、ドンと車体が揺れ、フロントガラスに、バケツの水を引っくり返したような雨がバサッと来た。

「しまった！」と思わず叫んだ。ワイパーが殆ど利かない。ライトを全灯した。そして白線を確認しつつ徐行した。対向車がないのが幸いした。徐行し、何とか平坦道に出た時、「もう台風の時は動かんぞ」と心に誓った。

ガムを噛みながら、10号線をひた走りに走り、薄暗くなった別府湾を認めた時、『やっと帰った』、とホッとした。時計は夕方六時半を回っていた。無事帰り着いたことを父に電話し、Sセンターにも伝言を入れた。Sセンターの看護師は、「お疲れさんでした」と、笑って言ってくれた。その夜、台風は午前二時頃、大分市を直撃し、朝、山口県を抜けたとのことであった。何とまあ、せっかちな台風であった。

そして、次の日の日曜日も、私は何事もなかったかのように、美智子を訪ねた。

再度転院の準備を

来る日も来る日も、美智子の苦しさは変わらなかった。毎回、同じような会話が交わされた。

九月三十日（土）、十三時から美智子は車椅子に乗ったが、部屋を乗り出す前に、「遺言になるかもしれないから、メモして」と美智子は、子供たちの学費の予算を書き留めさせた。今までの貯金や、保険金、退職金を総合すると、何とか二人の子供を大学に通わせることができる程度の予算であった。

これを言い終えた美智子の、車椅子を漕ぎ出した後ろ姿が、何となく落ち着いた雰囲気であった。しかし、次の日の日曜日、やはり美智子は荒れた。

「どんなに訓練しても少しも手が動くようにならない。リハビリはきついし、できなければ、先生から叱られるし、逃げ場がない。父ちゃん、助けて！　もう治らん、死に損なった。今週中に死ぬけんな！　……。でも、子供たちのこと考えたら、死ねんなあ……」

と、一日中泣いた。私も疲れてきた。

だが、十月三日（火）に、私は別府のＪセンターに行き、入所申し込みの手順を相談した。

相談したN指導員が、

「すぐに診断書をSセンターの先生に書いてもらい、提出して下さい。三〜四ヶ月はかかるかもしれないけど、お待ちしてますよ」

と、言ってくれた。私は嬉しかった。

翌日、私は休暇をとり、Sセンターの担当医に診断書を書いてもらうよう依頼し、顚末を美智子に話したら、

「本当！　夢のようや」と、涙を流した。

『別府に帰れる』という、たったこれだけのことでこんなに喜ぶとは、全てを失っている美智子を感じ、遅すぎた自分が情けなかった。

二日後の十月六日には、この診断書と、今度は美智子の職場に提出する休職審議用の診断書も書いてもらい、併せて車椅子の意見書・見積書も貰って帰った。もう今週は二日しか出勤していない状態であった。

帰り際、美智子が握手を求めてきた。力のない動かぬ手をユラリと差し出した。ガッチリと握り返えしてやった。

薄暗い部屋に、動かぬ体を残して帰った。未来がないだけに、慰めても気が晴れない……。

希望の芽

十月十四日（土）、庭に咲いた金木犀《きんもくせい》の小枝を、三本持って行った。美智子は、いつものように鼻に花を思い切り近づけて、

「好い匂いや！」と顔をくしゃくしゃにして喜んだ。

今週、美智子は本気で死んでしまおうと思った。自殺するに必要な握力が皆無であるにも拘わらずに。その日のことであった。

美智子がテレビを観ていた時、三人の頸髄損傷者が、それぞれ立派に社会復帰し、力一杯社会の一員として働いている姿が報じられていた。三人とも、頸髄の受傷箇所が、美智子よりも高位置であり、重篤であった。

一人は家政婦さんとともに生活して教師とし現場復帰し授業をしており、

「この生き様を生徒が見て、勇気付けられればそれでいい」と話されていた。

もう一人は、更に重篤で、車椅子を漕ぐことさえ叶わず、口にキーを打つ棒を銜えてパソコンを操作し、仕事をしていた。

今一人も同様の状態で、番組の終わりに、

「全国の頸髄損傷の皆さん、手足は動かなくても頭はしっかりしているのだから諦めない

で下さい」と言った。

　これを見た美智子は、

「自分よりも程度の酷い人が、社会にしっかり足をおろして自立して生きている」と感動し、

「私もこうなりたい」と切に思った。

　また、同じ頃、熊本県の『典子は今』という映画を観て、

「何を今までくよくよしていたんだろう。皆、健常者に負けずに生きている。何か目標を持とう」

と、今までにないような、やる気が出てきたという。「自殺」を思っていた時、この事柄に出遇い、思い留まったという。そして、「自分も職場復帰を」と胸を膨らませ始めた。

　そしてこの日は快晴で、天高く青空が澄み渡り、外気が心地好かったので、車椅子の美智子と外庭をゆっくりと散策した。

　庭の紅葉が綺麗だった。紅《あか》く色付いた落葉は、朱色、黄、赤、と何ともいえない色調を醸し出し、その調和が美智子を夢中にさせた。

「父ちゃん、綺麗な葉を集めて。できるだけ大きいのを。樫の実も拾って！」

　私は拾い集めて、どうするのか尋ねたら、

「この中で、一番大きな葉っぱと綺麗な実を子供たちに持って帰って。私からのプレゼントや」と言った。私は頷いた。

この時のことを、美智子は、

「父ちゃんと、綺麗な葉や木の実を見つけたりするひとときが、静かな幸せの時間だった」

と後日回想していた。

また、この時の落葉を、子供たちは久しく栞《しおり》にしていたようであった。

こうして散策しながら、美智子は、目を輝かせながら、今後の希望と目標を思いつくままに、私に語った。

・向こう二年間は、別府のKセンターにおり、ワープロやパソコンを習得したい。

・市の窓口業務に使ってくれる所はないか？

・小学校の養護教員になりたい。

・英語の勉強をしたい。　等々。

この美智子の夢を聞いた時、私は一応胸を撫で下ろした。

更生相談所へ

十月二十三日（月）、美智子は「判定」を受ける為、「K更生相談所」へ行くことになった。

この「判定」とは、美智子が将来どの程度の施設に移行することができるかを判断する為に、現在に至るまでの経過説明をし、心理テストを受け、総合的にどの程度の施設に適合するかを判断する「判定」であった。

私は、朝四時十五分に起床し、五時大分を発った。Sセンターが専用車を出してくれて、九時に更生相談所へ向けて出発した。

美智子にとっては、Sセンターに入所して以来、実に六ヶ月ぶりの外の景色であり、まるで旅行気分であった。

「外出は、六ヶ月ぶりや。気持ちがいいなあ……」

と上気した会心の笑顔で喜んだ。美智子が記録していた。

「受傷して初めての外出だった。リフトカーに初めて乗った。シートベルトはしていたが、カーブを曲がったり、でこぼこの道だったりして私の体が大きく揺れるので、最初から最後まで夫が真剣に支えてくれた。外の景色を見るとコスモスの花が咲いていた。受傷以来久しぶりに見た外の様子が新鮮だった。一時間近く揺られて、やっと更生相談所に着いた。そこで通された応接間には、人形ケース等があった。病院とは違う家庭の温もりがあった。知能テストみたいなテストを受けた。テストに一所懸命に答えた。ほぼ満点だった。職場復帰したいということも言った。判定員は「もと先生」としてよく話を聞いてくれた。この時私は、病院内の患者ではない気持ちがした。お昼は出されたお弁当が美味しかった。緑茶も香ばしくて美味しく、人間として尊重して扱われた気がした。世の中の生活の匂いがあった」と。

判定員から、色々な話を聞いた。その中で、

「佐藤さんは、人を恨まないだけ幸せです。交通事故の被害者は、一生恨みが消えず、相談時にも平静でいられないのですよ」

という言葉が強く耳の底に残った。美智子も同様で、帰りの自動車の中で、

「私は、人を恨まないだけ幸せや。恨みは、どんなにしても消えず、心は晴れないやろう。父さん、今日、来てよかった」

と、ニッコリと笑った。私も嬉しかった。

私は、ふと思った。

人は人を恨むが、動物は恨む心を持たない。例えば、人は人から行く手を妨害された時、妨害した者を恨む。場合によっては目標そっち退けで復讐に走る。

ところが、猫や鼠が行く手を阻まれた時、その妨害者を恨むことなく、さっさと道を変

更して妨害を躱《かわ》し、目標を達して後はケロッとしている。餌を奪われても、さっさと他の餌を探す。この点、人は動物を見習うべきだと思った。彼女に振られたら、彼女を恨まず、さっさと別の彼女を探せばいいのだ。この方が気が楽ではないか、と。ただ、そう簡単に割り切れないのが、感情を持つ人間の宿命かもしれないが。

夕方三時半頃、病院に帰りついた。美智子は疲れていたにも拘わらず、リハビリ室に行き訓練を五時すぎまで受けた。

起立台に立ち続ける訓練には、涙を流しながら立ち続けた。見兼ねて、「苦しいのなら無理するな。先生に中止を申し出ようか?」と聞いても、首を横に振った。今日の更生相談所の話で、心に誓ったことがあったのか毅然としており、取り付く島もなかった。

毎回、会う度に泣きながら「あの時、死んでればよかったのに」と後悔し、「死んでやる」と口走ることが多くなった。

私が土・日以外にも訪ねて行く日が多くなった。もう言葉だけでの叱咤激励・教訓・慰めだけでは、耐えて生き抜くことができない状況であったと思う。何か失意を吹き飛ばすモノが必要であった。

私はある日、十月十五日に行なわれた子供たちの運動会のビデオ録画を持参し、美智子に観せた。ビデオカメラを美智子のテレビに直結してカメラを再生すると、テレビをモニターテレビとして録画の内容を観ることができた。長男・次男の学校は、中高一貫制の男子校であり、特に騎馬戦や棒倒し等の団体競技は、その勇壮さに思わず固唾を呑んで見守る思いがあった。美智子は喚声をあげ、涙を流しながら画面を見入った。

「長男が棒引きで敵を片っ端から排除しているひたむきな様子に感動した。よくここまで成長したものだ。次男は足が速く、徒競走で一番だった。母親がこんな体になって何一つできないのに立派に成長している姿に涙が出た」と述懐していた。これは一つの成功であった。

この頃の、私が訪問しない平日の心情を、美智子は幾つか記録していた。

（美智子のメモ）

食堂の前を通ると、いつもパンをトースターで焼く好い匂いがしていた。土日にはいつもパンが食事に出ていたが、トーストではなかった。一度でもいいから焼きたてのパンが食べたいなと思っていた。指が動く人はこの食堂でパンを焼き、香ばしいパンを食べられるのだ。羨ましかった。自分とは別世界のところだと自分に言い聞かせた。

リハビリ室まで行くのに長い廊下がある。大きな窓から外の景色が見えるのだが、雑草は自由奔放に高く、それぞれの草や植木が勢いよく繁っている様子を見るとホッとして生命力をもらうのだが、植木は綺麗に同じ高さに剪定されていて雑草も殆どなく、いかにも人工的で生命力を感じなかった。

夫が来てくれた時は、外に出られた。もみじの木があった。プランターの花もあった。外の空気を思い切り吸い込み、暖かい日差しを浴びることができて、嬉しかった。

廊下に幾つかの植木鉢が並べられていたが、その中の一つにカニサボテンの一枝が挿木にされていて、見事な大きなピンク色の花を咲かせていた。短い一枝に立派な花を三つも付けている。まるで私の母を観ているようで、この姿に強い生命力をもらった。

初めて水道の水に当たった。お風呂では勿論ホースから出るお湯で手を洗うことはあっても、こうして毎日水道で手を洗えることはなかった。手を洗うのではなく、いつもおしぼりで拭いていた。ヘレンケラーではないが、「オー、ウォーター」と感激して叫ぶ位の嬉しさだった。水道で手を洗うということ、ごく当たり前のことだったが、受傷以来初めてのことだった。

リハビリ間もない頃は、OTのU先生から厳しく怒られたことも度々だった。涙を浮かべることもあった。ションボリしてリハビリの帰り廊下ですれ違ったOTのK先生が、に

こやかな顔で、

「元気出しなっせ！」

と力強く声をかけてくれた。ＯＴのＭ先生は「Ｕ先生は、愛のムチでやっているのだから、頑張ろうよ」と励ましてくれた。

その同じＵ先生から、

「佐藤さんは、いい根性してるやないか！　ここに来た人は、皆、この訓練に目を丸くしてビックリするんだが」と言ってくれた。

リハビリを続けているうちに座った姿勢から寝る姿勢になる動作が、だんだんできるようになった。体がペタンと二つ折りになって体を起こせなかったが、ＯＴの先生が、

「これだけは、絶対にできないといかん」と言って鍛えてくれて、「はあはあ」言いながらも、どうにか少し体を起こせるようになった。しかし前進の時は、体がフニャッと曲がり、足に頭を付けて進んだ。体を起こして進めなかった。

起立台に四十分位立てるようになった。時計と睨めっこしながら、「あともうちょっと頑張ろう」と時間を延ばしていった。

片足ずつ膝の裏を抱え持って、片足ずつベッドに上げることは容易なことではなかった。とにかく足は重たかった。足が上がっても、靴を脱いだり履いたりすることは、Ｓセンターでは手助けなしでは終《つい》にできなかった。

排尿については、最初は大きな尿袋を下げてリハビリしていたが、やがて小さい尿袋を

ズボンに長いチャックを付けて出し入れできるようにし、外からは尿袋が見えないようにしてくれた。随分と精神的に楽になった。健常者と同じ恰好になれて嬉しかった。OTでズボンのチャックを開けて、その小さい尿袋から便器に尿を捨てる練習をした。尿袋の尿を捨てる蓋には紐の輪を取り付けて、親指を引っかけて蓋を開け、排尿できるようにした。便器に尿を捨てた後、床の上のボタンを車輪で踏むだけで尿を流せた。自力で尿の始末が出来て嬉しかった。自立した気分になった。

秋もだんだん深まり寒くなってきた。廊下から見える景色は葉が黄色や赤などに色づいている。

早く帰りたい。早く子供と夫と一緒に暮らしたい、と外の景色を見つめて思った。

夫が土日・祭日と欠かさず来てくれるので精神的に本当に救われた。

一週間に一回、必ず花を持ってきてくれて花瓶に入れてくれた。イキイキとした花から生きる力をもらった。

花を持ってきてくれて間もない頃、補助看さんが「百合の花の花粉が服に付くので、花粉を取り払って下さい」と言われた。茶色の花粉のない百合は生気を失ったかのようだった。

彷徨の中に一条の曙光を見た

十月も終わりに近づいた。

Ｓセンターに入院して六ヶ月経った今、美智子が背負わされている状況は、殆ど前進の無い暗澹たる夜道のようなものであった。

苦しいリハビリ訓練を重ねてきたが、今できることといえば、器具を使いやっと食べることができ、やっと車椅子で動き回ることができるようになった位で、その他は殆どできないことに変わりはなかった。

そして美智子のこの運動能力を前提とした時、どこまでの介護が必要とされるのか、また、どの程度の自宅改造をしたら生活できるようになるのか皆目見当がつかず、改造計画も立てられなかった。従って帰れる自宅が無かった。美智子の判定結果が出る前に、美智子の能力に応じた設備のある行き先は選定できなかった。

そして訓練の甲斐もなく、回復の望みが完全に断たれ、移植手術も先が見えない夢物語と思われた時、唯一の「治るかもしれない」という望みは「気功」であり、希望は「復職」であった。

そんなある日、やはり日曜日ということで誰もいない待合室で、美智子と子供たちのことや辛いリハビリのことなどを話していた。

　八方塞がりで、今、何も打てる手立てもなく、

「手足が動かんとは、こんなに辛いことだということが、もう充分に分かった……」

　と美智子が泣き始めた。私は、

「まだ諦めるのは早いど。現代医学は限界かもしれんが、東洋医学の気功という手段を未だ試してないど。

　俺が持ってきた本には、頸髄損傷が八割方《がた》治ると書いていただろ。絶対に、とにかく治るんだ。本場の中国に連れて行ってやるから、悲観するなよ。諦めるのは、まだ早い！」

　と言った、正にその時だった。

　天佑か、窓の外の灰色の雲間から地上に向けて、真っ直ぐに一本の光が燦然と降り注いだ。

「おい、見ろ！」

「わっ、すごい！」

　美智子は、今までの涙を忘れ、目を輝かせて、暫《しば》しその一本の光に見入った。

「こんなこと、初めてや」

「おー、これは、神の啓示かもしれんぞ。諦めたらいかん。きっと『気功』の暗示や」

　と二人で喜び合った。実に不思議な出来事であった。この時以来、美智子は気功という

ものに本気で期待し始めたようである。

「私には何か希望の光のように思えた。絶望の中で唯一、気功が心の支えになっていた。あの本で、『気功』に出会えなかったら、私はＳセンターのリハビリに耐えられなかったと思う。Ｓセンターは肉体的にも、精神的にも逃げ場のない苦しい所だった」

と述懐していた。

そして美智子の、気功を慕う気持ちに火が点いた。

気功、そして転院の話が本格的に

十一月になって、頸髄患者にも「気功」で効果があったという実例の本を見せたら、美智子は目を輝かせて、

「その先生に会えないかなあ」と淡い、しかし現実的な希望を口にした。

(遂にきたか)と私は思った。

「倒れる数分前に戻りたい。気功でしか治らないので先生を捜して。気功で治らなければ死ぬしかない」と泣き始めた。慰める言葉がなかった。

「よし、著者に連絡してみる」と言ってしまった。が、本当に連絡してみよう、と思った。

十一月十六日は木曜日で平日であったが、休暇をとって訪問した。

というのは、美智子の母が遂に疲れてきたからであろうか、昨日、

「今日から、毎週水曜日には帰ることにしたから」と言うので、今日、私が病院に来てみた。

昼、到着してみると、「誰も来てくれない」と諦めていた美智子が、リハビリ室で訓練していた。

ベッドから後ろ向きに反動でずり動き、車椅子に乗り移る訓練であったが、懸命に体を動かしていてもなかなかずり動かない。とてもできそうになかった。

先生の手を借りて車椅子に移れた美智子が、こちらへ向かってきて私の姿を認めた時、「あっ」と笑顔になり、懸命に車椅子を漕いできて、

「来てくれたんやなあ」と喜んだ。

「あまり無理するな。あんなこと、スポーツで筋肉を鍛えた人でないとできないよ。俺だってできん。気にするな。正月には、たとえ一時間でもいいから家に帰ろうや」と慰めた。

「うん、うん」と泣きながら付いてきた。

「喉がかわいた」と言うので、途中水飲み場まで連れて行き、コップに水を入れて飲ませたら、子供のようにかじりついて飲んだ。その仕種が痛々しく思わず涙が出た。

病室に入り、手足のマッサージをしてやり、昼食を摂らせ、薬を飲ませた。

テーブルの上をよく見ると、袋入りの菓子があった。それには袋を開こうとした歯の跡があった。袋はビニール製で丈夫にできており、遂に開かなかったのであろう、諦めて放ったらかしにしていたようだ。「可哀想に」と思いながら、開いて食べさせた。

「あとは持って帰っていい……」と美智子は言ったが、……帰れなかった。

美智子は昼からの訓練に行った。

独りでいると、美智子は何もできなかった。

家改造の基本的な考え方

十一月二十七日（月）

今日は午後二時から、もし家を改造して自宅で住むようになった場合、どんな点に気を付けるべきか医師と相談し、アドバイスを聞くことになっていた。私は休暇を取った。

昼前に着いてみると、美智子の母は、まだ大分から到着しておらず、美智子が一人、ポツンと待っていた。

「シーツとオムツが濡れたままです。すぐに換えて」と言った。昼食前だがすぐに換えてやり、洗濯した。

昼食を食べながら、二人の子供の二十三日のＰＴＡのことや、次男が数学・国語をよく満点を取って帰る事を話すと、美智子は口をもぐもぐさせながら、嬉しそうに聞いていた。

「膀胱に貯尿能力がないので失禁する。もう一生膀胱瘻のままなのかなあ……。現代医学で治らないなら、気功に頼るしかない。気功で治らなかったら、もう死ぬしかない。でも、あと十年は生きていたい。子供たちを見届けたい」と淋しそうに言った。

「馬鹿を言うな。今後の過ごし方を相談する為に俺が今日来たんど。そんなに悪い方に決めてかかるな。何とか知恵があるはずや」と、またもや励ました。

午後二時から、泌尿器の担当医師とリハビリ担当から、美智子の今後についてアドバイスをもらった。

(改造計画について)

まず考えるべきこととして、次の四点を示された。

①出入口の改造
②風呂の改造
③トイレの改造
④何を目標として生活をするか

①出入口の改造について、

一人で在宅する場合を想定して、火事などの緊急時に自力で家から脱出できるようにすること。室内の段差を解消することは固《もと》より、入口から道路まではバリアフリーとし、段差が厳しい場合は、エレベーターも考えること。

また、外部との連絡が、すぐにとれるようにしておくこと。例えば、指が動かせずダイヤルが回せないのでプッシュボタン式の電話機を備えるとか、できれば、ハンズフリーの子器付きの電話機にするなどです。

②風呂の改造について、
　全身動かせず座ることもできないので、寝かせたままの全面介護の姿勢で洗えるようにする為には、車椅子の高さの、縦一・五メートル、横二メートル位の大きな洗い場が必要で、湯舟の広さを加算すると、浴室全体の広さは、縦二メートル、横五メートル位のスペースが必要となる。

　つまり、通常の家の脱衣室と浴室を合わせた広さが必要になってきます。

また、洗い場から湯舟に移す時は、リフトが必要で、リフトなしに二人がかりで抱えて湯舟に入れたり湯舟から揚げたりするのは滑って危険です。

　この改造を実施するか、できなければ、デイケアーシステムを大分市の福祉課から聞き、それを利用する方法もあると思います。

③トイレの改造について
　自力でトイレまで移動して（勿論、介助も必要だが）排便する設備は百万円位かかります。この設備は、単なる洋式トイレを「お座敷トイレ」に改造するのです。

つまり、洋式トイレの便座の高さに革張りの床（お座敷）を設置し、その床に車椅子を横付けし、車椅子から便器（便座）の位置まで体をL字型にして移動させ、L字型に便座に座ったまま排便するのです。排便中は、背を後方の背当てに寄りかけたままです。これなら単独でできますが、トイレは広い面積が必要です。

　しかし、腰かけ式便器（椅子型）を購入する方法もあります。経費は四万円位ですみます。

　今後、別府のセンター等で訓練した後、どの位できるか確定してから、トイレの改造を考えた方がよいです。

④何を目標として生活をするか
　日中、一人で在宅生活をする時、日中は何をするか、目標を考えておく。

　日中は、ワープロ等の練習をするとか、家族が帰ってきたらベッドに寝るとか。目的意識を持つことが、今後生きていく上で必要ですよ。


（膀胱瘻について）

　美智子は、膀胱瘻については、その不自然さと煩わしさから、どうしても馴染めないでいたが、担当医から次のように説明を受けた。

「現状では、自己導尿は不可能だし、細菌感染を考えたら、膀胱瘻がベストです。カテーテルの交換は、三週間に一度で充分です。また、膀胱洗浄は毎日やる必要はありません」と。

　これを聞いて美智子は、

「ああ……やっぱり、これしかないのか」

と、ガッカリしていた。私も、お腹からカテーテルが突き出ている部分の消毒や膿の除去を思うと、先が思いやられて暗い気持ちになった。素人考えでは、「自己導尿」という方法は指の動かない美智子にとっては論外であるが、生来の管である尿道にカテーテルを通して尿を排出するという方法は手術の必要もなく苦痛もなく、精神的に軽いと思う。

一方、膀胱瘻の方は、手術の必要があり、膿の除去や消毒作業という手間がかかり、お腹に穴を開けているので、そこから泥水が入ったり細菌が侵入したら立ち所に内臓がダメージを被ってしまうのではないか、と不安であった。ましてや、もし気功などで瞬間に神経が通じたならば、麻酔なしでお腹に穴を開けている訳だから、突然に激痛が走るのではないか、と心配でならなかった。

暦は十二月に入った。

十二月三日の日曜日に着いてみると、美智子は不機嫌であった。昨日の土曜日は、私の勤務先の忘年会で、病院に行けなかった為であろう。私が着くのを待っていたかのように、信長のように矢継ぎ早に命令が下った。

「木曜日に母さんが帰ったから、洗濯にかかって。その前に昼の食器を片付けて！」

「耳かきをして！」

「指の爪を切って！」

「足のマッサージをして！」

「気功の本を取り寄せてくれた？」

——昨日の酒の名残もあって、着いた早々、私はくたびれた。

美智子を車椅子に乗せ、病院内の廊下をいつものように散歩したが、その間、話題は後悔と気功への細《ささ》やかな希望であった。

「気功に残り一パーセントの希望をかけたい。指が一本だけでも動いてくれれば、生活が一変するのになあ。もうこんな生活は限界や。自分も苦しいし、周りの人も苦しめる。手術の失敗や。こんな手術をしてからに……」

美智子は、何かに心のもやもやをぶつけずにはおれなかったようだ。

帰る時、美智子は私に依頼した。

「果物ナイフを持って帰って！　これがあると発作的に何をするか分からんから」と。

私は、特に心配していなかった。美智子は握力がないのでナイフを握ることができなかったし、私に脅し（本人は脅迫効果ありと思っている）をぶつけることによってスカッとしたかったのだろう。私にしてみれば、幼児がオモチャのピストルを大人に向けて「金を出せ！」と精いっぱい脅しているかの如く、全く脅迫効果がないのと同じで、「児戯の戯言《たわごと》」としか思えなかったが、私は、

「それは一大事じゃ」と真面目くさって持って帰ることにした。

このような状態が続く中、十二月九日（土）には、再び子供たちを連れて行った。

部屋に長男が入っていくと、美智子は大きく目を見開いたまま、暫く声が出なかった。

「セイちゃん！　ヨッちゃん！」

と呼びかけると、前回のように「ワーッ」と声を上げ、顔がくしゃくしゃになった。

次男は元気に開口一番、

「英語八十九点取った！　来る時、父さんが高速道路で百六十キロ出して、猛スピードを味わった。凄かったあー」

と得意気に言うと、美智子は咎めるどころかニコニコ笑って聞いていた。

長男は、美智子の手を取り「マッサージしてやる」と言って揉み始めたが、

「硬てえ！」

と言って呆れ返っていた。

「母さんは、昼ご飯食べたけど、皆まだでしょ。喫茶室に皆食べに行こう。母さんコーヒーでも飲むわ」

と美智子が提案した。皆従うことになり、長男と私が美智子を車椅子に移した。美智子は元気に先を行き、私たち三人はぞろぞろと付いて行った。

四人が曲がりなりにも食卓を囲んだのは、実に九ヶ月ぶりであった。美智子は、子供たちに学園生活や、成績のことなどを質問し、「交通事故に気をつけなさいよ」とか、しみじみと語りかけていたが、次男が、成績をそっち退けに部活や友人関係の話を得意気に話し、長男も呼応して話に興じたので、美智子のしみじみした雰囲気が吹き飛んでしまった。

美智子は、ストローでコーヒーを飲みながら、終始嬉しそうに二人の子供の話に聞き入った。今日、子供たちを連れてきたことは正解であった。美智子の顔に、ほんのりとした気色が戻ってきた。一時的にしろ、美智子は心の休養を得ることができたと思った。

帰りの自動車の中で長男が、

「父さん、母さん元気そうじゃん。もっと落ち込んでると思ったけど、よかったなあ、今日行って」

と言ってくれたので、私も救われた思いがした。

十二月十三日（水）の朝、美智子から私に電話があった。病院内の公衆電話からであった。内容は、「気功の本の著者に連絡してくれたか？」ということであった。

私は昨日十二日に、東京の著者に電話をかけて、気功のことや本場中国の気功の先生について、詳しい情報を聞いていた。

要は、「来年の四月か五月頃に、本に登場していた『本場中国のT先生』が来日する。その時、福岡か熊本の会場に行き、先生に『貫頂』してもらえばかなり治るでしょう。治った人も多いですよ」とのことであった。

私は、この内容をそっくり美智子に伝えた。気功の、単なる咄《はなし》らしきものが具体的な話になってきたので、電話の向こうで美智子の声が明るく弾んだ。

「本当！　わあー嬉しい。四月か五月やな！　よっしゃ、絶対に連れてってって」

と、まるで幼児が雀躍するようであった。この様子を見た直後、私は『かなり治るでしょう』の言葉が気になり「しまった」と思った。

——もう矢は放たれた。気功にどの位効果があるのか、やれるところまでやってみるしかない、と肚を決めた。

とにかく退院を承諾した

そして十二月十五日（金）、私は休暇を取り、飯塚Sセンターへ向かった。

午後三時頃着いてみると、美智子は廊下で車椅子を漕いでいた。

辛そうな顔をこちらに向けた。笑顔はなかった。私はハッとした。

「あんたが、今日来てくれると思っていた。だから、生きていた……」

「馬鹿言うな。この位のことで命を捨ててどうするか。現代医学では、さも尤《もっと》もそうに『限界』とか言ってるが、まだ気功という方法があるじゃねえか。確実にお前と同じ程度の人が、完全ではないが治っていると言ったろ。俺を信じよ！　今よりもよくなるから。指一本だけでも動けば、生活が変わるぞ」

「そうやなあ。生きるしかないかなあ……」

「まだ、お前は分かってないようじゃな。

いいか！　自殺は、絶対にダメど。あの、丹波哲郎が本に書いていたが、自殺者はあの世に行ったら『自殺者の森』に追い遣られて、立木の中に永久に閉じ込められてしまう、と。それは、現世の苦しみとは比較にならない苦しみで、どんな剛の者でも泣き叫ぶ、ということじゃ。誰も助け出す者はいない。これは、スウェデンボルグ（一六八八年生まれの科学者）のように幽体離脱を経験して、あの世を見てきた人が何人も同じようなことを言っている。それだけじゃないど。キリスト教だって、『人間の命は神から与えられたものので、人生という旅路を自殺で全うしなかった者には罰が下る』と、同じ様なことを教えている。

もしこれらが本当に事実だとしたら、自殺したら取り返しがつかんぞ。お前が自殺すら出来ない体にされているということは、神から何らかの使命を与えられて、敢えて生かされているということじゃ。今のお前の〝障害〟は仮の姿ど。貴重な経験をしているだけじゃ。この経験をさせる役に、神は、強情な〝お前〟を選び、バカ正直でお人好しの〝俺〟を伴侶として付けたんじゃ。損な役目かもしれんが、ということは、お前は絶対に元に戻るということだ。人生は、皆平等で、よいことと悪いことを足し合わせれば、数学の数直線のように、プラス＋マイナス＝ゼロになるように神は設計している。お前には、まだ気功がある。道半ばで何が『自殺』か！　今は饅頭《まんじゅう》でも食って、ゲラゲラ笑っておけばいいんだ」

と、私は、日頃感じていたことを一気に美智子にぶつけた。

誰もいない待合室の廊下で、美智子は終始黙って私の話を聞いていたが、

「服を着替えさせて。汗かいた」

と言って、病室に戻り始めた。

着替えが終わった頃、担当医から「話がある」といわれたので、美智子を再び車椅子に

乗せ相談室まで連れて行った。

「幸いなことに、ご主人が来ているということなので、話を聞いてもらいたい」

と担当医は切り出した。

「入院期限は六ヶ月間だったけど、とっくに過ぎて十ヶ月目になっており、三月に別府に転院するまで、ここにおる訳にはいきません。ここに引き留めておくことが私でも難しくなりました。だから、三月までの三ヶ月間は、大分のA病院とかに移ってくれませんか。三月からは別府のJセンターに移れることは間違いないでしょうから」との事であった。

私と美智子は仕方なく「分かりました」と承諾した。私の心配とは裏腹に、美智子は苦しい訓練から逃れられるので嬉しそうであった。

それと担当医は、もう一つ付け加えた。

「社会復帰の運動を、HОさんという人がやっています。HОさんを今から紹介します」と言われ、別室でHОさんに会い、話の概略を聞いた。それによると、

「大阪の尼ケ崎の高校の先生の実例があり、大分でも先例を作ってみようと考えてます。近々、尼ケ崎に行き、条件等を確認しようと思っています」とのことであった。

美智子は、本当に嬉しそうに話を聞いていた。私は、復職に関しては「果たしてできるのかな?」と半信半疑であった。

病室に戻った美智子は、久し振りに笑顔を私に向けた。
・十二月中には、訓練から解放されて大分に帰れること、

・夢にみた復職の運動をやってくれること

この二つの話に、美智子の目はキラキラ輝いていた。

「みよ!、神は本当におるぞ。それにまだまだ、四月、五月には気功でよいことがあるぞ。医者は気功の秘密を知らんのだ」

と言うと、美智子は秘密を抱えた幼児のように「クックックッ」と声をあげて喜んだ。

「ま、ここを出た後の三ヶ月間位、入院できる病院はどこかあるわい。今から探すから、気にするな」と言って帰路に就いた。

ここまではよかった。が、実際問題として、若年の重度障害者を受け入れる病院が、果たして簡単に見つかるか、私は不安であった。あと二週間しかない――。

二日後に、私はSセンターで聞いていた大分のA病院に行ってみた。

ところが、A病院はリハビリ室はあるが廊下等は狭く、浴室は一室あるのみで泌尿器科はなく、重度障害者が入院して訓練を受けられる所ではないような気がして不安になった。が、一応、内部の様子を写真に撮り、二日後に午後から休暇を取り、夕方Sセンターで待つ美智子に見せた。

美智子は写真を一瞥して、

「何、これ! 今日ここに来た意味がない」と一蹴して不満の表情でこちらを見た。

私は、A病院以外にも、S病院、N病院と見て回ったが、リハビリ室がない等の設備が足りないことを説明したが、納得しそうもなかった。

「これは大変なことになったぞ」と思いつつも、あと一ヶ所、別府のRセンターがあることを思い出し、「明日、別府のRセンターを当たってみるから」と、やっと脹《ふく》れっ面《つら》を宥《なだ》めて、私はガックリした気持ちで帰路に就いた。

そして翌十二月二十日（水）、またもや時間休をもらい、私は別府のRセンターに行き、そこの理事に面会を求め、何とか引き受けてくれないか、と懇願した。

理事が空部屋を確認したら、空部屋はなかったので、一応、いつのことになるか分からないが入院予約だけして帰った。

夕方、美智子を電話口に呼び出してもらい、このことを話すと途端に元気な声になった。

周りの状況に左右され、自力では何もできない美智子が哀れでならなかった。

急転直下、退院の日が決まる

次の日、十二月二十一日、私の仕事中、Ｓセンターの看護師長から電話があり、

「大分のＡ病院はベッドが空かず、引き取れないということです。しかし、別府のＲセンターは『引き受けてもよいが、一度診察を受けて下さい。十二月二十五日（月）か、十二月二十七日（水）に、本人を飯塚から別府に連れてきて欲しい』ということでしたよ」

との知らせであった。

私は即座に「十二月二十五日に診察を受けさせる」と返答した。

更によい知らせが続いた。

翌十二月二十二日のこと、以前相談していた大分市障害福祉課から、

「先日依頼していたＧＴＰ等の検査値を、大至急、別府のＪセンターに送って下さい。というのは、この判定結果によっては、一月十六日に受け入れ日が早くなるらしいですよ」

との嬉しい知らせがあった。

私は、大至急Ｓセンターの看護師長にこの旨を電話すると、

「もう検査結果は送りましたよ。それに、一月十六日に別府のＪセンターに移れるのなら、十二月二十五日に別府Ｒセンターへ検査診断に行く必要がないのでは？　キャンセルしま

しょう」とのことであった。

私は、この迅速な対応が非常に嬉しかった。一気に悩みが解決した。

十二月二十三日（土）、私は吉報を胸に、わくわくした気持ちでSセンターに着いた。美智子は、心做《こころな》しか落ち着いた雰囲気で待っていた。

昼すぎに車椅子に乗せ、別府に帰る予定が三月十日から、一月十六日に早まったことを伝えたら、一応喜んだが、感激した様子もないので変だと思い訊《たず》ねてみると、

「看護師長さんから聞いて、知っていた。あんたからも聞きたかった」と。

私は、私が一番後回しになったようで、思わず笑ってしまった。

車椅子で廊下を散歩中、美智子は、ここでの想い出をいくつか私に話した。
・同室のKさんが十二月に退院するという。部屋にKさんと二人きりになった時、よくこう言って励まし合った。
「人間は月に行けたんだから、これから医学が進歩して頸髄損傷が治る時代が来るよ。きっと来るよ」と。
・いよいよKさんが退院間近に迫っている時だった。Kさんは『家で少しでも自立できるようにしておかねば』と思っているようで、リハビリに更に真剣に取り組もうとする様子が窺われた。少しでも早くリハビリに行こうとKさんは、脇目もふらずに車椅子を漕いで

いた。そこに私が後を追い、Kさんに追いついた。私は声をかけた。

「ここはリハビリきついなあ」と。

するとKさんが言った。

「ほんと。家に帰ったら『地獄を見てきたよ』と言わんとね」と。

この話を聞いて、「罪のない人たちが、落とし穴に落ち込んで泣いている。何とか治す方法はないのか。是非気功を試したい。頸髄損傷者で、気功に気付いている者が俺しかいないとすれば、気功の効果を周知させるのは俺の義務かもしれない」と切に思った。

大晦日の付き添い

十二月三十日（土）、昨夜、友人たちと忘年会をやったので非常にきつかったが、『よし！』とばかりに十時、大分を出発した。

高速道路を時速百二十キロで順調に飛ばしていたが、県境を越え「椎田《しいだ》」に差しかかった時、前方に積雪を認め、それが風で宙に舞い上がっていた。「ややっ！」と思ったが、スタッドレスタイヤを装着していたので、構わず突っ切った。そして飯塚に近付いた時は、本格的な雪景色であった。途中、赤と白色のバラの花と、搗《つ》き餅を買って行った。

昼すぎに病室に入った時、こちらを見た美智子は目をまん丸くした。

「わっ！　あんた来てくれたん。大雪で危ないから来てくれんと思ってたが、よく来てくれたなあ」

と半ば呆れ顔で、そして笑顔で喜んだ。

ある看護師は、美智子を慰めるつもりからか、

「佐藤さんの旦那さんは、台風の時も来たんだから、きっと来るよ」

と、言ってたそうである。そして赤いバラと白いバラを渡すと、

「あ、紅白のバラや」と言って喜んだ。

ここまではよかった。しかし、雪の夜道を帰るのは危険だから早く帰ろうと思い、「今日は大分に帰って、明日三十一日の晩はここの厚生棟に泊まるがよいかな？」と聞いたら、途端に人が変わったように機嫌が悪くなり、慌てて「今日も泊まる」と訂正したが、遅かった。「餅でも食べよう」と同室のKさんたちにも配ったところ、「美味しい」と好評であった。

昼食後、車椅子に乗せて院内を散歩すると、美智子は色々と苦しかったことを泣きながら訴えてきた。いつの間にか、私や他人を責めるような口調になった。

「こんな状態では生きていけない。とても耐えられない。自分がしたこととはいえ、耐えられない。少しでも治るか、八割以上治るか、死ぬしかない。こんな気持ちが分からんかい！　もういい。今晩死んでやるから。早く帰ればいいわ」と。

「早まるな。気持ちはよく分かっとる。だから俺も充分出来る限りのことをしてきたつもりだ。気功なら、少なくとも今よりはよくなるはずじゃ。死んだら、今よりも、もっと苦しい場所が待ってるだけだ。天国も地獄も、自分の心の中にあるんど。思い方により、天国にも地獄にもなり得るんじゃ。俺の言うことを信じろ。死んだら馬鹿みるど。頑張らんか」

と、いつもと同じことをくり返し言った。

子供たちに携帯電話で「今晩こちらに泊まる」と連絡したら、やっと機嫌が収まり、夕方病室に戻った。一月十六日を心待ちにしており、

「あと七日訓練すれば帰れる」

と日数を計算して、やっと笑顔が戻った。この日私は、夜七時に宿舎の厚生棟に帰った。

翌十二月三十一日（日）大晦日、朝七時二十分に美智子の許へ行った。朝食前であった。今日から元旦まで、付き添いの私にも食事が付くように、美智子の母が申し込んでいてくれた。

朝早くから付き添えるので、美智子は機嫌がよい。本を読ませたり、マッサージをしたりで美智子は喜んだ。

昼食後、車椅子に乗せてやった。昨日と違い今晩は泊まると判っているので、美智子は機嫌がよい。「もうすぐ帰れる……」と笑顔が浮かぶ。夕食には、年越しソバが付いていた。

「少し早いけど有り難いなあ……」

と嬉しそうに食べた。鯛や鰤《ぶり》の刺身も付いていた。

美智子は感激して、美味しそうに食べた。

「普通の生活の当たり前の年越しができない」と諦めていた美智子や私にとって、一口ではあるが、この温かい思いやりの献立ては、初めて人間扱いされたようで胸がいっぱいになった。

夕食後は、テレビを観て、懐かしいメロディに往時をふり返っていた。

「去年の三十一日には十二時まで起きていて、紅白歌合戦を観たなあ……。来年の十二月三十一日は、自宅で観られるといいなあ……」

と、どちらからともなく呟き合った。

夜八時から紅白歌合戦が始まり、九時まで観た。九時には部屋の人たちが寝るというので、私は宿舎の方に帰った。

明けて平成八年一月一日（月）、早朝七時に美智子を訪ねた。さすがに美智子は気の毒そうに、「ありがとう……」と。

「気にしない、気にしない」と応えた。

「今朝は、九時に帰って！」と言うが、

「昼食を食べさせてから帰る」と言うと、嬉しそうに、気の毒そうに、

「嬉しい」と子供のように声をあげた。

朝食には、お雑煮餅が付いていていた。正《まさ》に正月であった。美智子は、手に縛り付けたフォークで、嬉しそうに食べた。思わず目頭が熱くなった。

携帯電話で、子供たちに電話した。嬉しそうに、

「おめでとう！　お父さんは、四時か五時頃には帰り着くからね」と話していた。

「十四日は、退院の前日だから泊まった方がいいのかなあ」と言うので、

「様子をみて決める。荷物整理の段取りもあるので」と答えた。

十三時三十分帰途に就いた。

「三日間、あんたがいてくれたので淋しくなかった。ありがとう……」

と、笑顔で見送ってくれた。

私は、残雪をギュッギュッと踏みしめて庭を渡り、車に乗り込んだ。何か一仕事を終えたような、ほんのりとした気分になり、出発した。

いよいよ退院、大分へ帰る

年が明けて正月五日、美智子の職場から診断書の提出を要求されたので、昼から休暇を取り、私は飯塚へ向かった。

病院に着いてみると、美智子はリハビリ室で、起立台に縛り付けられたような格好で直立の訓練中であった。

私の姿を見て、苦しそうに向けた顔が、びっくりした表情になった。顔には、頰杖をついた痕型が赤く残り、なおも苦しそうだった。早く座らせてやりたかったが、二十分程立ち続けていた。この後、リハビリの先生から、美智子を車椅子から自動車へ移す方法を習った。私は腕力には少し自信があり、これまでは、美智子を車椅子から抱きかかえて車の助手席に移していたが、習った方法は、立てないグッタリした体を支えながら体重移動する方法なので、とうとうできなかった。

この後、病室で転院の打ち合わせをやったが、美智子は嬉しそうに相槌を打ちながら聞いていた。今日からは、不要な荷物はできるだけ少しずつ持ち帰り、退院当日には殆ど美智子だけを連れて帰れるよう打ち合わせした。

次の日も、その次の日も、私は主に荷物を運ぶ目的で通った。

美智子を車椅子に乗せ、廊下を散歩する時、今までの苦しかったことの想い出話になった。

「訓練がきつかった。十ヶ月間耐えてきた。もう限界やった。何回も死にたい、と思ったけど、死ねなかった。

一つのことを頼むのに、何回も『お願いします。ありがとう』と言わねばならんかった。靴を脱ぐ動作一つとっても、一時間も、二時間もかかった。その動作を他の患者が見ている。屈辱やった。何もできんかった。

たとえ治ることがあっても、十年間はひっそりと暮らしたい。学校の人にも、他の人にも、転院先や病状を言わんで欲しい。明日届ける診断書は、学校に持って行ったら、病状を話すことになるやろう。困ったなあ……。こんな気持ち、手足の動くあんたには分からんやろ……」

と、ぐっと瞼を閉じて、ツーッと涙を流した。

「よく耐えた！」と、私はそれだけしか言えなかった。

この三日間通いつめてみて、どうも美智子の外に対する顔と、私に対する顔が違うような気がしている。

外に対しては、脆《もろ》い感情を見せず、さらりと流すようだが、私に対しては思い切り感情をぶつけてきて、弱音を吐いて困らせた。

慰めも通用せず、理性も理屈も通用せず、理路整然とした説得も通用せず、自殺をも含めた全ての逃げ道が閉ざされたにも拘わらず、取り返しのつかない悔しさが残ってしまった時、とにかく、ガス抜きをしてやることが先決である。その唯一のガス抜き口が私であったのだ、と気がついた。とすれば、諸事全て方法がなくなった時、取り敢えずガス抜き口になってやり、話を聞いてやるのも立派な解決方法かもしれない。

つまり、相手がこちらの考え方に迎合しなければ、一旦相手の思いを飲み込んで、その同化した考え方をいつの間にか一緒に良い方向に引っぱっていくのがよいと思った。

何を言っても収まらない時は、一旦相手の気持ちになり、次に一緒に道を探していく……。

そして一月十五日（月）、いよいよ退院の日が来た。私は前日、厚生棟に泊まり込んだ。朝七時に病室に入った。

朝食を食べさせた後、帰る途中失便すると悪いので、排便に取りかかった。二時間位かけて両手二杯分位の便を排出した。美智子は「スッキリした」と大喜びだった。今まで、週二回の排便では、充分な排泄感がなかったようである。

それから昼食後、荷物を自動車に積み込み、病院内の人々に別れを告げ、美智子を自動車に乗せた。外の景色が見られるように、あらかじめ美智子の座席を斜めに倒しておいた。

午後一時半に出発。「ついに帰るんだ！」とばかりに、美智子は満面の笑みを浮かべ、本当に嬉しそうに窓外を見遣《みや》った。

　Sセンターの門を出る前に、前庭をゆっくりと一周してやった。美智子は眺めながら
「あんたが、ここをよく散歩してくれたなあ……。来た時は桜がいっぱい咲いていた。ありがとう。やっと、ここを出られるようになった。苦しかったわあ……」

　と感慨深げに呟いていた。

「苦しかったなあ。でも、ここに来てよかったぞ。どうやったら過ごせるかを、身に付けることができたんだから。あのままだったら、本当に寝かされたままだったぞ」

「ありがとう。本当にそうやった」

　暫く走って「烏尾峠《からすお》」に差しかかった。この峠には湧き水を飲む所があるので、ここで小休止を取り、美智子の調子を見ることにした。

「この湧き水を子供たちにも飲ませたことがある。これ、飲んでみて！」

　と用意していた紙コップを渡すと、一口含み、「うん、美味しい」と笑った。

「途中、気分が悪くなったら、いつでも言えよ。よくなるまで休んで行くから。今のところ大丈夫みたいだが」

「うん。大丈夫や」とニッコリ答えた。

　その後、何回か小休止を取りながら進んだが、曲がりくねった道や、登り坂、下り坂、炭鉱のボタ山を見ながら狭い道を抜けて行くと、美智子はしんみりと語り始めた。

「こんな遠い所まで、あんた、よく何回も来てくれたなあ。台風の日も、雪の日も、危険

を冒してまで、よく来てくれた……。来る時は、救急車の寝台に寝て来たから分からんかったけど、こんなに遠いとは知らんかった。ありがとう。あんたが来てくれたから、あの苦しいリハビリ訓練にも耐えられた。気が狂いそうな時も耐えられた。本当にありがとう……」

と最後には涙声になっていた。

「なに、昔のラバウル航空隊に比べりゃ、たいしたことない。俺には坂井三郎さんが生きちょる。それより、お前もよく耐えたのう。俺だったら、気が狂ってるかもしれん。お勤めご苦労さんでござんした」と、少しおどけた調子で応えた。

「最初は動くようになりたい一心でリハビリ頑張ってきた。ところが、いくらやってもダメだと感じた。『治るものじゃない』とも言われた。『治らない』と言われたら、何の為にリハビリやってるか分からず、頑張る気力もなくなった。だけど、あんたが持ってきてくれた気功の本に、ただ一行『全身麻痺が八〇パーセント治癒した』の一言で、気力が湧いてきた。その一言で、やっと耐えられた。あんた、本当にありがとう。人間、夢を失ったら耐えられん」――美智子は、しみじみと語った。

三時間半かかり、夕方四時にやっと大分の自宅に帰り着いた。十ヶ月ぶりの自宅であった。

「やっぱり家がいい。あの時のまんまや」

と、美智子は部屋の中を見渡した。私の父母と子供たちが駆けつけてきて、今までのことの話に花を咲かせた。その晩は、父母が作ってくれた夕食を食べ、美智子はホッとしたのか、八時半に眠りに就いた。

第四章　自立を目指して

Jセンターでの生活

一月十六日（火）この日が、美智子にとって大分に帰宅後の第一日目となった。朝九時、美智子を連れて、別府のJセンターへ行き、入所手続きをした。面接が行なわれ、判定の為に採血等の簡単な診察が行なわれ、四時には判定の結果、入所許可が下りた。

翌日、私は昼休みを利用して紙オムツを持って行った。会うと「何もすることがない」と笑っていた。しかし、何か忘れたようにホッとした表情であった。


午後八時過ぎに行ってみると、美智子はベッドに横になっていたが、私を見るやいなや、

「ここは大変な所や。何もしてくれん……」

と言うなり、口を固く閉じ、目から大粒の涙をポロッと流した。

「三週間は何もしない、と、ここは言っていた。心配するな。ま、ゆっくりしてろ。二月二十四日まで待て。必ず良いことがあるぞ」

と励ますと、ニッコリ笑った。

「二月二十四日」というのは、本場中国から気功の先生が来日し、熊本に来る、という知らせが届いていたことであった。美智子は、大いに希望で胸を膨らませていた。

次の日、昼休みに行ってみた。

部屋にそっと入ってみると、美智子は誰もいない部屋にポツンと一人、車椅子に乗ったまま、じっと、うなだれたままだった。テレビは点いていたが、観ていなかった。こちらに気がついて振り返った顔が、やっと取り繕ったように笑ったが、淋しそうであった。

毎日がこのような状態で、Ｓセンターのように特に訓練を受けることもなく、美智子は時間を持て余していた。そしてある時、美智子はワープロ機を持ってくるように、私に要求したので届けた。

このワープロ機を見た時、美智子はカッと目を見開いて、久しぶりに満面の笑みを浮かべて喜んだ。ワープロは、美智子にとって可能性の象徴であったのだろう。

この別府のセンターでは、ワープロの訓練も受けられるとのことで、美智子は初めて社会に参加できるような気持ちになった。

しかし、いざワープロ訓練室へ行く時、服を自力で着替えようとしたら一時間以上も時間がかかり、殆ど訓練の時間が取れなかったとか、ワープロの電源を入れようとした時、指に力がないので電源が入らず、訓練を思うように受けられなかったらしい。それで、外出許可を取り、市内のワープロ教室に通うと言い始めた。これは、私にとっては負担になることであるが、字の書けない美智子にとって、将来必要なことだと思って協力することにした。

この別府のJセンターでは、入浴は一週間に二回で、排便は二日に一度、ということであった。これは、美智子にとって、非常に辛いことであった。

また、飯塚のSセンターでのリハビリは、筋肉の硬縮を防ぐ為、入念に時間をかけて手足の屈伸運動が行なわれていたが、別府のセンターでは、僅かな時間しかあてられず、この点美智子は不満を抱いていた。

従って、私は美智子に会う度に、看護師の来ぬ間に手足の屈伸運動を時間をかけてしてやった。美智子は、結果的には喜んでいた。

しかし、「近い別府」という利点もあった。

私が毎日会いに行けるということと、毎週土・日には、子供たちに会えるということであった。これには、美智子は非常に喜んだ。


美智子が転院して間もない頃、それは冬にしてはよく晴れた日であった。

暖かい陽差しを求めて、美智子が廊下から広場の窓辺に向かった時、一人の少年が窓辺の長机に突っ伏していた。日向《ひなた》ぼっこかと思い、

「今日は暖かいねえ」

と思わず声をかけてしまった美智子はハッとした。少年は、顔を伏せて泣いていたのだ。

涙を拭いながら振り向いて、

「はい。暖かいです。日向ぼっこをしてました」

と、やっとの笑顔で答えてきた。少年は美智子に気遣い、少年の方から語り始めた。

「暖かい窓の外を見ていたら、あの時のことを想い出しました。あの時止めておけば、（バイクで）転倒しなかったのにな、と。もう、仕方ないけど。こんなことになるとはねえー」

「おばちゃんも、そうよ。頸髄って、こんなに大変だとは知らんかったんよ。おばちゃんの場合は、家の中で倒れたんだけどね。けど、希望を捨てたらダメよ。きっと、今よりもよくなるんだから。希望を持って頑張ろう。ね！」

と、美智子は普段自分が言われているような言葉を言って励ました。

私が美智子を訪ねた時、

「うちの子（長男）と同じ年頃の少年が、窓辺で、顔を伏せて泣いててなあ……、何とかしてやりてえ……」

と、声をふり絞って泣きながら、私に訴えた。私も長男と重なり、我が子を想いながら涙が溢れてきた。

（若いのに、頸髄損傷の悲惨さを知らないばっかりに、警戒心など全くなく、挙げ句に深い落とし穴に落ちてしまった）と思い、是非、世に事実を知らせるべきだと心底思った。

初めて気功を体験する

美智子は、別府のJセンターに転院して以来、気持ちの面や、精神、リハビリ訓練、生活、希望等、全ての面に限界を感じつつ生活していたが、遂に気功を体験するチャンスがやって来た。以前から、本場中国の気功体験を日本に紹介するグループから、気功の先生が来日するニュースが伝わっており、二月二十四日には熊本会場で気功が受けられるよう手はずが整えられていた。

熊本の人吉市へ向けて出発する前日の夕方のこと、

「いよいよ明日、熊本に行くど！」

と美智子に言うと、美智子は喜色満面、顔をくしゃくしゃにして、唯一動かせる腕を力いっぱい動かして、全身で喜んだ。

二月二十三日（金）出発の日。熊本へは二泊三日の旅。私は車に荷物を積み込み、朝十時前、別府Jセンターへ向かった。着くと、美智子は、多量の排便を済ませていた。これで旅行中の三日間は、一安心であった。

服を着替えさせ、昼食を摂らせ、薬等の荷物を纏めて美智子を車椅子に乗せて前庭に出

た。自動車に乗せる前に、

「行く時は車椅子でも、帰る時は歩いて帰るかもしれないから、車椅子姿の写真を撮っておこう」と、私は、美智子を写真に撮った。美智子はテレ笑いして、写真に納まった。

そして注意深く、自動車の助手席に乗せ、座席を水平に近い斜めに倒し、首を支える枕を首の下に入れた。また、膝に力が入らず開きっ放しになるので、両膝を上から纏めて固定するコの字型の固定枠を、両膝の上からセットした。十二時四十分、

「さあ、行くぞ」

「うん！」と、美智子は嬉しそうに応えた。別府から出発なので、別府ＩＣから高速道路に乗り、湯布院ＩＣから、やまなみハイウエーを通り、阿蘇外輪山を下りて熊本一の宮の宮地駅へ出るコースを取った。

途中、色々な所で美智子は想い出話を語った。美智子はニコニコ顔ではしゃいだ。

奥別府の硫黄山の噴煙が青空に美しく輝いて見えた。あまりにも美しかったので、思わず車を停めて、カメラのシャッターを切った。あたかも美智子の前途を象徴しているかのような輝きであった。

一の宮の宮地駅に着いた時、十一年前、次男を熊本の病院に連れていく途中に、トイレ休憩によく立ち寄ったことを美智子はしみじみと想い出し、感慨深げであった。

これから菊陽町付近の熊本ＩＣから高速道に乗り、人吉ＩＣまで矢のように真っしぐらに疾駆した。前後に車はなかった。

山間《やまあい》の渓谷を抜け、トンネルを「ゴー」と幾つか潜《くぐ》った時、美智子が、

「あっ、またトンネルや」

と、半ば笑い、呆れ返って言った。私も『人吉』という地名に気がつき、

「人吉まで幾つあるか数えてみようか。今、幾つぐらい潜ったかな？」

と呟いた。面白半分に数えてみたら、人吉まで、大小二十個位あったと思う。その内、長いものを距離計で計算したら、約六キロメートルもあった。このことに美智子は、

「よく、こんな所に、こんな凄い道路を作ったもんやなあ……」

と驚いていた。

「今、大分でも、俺たちが用地買収して高速道路を通してきた。日田から大分市まで、もうほぼ完成したが、今、宮崎の方へ向かっているはずや」と言うと、

「父ちゃんたちの仕事は凄いんやな！」と。

私は、ちょっといい気持ちになった。

午後五時十分、人吉ＩＣに着いた。大分を出発してから、四時間。距離計は二百十七キロを指していた。

高速道路を降りた時、美智子は真正面の高い山の頂が赤く染まっているのを見た。

「何かこれからいいことが始まりそう！」

と、美智子は囁き、心ときめかせていた。

宿入りしたのが夕方五時四十分。熊本県球磨《くま》郡錦町の「神城《しんじょう》の宿」であった。

ところが、宿に入る段階で問題が発生した。宿の前面道路から、宿の玄関までの二十メートル程の道は、玉砂利が敷きつめられて飛び石を踏んで玄関まで辿るようになっていた。健常者には趣のある庭造りであったが、美智子や介助者には、一歩も進めなかった。すぐに宿の人に助勢を頼み、私と二人で、車椅子に座る美智子を両脇から抱え上げて玄関まで運ぶことにした。

そしてやっと玄関から部屋に入ってみると、純和風でベッドがなく、美智子を畳の上の布団に寝かせるようになっていた。これは大変なことで、美智子を車椅子から畳の布団に移すことはできても、逆に畳の上の布団に横たわる体を抱え上げて車椅子に乗せることは困難であった。宿の主人にベッド付きの部屋を所望してみたが、それはないとのことで、やむなく畳の位置から車椅子に移す時は、再び助勢を頼むことになった。バリアフリーの造りとベッドの必要性を、つくづく思い知らされた。

翌二月二十四日（土）、いよいよ本場中国の気功を体験する日である。

早朝、この「気功体験会」の世話をして下さる人吉市内のＩさんに連絡して、体験会の前に、中国の気功の先生に会わせてもらえるよう頼み込んだ。快く了解してくれて、昼前に会ってくれることになった。

昼前、Ｉさんが、『元極功入門』の著者であるＨＩさんと中国のＫ先生を伴って宿に来てくれて、面会が実現した。

美智子は懸命に事故の顚末を話した。私は、手術前のレントゲン写真を見せて、西洋医学では治療不可能であることを、HIさんの通訳を通して訴えた。

話を聞いて、じっとレントゲン写真を見つめていたK先生が、ニッコリ笑い、口を開いた。

「これと同じような人が、二十七日間治療を続けて、ほぼ治りましたよ！」と。

美智子の顔が一瞬驚いた顔になり、次いで満面の笑みに変わった。

助かるんだ！　と。どんなに嬉しかったことか。目には涙が浮かんでいた。

昼一時から、付近の公民館で「体験会」が開講された。

最初に一時から午後五時頃まで、「気功」の原理が説明された。理論は難解で、私にはよく理解できなかったが、直感的には「自然界には陰陽の二極があり、人体にも存在するその二極間の気の流れが乱れると病気になったり変調を来《きた》すので、気（パワー？）を注入（貫頂《かんちょう》）して気の流れを整えてやれば、病気や変調が治る」との趣意と受け取れた。

講義内容のあらましを説明すると、

この世の万物は、全て「陰《いん》」と「陽《よう》」に振り分けられる。即ち、

「陰」とは、地・下・月・冷・暗・女・静・前・悪・下半身・右半身・内……、

対して、

「陽」とは、天・上・太陽・暖・明・男・動・後・善・上半身・左半身・外……である。

そして、この陰陽《いんよう》は対立観念でなく、お互いに根ざすところであり、陰の中に陽があり、陽の中に陰がある。この陰陽のバランスが「和」を造り、新たなものが誕生する。

この現象を『老子』という書物には「道は一を生じ、一は二を生じ、二は三を生じ、三は万物を生ず。万物は陰を負い陽を抱き、沖気《ちゅうき》をもって和をなす」と書かれている。

そして人体には、三つの経脈《けいみゃく》と十二個の竅穴《きょうけつ》（針灸でいう誰にもあるツボとは違い、修練によって初めて現れるエネルギーの集中点）があり、その経脈と竅穴を通じてエネルギーが陰→陽→陰と巡り、体調を整えている。その巡りが悪いと、病気になったりするので、貫頂を行なって、調子を整えたり、病気を治すのである。

そして貫頂で「気」を注入された後は、必ず「帯功《たいこう》（坐禅《ざぜん》姿勢で瞑想〔静功〕している受講者に向けて、先生が掌から『気』を発して、全体的に『気』を調整すること）を実行すること」。そうしないと逆に体調を崩し、危険な状態に陥る――。

そして人体の前面（陰）・中心・背面（陽）に、三本の経脈が縦走し、この三本と水平方向に横切る頭部・胸部・中腹部（中丹田《たんでん》）・下腹部（下丹田）の四点の交差点に、計十二の竅穴が在る。

この経脈と竅穴を、貫頂で受けた「気」が巡り、体調を整える、ということであった。

また、気功の修練は、貫頂を受けて、動功《どうこう》（ラジオ体操のように体を動かし、体内と『気』を通わせる動作）・静功《せいこう》（黙想？）・按摩《あんま》功（主に皮膚などを摩る動作）の三つを行なうとのことであった。

四時間に亘る講義は退屈で、美智子にとっては長時間の車椅子姿勢は苦痛であった。

「講義なんか、どうでもいい……」

と愚痴った。

ここで気功「元極学（元極功）」の沿革に触れてみたいが、『元極功入門』（広岡純著／学習研究社一九九三年）その起源は、中国の南宋と金《きん》王朝が国境を巡って覇を争い、西暦一一四二年に和義を締結した頃で、金の国内で興った「太一教《たいちきょう》」に遡るといわれている。太一教は道教教団で、金の皇室の信任を得て栄え、金滅亡後に元《げん》の代に入って、元室に重んじられた。その後、一時衰退したが、「元極道」の開祖・普善禅師《ふぜんぜんし》が太一道を継承し、「元極無字真経《むじん》」に発展させ、T先生の祖先が「元極図」と「元極秘籙《ひろく》」の秘伝を継承して、一子相伝《いっしそうでん》で「元極道」をT先生に伝えた。

T先生は、元極道の中の、あらゆる宗教的な色彩を取り除いて気功に近い部分を一九八八年に「元極功」と称して公開し、更に現代科学の観点で理論説明し、科学的に体系づけて「元極学」と称するに至った、と『元極功入門』に書かれていた。

そして、その方法は「貫頂」といい、頭の天辺「百会《ひゃくえ》」に、ポンと指先で触れて「気」を注入し、注入された人はその後坐禅姿勢のような「静功」で三十分位音楽を聴きながら瞑想し、気持を鎮めるのである。

ともあれ、長い講義の後、美智子と私は「貫頂」を受ける段になった。

前列に進み出た美智子は、車椅子のまま瞑想し、「貫頂」を受けた。美智子は二回受けて、私は一回受けた。美智子は、

「受けた瞬間、首の部分がパッと熱くなり、首の後部よりも前部が痛かった」

と答えた。私は、何も感じなかった。瞬間に何らかの変化があると期待していた美智子は、がっかりした様子であった。美智子が可哀想でならなかった。が、変化は後に気付くことになるのだが。

私のような健常者は、何の変化も感じないとのことであった。この後、美智子を自動車に乗せる時も、「少し首が痛い」と言い続けた。宿に連れ戻り、私が用事を済ませて部屋に戻ると、美智子は目を赤くして泣いていた。

「まだ、気功は始まったばかりだ。本来なら一ヶ月位、毎日貫頂を受け続けねば治らんのだろう。今からだ！　明日も貫頂を受けることだし、元気出せよ」

と励ました。その夜、美智子は疲れたのか、鼾をかいてよく眠った。

次の日、着替えて会場へ行こうとする時、「あんた、いいなあ……。手足が動いて」

と、ポツリと言った。美智子は、失った平凡な能力が如何に大切なものであったかを、しみじみと感じていた。

「心配するな。K先生はお弟子さんだから。T先生なら格段に違うはずだ。必ず会うチャンスはある」と言い切った。そう私も信じた。午後から貫頂を受けて、大分に帰ることにした。

美智子は二日目の貫頂を受けた。他の人よりも長く、二回受けた。今回も昨日と同様、首筋が痛くなったと言っていた。

貫頂が終わって、K先生に美智子のレントゲン写真を渡し、今後のことを頼んだ。K先生は、「三月十一日に中国に帰るので、持ち帰って元極病院内で検討し、連絡する」との返事であった。美智子は、パッと笑った。この言葉に望みを繋いで、

「何とかなるなら、中国でも、どこへでも行きたい」

と言った。私は、思わず頷いたが――。

十五時に会場に別れを告げて、帰途に就いた。雨が降っていた。車に乗った時ふと美智子が見上げると、低い梅の木の、雨に濡れた可愛らしい梅の花が、美智子に手を振ってくれたかのように揺れた。美智子はフッと和んだ。

帰りの自動車の中で、美智子は「ありがとう」と、何回も言った。結果が期待外れだったので、私は返事に窮した。

「他の人へはともかく、俺には『ありがとう』とか言わんでもいいよ。ま、できるだけのことはやったが、T先生なら、こんなもんじゃないと思う。気を落とすなよ。先は長いから」

と励ました。

「あんた、よくやってくれた。他の人なら、こんなことまでしてくれん。とっくに見捨てられてる。何も変わらずに帰るなんか悔しいなあ……。明日から、また、訓練……。他人

の中で生きたくねえ。でも良かった！　貫頂を受けることができたけん、良かった！」と、淋しそうに言った。そして、車のシートを倒してやると、眠った。人吉ICから熊本ICまで、ぐっすりと眠った。これがよかった。この眠りが、恰《あたか》も「静功」の効果をもたらしたと思った。

　県境の宮地駅に立ち寄り、休憩を取ろうとした時、変化が起きた。

　美智子が両腕を持ち上げて欠伸《あくび》をしようとした時、左腕が高く持ち上がり万歳をしたまま、ポタンと下には落ちなかった。

「ワッ！　できた。万歳ができた！」

　美智子は大声で叫んだ。

「万歳ができた？」

「うん、左腕だけど、自分の力で万歳ができた。今まで、人から持ち上げてもらっても、じっと支えておれんかったけど、腕が上がったままや！　嬉しい。父ちゃん、ありがとう」

　美智子は泣いていた。

「よかったのう。〝気功〟の効果かなあ？　続けていけば、もっとよくなるかもしれんな。続けてみようや」

「うん。頼むで、父ちゃん！」

　私は、つい弾みで言ってしまったが、どこまで続くのか不安であった。

私は、美智子の現実の効果を目の当たりにして、『気とは何か？』と本気で考えるようになった。

帰る途中、宮地駅で弁当を買い、和んだ車中で夕食を摂《と》った。別府のセンターに着いたのが二十時で、美智子を着替えさせ、ベッドに寝かせて、ホッと顔を見合わせて微笑んだ。旅の荷物の整理を終えて、二十一時、私はやっと自宅に帰り着いた。明日から、また勤務であった。

私は自宅に戻って横になり、「気功」の不思議さについて考えていた。考えていくうちに、原理はどうしても分からなかったが、その動作や考え方が、物理現象や宗教の作法や神話の一部によく似ていることに気が付いた。

・「貫頂」は、イエス・キリストが手を翳《かざ》して、あるいは患部に軽く手で触れただけで病気を治した「按手礼《あんしゅれい》」という治療法に似ている。

・貫頂を受けた直後の美智子が「首が痛い」と言ったが、かつて私が壊れたスイッチにうっかり触れて、バチンと指先が感電した時に痛みを感じたが、それに似ていた。

・電気鰻《うなぎ》が危険を察した時に、意識的に高電圧を発することができるということは、気功師が「気」をコントロールし、意識的に「気」を発することができる、ということに似ている。

・「静功」時の姿勢が、坐禅の姿勢にそっくりであった。

坐禅を組む時、禅僧は瞑想して手指で印を結ぶ。典型的な手指の型は「法界定印《ほうかいじょういん》」というらしい。この手指の型の親指の付かず離れずの間隙《かんげき》は、あたかもエンジンの点火プラグの間隙が電気をスパークさせるのと同じ原理ではないだろうか。

つまり空中放電で、飛行機がその余分な静電気を翼端の静電気放出器から放電するのと同じではないだろうか。気功の先生が「注入された『気』は、必ず静功して体に調和（順応）させなければ危険である」と忠告した意味は、「受けた『気』の余ったパワーは、体に悪影響を与えるので、放電（放気？）して体外に放出しなければ危険である」という意味ではないだろうか。

つまり、静功や坐禅の姿は、放電（放気？）の姿ではないか、と思った。

こう考えた時、あることに思い当たった。

密教の法具に金剛杵《こんごうしょ》という道具がある。

外形はダンベルのような杵《きね》形をしており、中央の握りの両端には、指先で物を抓《つま》むような形で数本の鈷《きっさき》が集束しており、その集束点は僅な数ミリ程の間隙が施されている。

この金剛杵は、「古代インドの武勇の神である帝釈天《たいしゃくてん》が持つ武器ヴァジュラに由来し、雷を操《あやつ》る」と書に紹介されていた。

この紹介文を以前読んだ時、【何故これが武器になり得るのか】と合点がいかなかったが、気功を体験した後、【もし達人が金剛杵を握って「気」を発したら、鈷の集束点で「気（あるいは電気）」がスパークして、あたかもスタンガンのような武器としての効果が発揮されるのではないか。

とすれば、古代インドの人も、気功のように「気」を自由に操作する技を体得していたのではないか】と思えてならなかった。

因みに金剛杵には、鈷の数により、独鈷杵《どっこしょ》、三鈷杵《さんこしょ》、五鈷杵《ごこしょ》、と数種類あるようである。

・更にまた、自然界の「気の流れ」とは、「地球は大きな磁石であり、南極のN極から北極のS極へ向けて地表に沿って流れている磁力線そのもの」ということにならないだろうか。

平安時代に、「方違《かたたが》へ」という風習があった。これは、ある目的地へ向かう時、悪い方角を避けて迂回して目的地に到達するという風習で「悪い方角」とは「強すぎる何らかのパワーが流れている方向」で、この悪影響を避ける為の方法を、経験的に平安期の人は知っていたのではないか。

「パワーの流れる方向」とは即ち、「風水パワーの流れ」ではないだろうか――。

気になったので辞書を引いてみたが、「方違へ」も「風水」も、平安時代の「陰陽道《おんみょうどう》」による占いの一種とされ、陰陽道とは、中国から伝来した、歴とした学問であり、奈良時代には「陰陽寮」という役所が設置され、「陰陽師《おんみょうじ》」という職員が、天文、暦数、方位などを研究し、占いや地相の判断をしたとのことであった。いずれにしても、自然界におけるパワーの流れを、昔の人は経験的に摑んでいたのではないだろうか。

ある書の中で某医師は、「東洋医学でいう『気』の働きは、西洋医学でいう『自律神経』の働きと殆ど一致している」と言われていた。

どう考えても「気」の正体は分からなかったが、「気」は確かに存在し、「気功」は単なる迷信や手品ではないぞ、と思った。

そして、また現実の生活に戻った

劇的な回復を夢見ていた美智子は、失意のうちに別府Jセンターに帰り、現実の生活に引き戻された。

（ああ、やっぱり駄目だったか）と思いつつも、（動けるようになりたい）という願望は、どうしても捨てきれなかったようだった。

美智子は、口癖のように、

「頭は完全だから、ワープロの技術を身につけたい。英会話ができるようになりたい。そして職場に席があるうちに復職したい」

と言っていた。

私にとって、どのようにして生きる希望を持たせ続けるか、が、大きな問題であった。

美智子には著しい変化がみられず、単調な生活が続いた。

私は、毎日訪ねた。美智子は私が到着するのを待っていて、到着したと同時に、矢継ぎ早に要求事項を言った。まるで飼い犬が玄関で待ち構えており、主人が戸を開いた途端に、ワンワン吠えて飛びついてくるかのように。

すぐに、私は手足の屈伸運動をしてやった。そして爪を切ったり、耳掃除をしたり、よく汗ばむので体を拭いてやり着替えさせたり、尿を捨てたり、頭を掻いてやったり、肩を揉んでやったり……、全てしてやった。耳掃除などは特に喜んだ。

風呂は週に一回入れてもらっていた。

美智子は、いつも十一番目位に入れてもらっていたようだが、湯を交換してないので非常に汚れていて、「気持ちが悪い」と、こぼしていた。たまに順番が早い時は、「今日、風呂に入れてもらった。頭をよく洗ってもらったので、気持ちがいい！　足の指の間もよく洗ってくれた」

と、顔をクシャクシャにして笑っていた。こんな些細なことが嬉しいのかと思うと、思わず胸が締めつけられた。

「『いつか週に二回、風呂に入れてくれるようになるといいね』と看護師さんが言ってくれた」と淋しそうに言っていた。

また、車椅子で、自力で着替えをする時、胸の固定ベルトを外すので姿勢が安定せずに前方に倒れ込んだり、車椅子からベッドに自力で移ろうとする時、姿勢が保てずベッドとの間に落ち込んで起き上がれず、看護師を呼んで助け起こしてもらっていた。

このことを、訪ねてきた私に度々報告し、「もう殺して！」と何回も言った。

そして三月の初め頃、ちょっとした事故が起こった。

便器の中に、頭から倒れ込んだ！

「今日、大変なことがあった。誰にも言わんでよ。

尿を捨てようとして、トイレに行った時、車椅子のシートベルトをしていなかったので、前に倒れ、便器の中に頭と手を突っ込んだ。助けを求めても、誰もいないので気付かれず、約一時間位そのままだった。顔を水の中に突っ込んでたら、助けを求めても、助からんかった。体を一所懸命に、命懸けで動かして、やっと車椅子に座る姿勢になれた。そして、やっと便所から出て風呂場に行った。このことを言えば、看護師さんから叱られるから、言わなかった。二時半から風呂に入れてもらって、体をきれいに洗ってもらったからよかった……」

この事故を聞いた時、私は愕然とした。悔しくて、自らの命を救うことさえできない美智子が可哀想でたまらなかった。

「そうか、そうか」と、我が児のように、美智子の頭を撫でてやった。

(神は、何故この人間を、こうも苦しめるのか！　もうたくさんだ)と叫びたかった。

車椅子を漕ぐ為の革手袋が濡れていた。便器の中で濡れたままなのだろう、と思い、装着する際に口にくわえるので「まずい」と考えて、こっそり持ち帰った。

この頃の美智子は、まだワープロに取り組むこと自体が難しかった。

Ｊセンターで、ワープロ技術を身に付ける為に、手に指し棒を装着する自助具を作ってもらっていたが、いざ、その自助具でワープロのキーを打とうとしても、手首がフラフラして狙いが定まらず、全くキーが打てなかった。文字を入力できないのである。おまけに手首がフラフラ状態なので電源スイッチを入れることさえできなかった。訓練時間中は、ワープロ機の前に座っただけという状態であった。

しかし、熊本で貫頂を受けて二ヶ月位経った頃、気功の効果（？）か、手首が少し据わるようになり、どうにかキーが打てるようになった。気功以外に原因として思い当たるものがなかった。他の障害者と比べ、明らかに進歩が抜きん出ていた。それで大分市内のワープロ教室に、このような状態の車椅子の者が受講できるか相談したら、「指導してあげます。佐藤さんの為に、車椅子専用のスペースを作りましょう」という返事であった。この返事を美智子に伝えたら、美智子は、手をブンブン振り回して喜んだ。

斯くして美智子は、Ｊセンターへは「外出」とだけ伝えて外出許可をとり、プロのインストラクターがいるワープロ教室に通い始めた。私は、土・日の度に万難を排して美智子を教室に連れて行き、美智子は喜々として教室に通った。

美智子は、指し棒で文字入力する為、キーボードを見ないで入力するブラインドタッチができないので、「ローマ字入力」でなく、入力回数の少ない「ひらがな入力」を選んでいた。

そして、二年後には十分間に五百七十字打てるようになり、日商ワープロ三級に合格し、更に一年後には、職能ワープロ二級に合格してしまった。これには教室の講師も驚いていた。

「指導した方が表彰状をもらいたい位だ」と笑っていた。

「どうしたら、そんなに速く打てるのか？」と私が聞いたら、

「問題文を見ると同時にキーボードも見ないと打てないので、問題文を見た瞬間に暗記するんや」と答えた。美智子は健常者の時にも習っていたが、その時は、十分間に二百五十字しか打てなかった。これは覚悟の差としか思えなかった。

この合格は、美智子の大きな自信となり、この技術は、大きな武器となった。

気功の貫頂後の変化

熊本の人吉市で気功の貫頂を受けた直後では、著しい変化といえば、万歳の姿勢が保てるようになった位だったが、一ヶ月程経った頃、次第に二つの変化が現れてきた。

一つは、靴を履いたり脱いだりする時、以前はお尻がフワフワしていてどっしりと重心が取れず、ベッドと車椅子の間に頭から転倒していたが、貫頂を受けて暫くして、お尻に重りを付けているかのように体が安定してきて、靴の脱ぎ履きが自力でできるようになった。どっしりと車椅子に深く座り、安定して靴の脱ぎ履きができたのである。

もう一つは、車椅子からベッドに乗り移って座った姿勢から寝た姿勢になることが、初めて自力でできたことだ。

そしてまた逆に、ベッドをリモコンで立てて上体を起こし、座った姿勢から両足を斜めの方向に変えてお尻を側の車椅子の位置まで回転させ、お尻を振りながら車椅子にお尻を半分乗せ、あと半分はベッドの下に両手を置き、体を二つ折りにして渾身の力でお尻を振ってお尻を前部車椅子に移した。

そして片方ずつ足を持ち上げて靴を履き、足置き場のベルトに足を着地させた。

（遂にベッドから車椅子への乗り移りが、自分の力でできるようになった！）

美智子は、本当に嬉しかった。泣いた。

不思議なことに、突然でなく、いつの間にかできるようになったのである。

気功の効果は、瞬時に現れる場合と、次第に現れてくる場合と、二通りあるのかな？

と私は思った。美智子の場合は、後者だろうか。

次第に効果が現れる場合とは、神経細胞の損傷した部分が「貫頂」等の刺激を受けて再生し、その再生細胞が育つ時間が即ち効果が顕現化する「次第」という時間のことかな、と勝手に想像してしまった。

いずれにしても、この「変化」で美智子は「どん底」から救われ、「もっと！」という欲が出てきた。ところが欲が出てきたら、快方に向かうスピードがあまりにも遅々として進まないので、逆にイライラが嵩じ、私に不満をぶつけることが多くなった。私は更なる捌《は》け口を考えなければならなかった。

ところで、この三月中旬に、私は自動車を買い替えた。ドイツ車の新車であった。今までの車は国産の中古車であった。

先月、熊本へ美智子を連れて行った時、高速道路での長時間走行で、エンジン音が変化してきたのを感じた。エンジンが故障し、もし途中で立往生したら、この高速道から速やかに美智子を離脱させられない、と不安を覚えたからであった。

この車を手に入れた時、

「よし、足は確保した。これなら日本国中、どこへでも連れて行ってやるぞ」

という気持ちになった。

この三月中旬のある日、『元極功入門』の著者から私宛てに電話があった。

「五月二十六日に、ツアーを組み、『本場中国の大連へ行き、気功を体験しよう』という計画があるけど、行きますか？　奥さん行けそうですか」との内容であった。

「やっ！　いよいよ来たか」との感が募り、急いで美智子に知らせようと思って自動車を走らせた。別大国道は夕方のラッシュで、別府Jセンターに着いたのが十八時三十分を回っていた。

着いてみたら、「よく来てくれたなあ……」と美智子は待っていた。

「来る前から、便の徴候があって、あと三十分もすれば来てくれる、と思って待っていたよお。一生懸命に我慢した……」

と言った。そして歯を食いしばって、目を真っ赤にして、

「くく……く……」

と、真剣に泣いた。私も悔しかった。さっそく排便に取りかかり、すぐに便が出た。ベッド上で横向きになり、新聞紙とビニール袋を敷き排便するのだが、両手一杯分の便が出た。

しかし血便のようであったので、すぐに看護師を呼んで見てもらったが、原因が判らなかった。とにかく、間に合って良かった。排便作業が終わって、気功体験ツアーの中国行

きの話を美智子に伝えた。

第五章　気功を追い求めて

気がかりなこと

「今日、著者のHIさんから電話があって、五月二十六日頃、中国行きのツアーを組むらしいが、行くか？　色々と困難な問題があると思うが、これからそれを考えていくとして。どうか？」

と、言い終わらぬうちに、

「ワァー、行く、行く。行きたい！」

と、美智子は腕をブンブン振り回し、純真な子供のように喜んだ。

「よし。じゃあ、『行きたい』という気持ちがあることだけは、先方に伝えておくが、日程とかの詳しいことは、『また知らせる』、とHIさんが言ってた」

これだけ言い終わると、美智子は急に明るい声で喋り始めた。

「今日は、体育の時間に、卓球をやった。手にラケットを括《くく》り付けて。楽しかったあ！」

と、久し振りに明るい表情を見せた。

私が帰った後、美智子はこの五月の訪中団の話を思い出して、「何回も何回も嬉しくて泣いた」と、後日私に打ち明けた。

「指一本だけでも動いたらいいなあ……」

なっていった。

と、子供のように期待を膨らませた。

美智子の膨らむ期待とは裏腹に、色々と考えていくうちに、私は不安で頭がいっぱいになってきた。

不安要素は多数あったが、中でも大きなものが三つあった。
一、事故に遭った時、どうやって美智子を助け出すか。
二、美智子を動かせなくなり、訪中団から外れて現地に取り残された時、どうやって美智子を連れて帰るか。
三、美智子は膀胱瘻手術を施して、お腹に穴を開けて排尿カテーテルを取り付けているが、気功の貫頂を受けて神経が回復し、お腹の穴の部分の痛みを感じ始めた時、中国医療の技術で対処できるだろうか。
その他、色々な不安要素があった。
・荷物はどの位の数になるのか。それを移動期間中、どうやって運ぶか。
・乗り継ぎの時、長時間の待機ができるか。
・バス・汽車等の震動に耐えられるか。
・飛行機内でのエアコン調整に順応できるか。
・汽車・バス・飛行機内で不意に失便した場合、どう対処するか。尿の場合は、携行するペットボトルに排尿し、トイレに捨てに行くことができるのだが。
・中国の社会では、バリアフリーの観念があるか。

・中国々内での水分補給は充分できるか。うっかり水道水を飲むと、下痢↓失便をする
　恐れがあるが。

特に三番目の「痛みを感じ始めた時」は、気功の効果がまだ未知数であったので、現実問題として起こり得る、と思っていた。

決断するには、もっと訪中団のツアーの情報を知りたかった。


ある日、Jセンター内を散歩しながら、訪中団ツアーのことを色々と打ち合わせた。困難がつきまとうことを伝えたが、美智子は「行きたい」一心で、不安要素を一考する余裕がなかった。

膀胱瘻の尿袋の尿を捨てに行く、というので、車椅子の後から付いて行った。

すると、車椅子を真剣に漕いで、二寮から三寮の方へ、どんどんと進んで行く。

「どうして、こんな遠い所へ行くのか？」

と尋ねると、

「ここでしなさい、と言われている」と言う。なる程、ここには、ロープを引っ張り水を流す仕掛けが施されていた。

しかし、便器が少し汚れていたので止めたが、

「仕方がない」

と美智子は進んでいき、一生懸命に尿を捨てる作業をした。

この動作を見ていて、どうしても神が美智子に科した罰としか思えなかった。何の罰か？

前世からの因果か？　全て自分の望みを絶たれ、苦しいことのみを強いられ、汚い嫌なことを強いられ、暗い泣きたい思いでこの世を這いずり回らなければならないとは……。何ということなのであろうか。神よ、もう充分ではないか！――　神の非情さに腹が立った。

そして後日、ＨＩさんに電話でこちらの事情を説明し、万一の場合、長期滞在はできるかどうかを尋ねたところＨＩさん自身が無理である、との回答であった。

このことを美智子に伝えると、美智子は子供のように大きく目を見開いて、目を赤くして涙を浮かべて、

「行きたい。手術を受ける以外なら、行って貫頂を受けたい」

とせがんだ。目が子供のような、次男の目にそっくりな目であった。

「でもいい。こんな状態が続くのは、私は耐えられんけど、あんたも大変やろう。もう私も分からん。あんたに任せる。私は連れて行ってもらう身やから」

と目を伏せた。私の心は「行くしかないか」と傾いた。

（一歩間違えば、帰れなくなるかも――）

この思い悩んでいる四月の初め、大分県立芸術会館で、『星野富弘・花の詩画展』が開催された。

私は（しめた）と思い連れていった。

その日は雨が降っていたが、駐車場にはボランティアの女性が二人いて、走り寄ってきて、傘を差しかけてくれた。美智子の車椅子にはカッパを着せてくれて、入場口まで傘を差しかけてくれた。

会場には、星野富弘氏が口にくわえた筆で描かれた絵と詩が展示されており、その感動的な作品を、美智子は食い入るように観て回った。

帰りの自動車の中では、美智子は感動したのか口数が少なかったが、

「私よりも症状が重たいのに、立派に希望を捨てずに生きているんやなあ。父ちゃん、ありがとう！　私には他の人にはない目標があるんや。ワープロと中国の気功や。絶対に治るなあ！　父ちゃんも元気出して！」

と、逆に元気付けられた。まずは成功であった。

他方、復職の話は、なかなか進まないでいた。具体的な進展の情報は入らず、「まだ職場に席がある休職期間中に、何とか復職を果たしたい」と思い、美智子はいても立ってもいられない気持ちが、日々強くなっていった。

そして四月十五日、ＨＩさんから、中国大連へのツアーの案内状が届いた。

このことを美智子に報告し、パスポート申請の必要性も説明した。美智子はキラキラと目を輝かせて、嬉しそうに説明を聞き入った。もうこうなったら、数ある不安は、いっぺんに吹き飛んだ。（吉と出るか、凶と出るか、賽《さい》は投げられた！　行って、絶対に連れて帰ってやる！）と肚を決めた。

行くと決めてから、荷物はどの位になるか、検討してみた。大まかに区分けしてみると、生活日用品を大型トランクに入れて飛行機の倉庫に収納し、失便等の緊急必要品は、登山用リュックサックに入れて機内持ち込みできるようにし、現金・パスポート・カメラ等の貴重品は腰巻きポーチに入れて常時携行することとしたので、三つに区分することができた。

日程は五月二十六日に出発し、五月三十一日に大分に帰るという六日間であった。従って、大型トランクは私と美智子の分の二個となり、それぞれ六日間の着替えと、洗面具、医薬品、排便時のチリ紙、新聞紙、ビニール手袋、紙オムツ、生理用品、消毒綿、大型ビニール袋、首や足首保護の固定用枕、それに便器詰まりを解消する貫通棒（新品のポッコン）等を収納した。

そして登山用リュックには、失禁時の緊急処置用として、新聞紙、大型ビニール袋、ウェットティッシュ、手術用手袋、トイレットペーパー（汚物処理した紙を、どこでも流せるように）、紙オムツ、水筒、生理用品、消毒綿、ハサミ、メモ用品、尿タンク（1ℓのペットボトル）、腹痛薬等を収納した。

そしてウエストポーチには、パスポート、航空券、旅行日程表、現金入り財布等を収納した。また、現金の全財産は、特別の収納袋を買い求め、ビニールの内袋に入れて、文字どおり肌身離さず持つことにした。

検討後、荷物の多さに改めてびっくりし、旅行期間の移動時に、どうやって運ぶか心配になったので、ＨＩさんに相談したところ、

「日本国内での移動時には、予め駅や空港に連絡しておけば、その時に駅員や空港の係員が荷物を運んでくれる。ツアーに合流した後は、中国国内や飛行機の乗り降りの時には、皆が手分けして運んでくれるから心配いらない。飛行機内では、飛行機の入口で、幅の狭い機内用車椅子に美智子さんを乗せ替えて座席に案内してくれて、美智子さんの車椅子は入口の倉庫に保管してくれる」とのことであったので一安心であった。

このように、旅行中の移動については人の手を借りて、何とかできると思ったので、五十万円近い旅費を振り込み、ツアーの申し込みをした。もう後に引けない。

この頃、美智子は私にせがんで、亡き父の墓参りを済ませた。

「これで思い残すことはない……」

と、ポツリと言った。これが、中国行きに全てを賭けた、美智子にできる唯一の準備で

あった。

そして、中国へ発つ二日前に、長男に、

「お母さんと中国に行って来る」

と、やっと打ち明けると、びっくりした顔で、

「そんなことで治るとは思われんけど、お父さん、本当お——うに気を付けてな！きっと無事に帰ってきてよ。きっとよ！」

と、一生懸命に、念じるように言った。

「心配するな。必ず母さんを連れて帰ってくるから」

と答えたが、これが戦時下でなく平和時だから約束できると思うと、平和のありがたさを、しみじみと実感した。

中国　大連へ

五月二十五日（土）出発の前日。

昼から、私は持参する荷物を纏めた。荷造りする時、機内持ち込み用の登山用リュックの外ポケットに、柔道の白帯を一本入れて持って行くことにした。これは、万一美智子を抱え上げる時、腰を保護する為にと用意したが、後日、大変重宝した。体重六十キロ位の美智子を、車椅子からタクシーの助手席等に頻繁に抱え上げて移す時、私の腰に帯を巻いて抱え上げると難なく持ち上げられた。因みに私は百七十六センチ、体重七十二キロの好漢（？）で、自然気胸を患ったものの、後《のち》に鍛錬のおかげで少林寺流空手七級にもなれたし、草野球のピッチャーもやっていたので、力には自信があった。

荷造りを終えて、大型トランクケース二個、登山用リュックサック一個、ウエストポーチ一個、美智子の頭と首を固定する枕一個等を現実に見て、おまけに車椅子の美智子を連れて旅をすると考えた時、さすがに「うーん」と唸った。〝子連れ狼〟の拝一刀を想い浮かべ、思わず笑ってしまった。

荷造りの後、十五時に美智子を迎えに別府Ｊセンターへ向かった。美智子は「いよいよ！」と本当に嬉しそうに出てきた。

向こう一週間は風呂に入れないと思い、美智子を行きつけの散髪屋に連れて行き、洗髪だけは済ませた。

夕方、大分の自宅に帰り着いた時、美智子の母が、心配して訪ねて来てくれた。心配無用と美智子は喜々として答え、母には陽が暮れる前に帰ってもらった。美智子は母が持参してくれたおにぎり弁当を旨そうに食べた。そして、ベッド上で横になったまま排便し、ホッとしたのか二十時頃から眠りに就いた。ベッド上での排便には、私もやっと介護に慣れてきて、これなら旅先でも「どんと来い！」と確信が持てるようになった。

美智子が眠りに就いた後、私は最終的に荷物の点検整備を行なった。予め、荷物のチェックリストを作っておいたのが役立った。これは、以後、美智子を連れての旅行には欠かせないものとなった。

明朝、五時四十分に目覚し時計をセットし、夜中の十二時に就寝した。

五月二十六日（日）大連へ出発！

五時四十分の起床は無理だったようで、六時半頃起き出した。早々に美智子の体を拭いたり洗顔したり着替えさせたりして準備をしていたら、父が長男を連れて見送りに来てくれた。長男は心配顔で私と美智子を見つめていた。

長男にウーロン茶を買ってきてもらって、それを持参する水筒に満タンに入れた。準備が終わった時、昨日予約していたワゴンタクシーが来た。

美智子を車椅子に乗せ、車椅子からタクシーの助手席に移す時、荷物の多さを見て父は、

「もう行くな、やめたらどうか？」

と私に言ったが、私は「行く」と一言、振り切った。助手席の美智子を枕で頭部を安定させ、荷物を全部積み込んで、

「じゃ、行ってくるから。心配せんでもいいよ。ツアーのＨＩ会長さんが、中国で生活していた人だから、何も心配いらんから」

「じゃ、気をつけてー」

八時十分に自宅を出発した。

振り返ると、父と長男が、ずっとこちらを見たまま動かずに佇んでいた。

（ごめん、必ず帰ってきてやるから）と念じつつ、二人を後にした。

九時三十分、大分空港に到着した。

早々に搭乗手続きをした。予め空港の係員に荷物運びを予約していたので、係員が美智子の車椅子を認めた時、すぐに飛んできてくれた。トランク二個を係員に預けた後、美智子を障害者用トイレに連れて行き、排尿を実施した。この、出発前の排尿作業は、今後の習慣となった。

飛行機の入口の所で、空港の男性係員と二人で美智子を抱え上げ、上半身を抱えた私が座席の奥から美智子を引くようにして、通路側に着席させた。首下にドーナツ型枕を敷き入れて、頭部を安定させた。そして、私が通路に出る時は、美智子を跨いで出ることにし

た。そして、美智子を着席させた後、一般の乗客が一斉に乗り込んできた。

座席が最前列の場合、美智子の着席が楽に行なえそうなので、以後飛行機に乗る際は最前列を指定することにした。これは、どの国の飛行機でも共通したやり方であった。

十時五十五分、大分空港出発。

途中機内では、美智子に変化はなかった。少し、首筋に汗をかいたようであった。美智子は機内食のサンドイッチを、美味そうに頬張った。何となくほんのりと、そして目がキラキラと輝いていた。

十一時二十分、羽田空港到着。

空港に着いた時、今度もまた、空港の係員が飛んできてくれた。そして大きなトランク二個をタクシー乗場まで運んでくれた。

私は、ポーチを腰に巻き付け、登山用リュックサックを背負い、車椅子の美智子を押しながら、トランクの後を追った。

タクシーは、大型のワゴンタクシーをチャーターした。

十一時五十分、成田空港へ向けて出発。

タクシー内で、美智子の頭・首を固定するのに、持参した枕が非常に役立った。運転手が、オーストラリアに住んだことがある日本人で、話題が豊富であった。美智子はケラケラ笑いながら話に聞き入り、退屈しなかった。

十四時三十分、成田空港国際線乗り場に到着した。三時間四十分の長旅であったが、運転手が道路事情を熟知しており、途中トイレ休憩をとることができ、また、楽しい話題に花が咲き、美智子は気分上々であった。

美智子をタクシーから車椅子に移す時、私が腰に柔道の白帯を巻き、軽々と抱え上げて移したのを見て、運転手は「ホー」と感心していた。タクシーの乗降口は狭く、二人かかりで美智子を抱えるのは無理であった。

空港玄関に、荷物運搬用ワゴンがあり、すぐにトランク二個をそれに入れ、私はリュックを背負い、美智子の車椅子とワゴンを一緒に押して、ツアーの集合地点まで移動した。持参した携帯電話で旅行会社担当のMさんに連絡をとったら、すぐに接触できた。

搭乗手続きをする時、空港の係の人が美智子に、

「病名は何ですか？　長旅ですが大丈夫ですか？」

と尋ねていた。美智子は、

「大丈夫です」

と、はっきりした口調で答えた。

トランク二個の大きな荷物を空港の窓口に預け、気功ツアーの旅行団と合流した。日本からの団員は十七名であった。

HI会長夫妻と通訳のNさんと会った。Nさんは髪の長い美しい女性であった。団員たちの自己紹介と簡単な打ち合わせの後、C—84ゲートに向かった。

改札口で、美智子は機内用の幅の狭い車椅子に乗り換え、一般の乗客に先立ち、前の方

の指定席に案内されて着席した。それが終わってから、一斉に一般客が乗り込んできた。

飛行機の座席は、所々が綻《ほころ》びて色褪せており、スプリングが飛び出すまではいかないが、

（大丈夫かいな？　この飛行機！）

と、いかにも老朽化を感じさせる座席であった。

中国の女性乗務員が、美智子に近寄ってきて、「ＯＫ？」と聞いた。

美智子は「ＯＫ！」と答えた。

十七時ジャスト、成田空港を飛び立った。飛行時間が経つにつれ、機内の高気圧の関係か、高々度の気温の関係か、美智子は寒気を感じ始めた。そしてガタガタと震え始めた。大腿部に装着している尿袋を見てみると、いつもよりも排出量が少なく、美智子は汗をかき始め、気分が悪そうであった。乗務員に毛布を借りてかけてみたが一枚では収まらず、他の乗客の分も借りて三枚掛けても震えは収まらず、タオルで顔を拭いたり、顔を埋めたりした。斜め前のＨＩ会長夫妻が心配そうに気づかってくれた。私は、「大丈夫か？」と言いつつ、汗を拭いたりして話しかけた。

『飛行機から降りる訳にはいかず、自分はどうなるのか……』

と、美智子は来たことを本当に後悔したようであった。

しかし、飛行高度が下がってきた為だろうか、少しずつ寒気が収まってきた。こうなれば現金なもので、美智子からＨＩさんに話しかけていった。

「ＨＩさんの本の中の一行に『全身麻痺の治癒率が八割』と書かれていました。それだけ

を頼りに大連に行こうと決心しました」

と話していた。話は弾んでいた。

私は（はて）と思った。

高々度飛行の時、機内は高気圧に調整されると聞いていた。美智子は尿袋を体外に装着しており、これが機内の高気圧が原因で圧迫され、尿管詰まり、または尿の逆流現象が起きた為に震えがきて、発汗現象が起きたのではないか、と思った。

現に、尿管が詰まって、排尿がうまくいかない時、美智子は、頭痛や痺れや、寒気や発汗を訴えている。

ともあれ、美智子とＨＩ会長の話が弾んで、飛行高度が下っているな、と感じていた時、シートベルト着用のサインがあり、身構えていると、ドーン、という大きな音とショックが響きわたった。

「あっ！」

と思った瞬間、客席のあちらから「オーッ」と声が上がり、続いてどよめきと笑いが起こった。ＨＩさんが私たちに振り向いて、

「この航空会社は危ないんですよ」

と、笑いながら言っていた。

私は思わず溜め息をつき、美智子と顔を見合わせた。

中国の若い客室乗務員が美智子に付き添ってくれた。美智子は「謝々《シェーシェー》」と言って笑っ

ていた。

二十一時（中国時間二十時）、大連空港に、とにかく無事に到着した。私は時計を一時間遅らせて、中国時間に合わせた。

荷物のトランクを受け取る前に、美智子をトイレに連れて行こうと思い、中国の女性係官に「トイレ！」と尋ねたが、言葉が通じない。Nさんに通訳してもらい、やっと美智子をトイレに連れて行った。が、障害者用のトイレではなかったので、仕方なく、持参の尿用ペットボトルに採尿し、トイレに捨てに行った。

そして荷物受け取りの時、ツアーの人たちは皆荷物受取所に行き、集合場所には美智子が独りになった。美智子は独りでいる時、（こんな体で皆にはぐれたら危ないが、どうしよう）と心細かったようだ。荷物を受け取った私が近づくのを認めると、人混みの中の美智子の顔が、パッと笑った。

荷物を受け取り、ツアーの皆さんと無事にゲートを通過すると、中国の元極学の先生方がバスで迎えに来てくれていた。その中に、熊本の人吉会場で美智子に貫頂してくれたK先生も交じっており、美智子の姿を見ると話しかけてきてくれた。一生懸命に話してくれるのだが、言葉が分からない。

「よくこんな遠くまで来たね」と言ってくれたと美智子は感じ取り、夢中で両手を差し出して歓声を上げげた。K先生は、美智子の力のない両手をしっかりと握り締めて握手してくれた。

バスに乗り込む時、ツアーの人たちが手分けして美智子と荷物を運び込んでくれた。異国での同胞愛を感じ、胸がキュンと熱くなった。バスの中では、もう一人の中国の先生、O先生が流暢な日本語で案内してくれた。雑な日本語を喋る日本人よりも日本語が上手かった。

十分位してホテルに到着した。腕時計を見ると、二十一時三十分（中国時間）を指していた。やっと着いた、という感じであった。ホテル名は「盛興酒店」であった。ホテルの玄関ロビーに入ると、どこからともなく、ピアノの曲が流れていた。どこからか？　と思ったら、美智子が、

「ショパンや！　ショパンのワルツ作品69」

と叫んだ。

「私が、やっと弾けるようになった曲や。どこから？」

と、ぐるりと見回したが音源が分からない。

「まさか中国で同じ曲が聴けるとは思わんかった。嬉しい。何かの縁を感じるー」と、さも嬉しそうに笑った。

部屋に入り、美智子をとにかく横にしてやった。荷物を開き、水を飲ませ、排尿をして、体を拭いてやり、着替えさせた。非常に疲れた。父母と美智子の母に国際電話をかけて後、私が眠ったのは夜中の十二時過ぎであった。

本場中国の気功

五月二十七日（月）、中国で初めて貫頂を受けた。

六時三十分のモーニングコールで起床。大急ぎで美智子の洗顔、着替えをし、七時過ぎに食堂に連れて行った。食事はＨＩ会長の「野菜なら安心して食べられるだろう」との配慮で、全て野菜類が注文された。その為か、美智子は青梗菜《ちんげんさい》などをパクパクと頬張った。

食後、部屋に戻り、三十分程美智子をベッドに寝かせて休憩をとった。

「治るかなあ…、少しは変化があるかなあ……」

と、美智子は不安そうに呟いた。

八時、バスに乗り込み出発。バスに乗り込む時、中国の運転手と私が二人で美智子を抱え上げ、最前列の座席に座らせた。阿吽《あうん》の呼吸で、中国の運転手と私の間に言葉はいらなかった。広島からツアーに参加したＫさんが進んで車椅子を持ってくれ、通訳のＮさんも荷物を持ってくれた。

バスの中で、美智子は嬉しくて仕方なく、期待と不安が入り混じり胸がドキドキしていた。

宿から十分程度の所に会場があった。会場に着いて、客席の最前列へ美智子を移動させ、講義を受けた。講義は中国語で分からなかった。会場は満員状態で、千人以上はいたであろうか。そして、講義が終わった時、ステージに一番近い人から、T先生の貫頂を受ける為にステージに上り始め、横に並んだ。

私と美智子を含むツアーのメンバーがステージ下で順番を待っていると、六十歳位の中国の女性が美智子の横に来て、流暢な日本語で美智子に話しかけてきた。

「T先生の貫頂を待っている間は、十字真言《じゅうじしんごん》を何度も唱えなさいよ」と、優しく美智子に語りかけ、励ましてくれた。十字真言とは、私には真意は分からなかったが、仏教でいう「お経のようなもの」と聞かされていた。

貫頂を受ける番が近づく頃には、いつの間にかその人はいなくなっていた。ステージの真下には、寝たきりの人が寝かされていた。暗いステージの下、気を付けないと車椅子の車輪で轢きそうな暗さであった。

HI会長の説明では、貫頂は、二百人～三百人位実施した後の方が一番脂が乗り切っている時だと聞いていたので、ツアーの一同は、ステージ下で更に待つことにした。我々の前を次々に人が通り過ぎて行った。

美智子は症状を書いたB4の大きさの札を首から提げていた。

日本国　佐藤美智子

C5　C6　頸椎脱臼骨折

美智子の前を通り過ぎる時、この札を覗き込み、頷いて通る中国人もいた。漢字が立派に通用したようであった。

　また、両脇を抱えられて片脚で通る人、松葉杖を突いて歩く人、様々であった。

　人々は左端の階段を上り、ステージに上がると横一列に並び始め、そして二列に整列した。

　皆、目を閉じ、T先生の貫頂を待つ。T先生の貫頂はとても速かった。一人五秒もかかっていないのではないか。まさに神業だった。

　先程の片脚で両脇を抱えられていた人は、T先生の貫頂直後、悪い方の脚を下に下ろせた。症状が一瞬の貫頂で治ったその人は、その喜びをマイクで観客席に向かって語る。すると、観客席から大きな拍手が送られる。喜びを共有するのである。場内は喜びの渦で満ち溢れ、拍手が何度も沸き起こっていた。

　これを見て、美智子の心はときめいた。そして、頃は良し、と我がツアーの一行もステージに上がることになった。美智子を、私と二人がかりでステージに運び上げて、横一列に並んで順番が来るのを待った。

　美智子の番になった。T先生が、美智子の札を確認した。傍でK先生が、三ヶ月前の熊本H市での経緯を説明していた。先生は軽く頷いた。

　いよいよ貫頂が実施される。美智子の心臓は早鐘のように爆となり続けた。車椅子で黙想している美智子に、T先生が抓《つま》むような格好の指先を頭のてっぺんにあるツボの百会《ひゃくえ》に、そして左手の中指をチョンと立てて貫頂し、首の周りに掌《てのひら》を翳《かざ》して、まるでキリスト教の按手礼《あんしゅれい》によく似た仕種でパワーを入れた。貫頂は他の人に比べて入念に行なわれたが、それでも時間にして十秒位だったか。美智子にしてみれば、軽く手が触れるのを感じた程度であったという。実に呆気なかった。

この美智子の様子を、元極学の係の人が写真に収めてくれていた。横で黙想中の私は、フラッシュの光を感じた。そして、横に並ぶ私にも貫頂が施された。

私が貫頂を受けた瞬間、閉じていた瞼の裏にパッとオレンジ色の光が広がった。そして眼の奥にジリジリジリ…と、まるで花火大会の閃光の残響音のような音が残った。目を開けて周囲を見渡したが、カメラを持った人はいなかった。後でＨＩ会長に訊いたが、誰も私にカメラを向けてフラッシュを焚いた人はいなかった。このオレンジ色の光は一体何だったのだろうか。深い謎が残った。

貫頂直後に体で感じたことを、美智子は、

「首に軽い痛みと熱さを感じた。体の中心に電流が走ったような感覚があった。そして、手の親指がジンジンとして、くすぐったい感じがした」と、振り返っていた。

足が動いた！

私の貫頂の後、T先生はもう次の人に移っていたが、後に従うK先生が美智子の前に立ち、

「足を動かしてみなさい」

と、通訳を介して言われたので、美智子は足を動かすことをイメージした。私は美智子を車椅子に乗せたまま、恐る恐る左足を床にそっと下ろした。すると、足が動いた！

「動いたっ！」

と、私は大声で叫んでしまった。

着地した瞬間に、膝から下が丁度サッカーボールを蹴るように、ゆらりと十センチ位前方に振り出された。

そして、私が両足を揃えてみたら、両方の足首が、あたかも鎌首をもたげるかのように、ググッと上に反り上がり、美智子は十本の足の指がそれぞれ勝手にグイグイと動くのを感じていた。足首から先にかけて、まるで全身が眠りから覚めて欠伸《あくび》をしているかのように、ゆっくりと、グルリと動いた。

「動いたぞ！」と、私は誇らしげな笑顔で、美智子のキョトンとした顔を見上げた。

K先生は、この私と美智子を見比べながら、

「好《はお》、好《はお》」と、言って笑っていた。この光景を見ていた間近の人々から、パラパラと拍手が沸き起こり、美智子は上気した顔を綻《ほころ》ばせた。この時、美智子にマイクが向けられた。

『どうしようか？』とばかりに、振り向いた美智子に、私は、

『行こう！　話そう』と、頷いた。

美智子は、ステージの前の方に進み出て観客席に向かい、差し向けられたマイクに言った。

「私は日本から来ました。頸椎骨折で今まで全然動きませんでしたが、T先生の貫頂で、足首が動きました。こんな事初めてです」

美智子の言葉を、中国の通訳係の人が言い終わらぬ内に、会場から大きな拍手が返ってきた。中国の人たちの温かい拍手が、美智子には無性に嬉しかった。

変化は美智子だけではなかった。北海道から車椅子でツアーに参加した男性で、これまでは一歩も歩けずに、立つことだけしかできない人がいた。この人の場合は劇的だった。貫頂を受けた直後、車椅子からスッと立ち上がり、ペンギンのように、小幅であるけれど列から一歩、二歩三歩と前へ歩き出した。

この現実を目の当たりにして美智子は、

「すごい！」と感激の声を上げた。

貫頂後、会場の参加者全員が黙想し、帯功《たいこう》（坐禅姿勢で「静功」し、先生の「気」を受

ける）に移った。ついさっきまで、喜びの歌と興奮が渦巻いていた会場が、水を打ったように、静まり返った。T先生は、千人以上の人たちに貫頂を施した後にも拘わらず、疲れた様子も見せず、観客席に向かって掌を翳し左右満遍なく「気」を送り続けていた。会場には、気功の帯功用の音楽がゆったりと流れていく。この帯功は、貫頂で受けた先生の強い「気」を体内に同化し、調和させるのに必要な動作といわれている。

三十分位後に、日本からのツアー参加者は一度ホテルに戻った。昼食後、再び会場に来て、中国語の説明による気功の講義を受けたが、意味がさっぱり分からなかった。

そして、退屈な講義を受けていた時、にわかに美智子がガタガタと震え始めた。

「父ちゃん寒気がする！　寒くてきつい。尿が詰まったのかもしれん。トイレに連れて行って」と、気分が悪そうに言った。会場を抜け出して便所に向かったが、便所の手前に段差があり、便器まで近寄れない。

「はて！」と、困っていた時、この様子を見ていた中国の婦人が洗面器のような器を持ってきてくれて、

「これに尿を入れなさい」

と、カタコトの日本語で助言してくれた。人前で尿袋を取り出して尿を捨てることは気が引けたが、非常事態とばかりに言葉に甘んじて尿を捨てた。すると婦人は、当たり前のように洗面器を持って捨てに行ってくれた。

「謝々《しぇしぇ》」と何度もお礼を言うと、

「不客气《ぶこーち》、不客气《ぶこーち》（どういたしまして）」と頭を振り、「私は看護婦だったよ」と、日本語で言った。

私たちは「日本語」で、しかも「看護婦」という言葉に改めてホッとし、少し日本語で話してみたが、美智子の震えは一向に止まらず、一層激しく震えてきた。『これは尿詰まりが原因ではないぞ』と不安になってきた。

すると、今度は、どこからともなく折り畳んだ布を持ってきて、美智子に掛けてくれた。よく見ると、それはシーツを厚く折り畳んだものであった。布の端にマジックインクで番号が書かれていた。しばらく震えは続いていたが、シーツのお蔭か、震えは次第に収まってきた。

気分に余裕が出てきたのか、『周りの人たちは？』と、ふと見ると、大勢の人々は目を閉じて、まだ帯功中であった。音楽が小さく流れ、会場は咳一つなく、閑として静まり返っていた。そして、会場には香を焚いているのか、何とも言えぬ良い匂いが漂っていた。

そして、別の婦人（看護師？）が、欠けた小さい碗に水を入れて持ってきて、美智子に勧めてくれたが、中国で生水を飲むとお腹に中《あた》ると聞いていたので、「謝々」と言いながら丁重に断った。この様子を気遣って、ＨＩ会長の奥さんが、ホテルに帰って休んだ方がいいと言って、タクシーを呼んでくれた。

門のところでタクシーを待っていると、どこからか動物のような臭いが漂っているのに気付いた。そして、門の前の古い建物が立ち並ぶ長い坂を一人の老婆がゆっくり歩いていく。その傍らには、路上であるにも拘わらず、胸に白い布を掛けた一人が椅子に座り、背後に立つ一人が髪を刈り揃えている光景が目に入った。　この風景を見て、私は、昔の大連の日本人街を勝手に想像し、「何とまあ中国らしい」と思ったが、美智子は、一瞬中国残留孤児の話が脳裏をよぎり『こんな所に取り残された子供はどんなに日本に帰りたかったことだろうか』と想像し、胸が締め付けられたという。異国の慣れぬ臭いと侘しい風景で、えも言われぬ淋しさが掻き立てられたのだろう。

タクシーが来た。ＨＩ会長の奥さんが助手席に乗り、私が後部座席に美智子を横に寝かせて乗り込んだ。このタクシーは中古車のようで、座席が来る時の飛行機と同様に擦り切れており、破れているところもあった。『このタクシーの運ちゃん、大丈夫かいな』と思いつつも、ＨＩ会長の奥さんが中国語に堪能だったので気が大きくなり、逆に『飛行機といい、自動車といい、こんなものでよく商売できるなあ』と、思わず吹き出しそうになったが、必死に生活する中国の逞しさを感じると、身につまされて笑うに笑えなくなった。

ホテルに帰り着いて、美智子は非常に疲れていたので、夕方まで二時間位仮眠をとらせた。美智子は、ぐっすり眠った。この眠りで、あの震えが嘘のように消えていた。あの震えは何だったのであろうか。

夕食後、ホテルの会場で元極学の講義を受けた。美智子が車椅子なので、私たちはいつも最前列であった。中国語の講義だったが、今度はＨＩ会長の通訳で意味は分かったが、内容はやはり難解だった。

静功《せいこう》（単独で坐禅姿勢を組み、元極音楽を聴きながら黙想する動作）
動功《どうこう》（元極学独自のラジオ体操のような動作）
按摩功《あんまこう》（日本流の指圧する動作ではなく、主に頭や顔や足の裏を摩《さす》る動作）
の三つの動作を順次行ない、二十一時三十分にやっと終わった。
ホテルの自室に戻り、美智子が嬉しそうに、
「足が動いた！」と、目を輝かせた。
「動いた。確かに動いた。それどころか、足は何かを蹴るような動作をしたぞ」
「不思議やなあ。首に痛みを感じた！　電気が体の中を走った感じがしたし、T先生はすごいなあ」
私は眼前にパッとオレンジ色の光が広がったことを話した。
美智子は、「私の時はフラッシュを感じたけど、父ちゃんの時は誰も写真撮らんかったよ」と言った。ますます分からなくなった。

五月二十八日、貫頂二回目。
八時に、昨日とは違う会場に着いた。映画館であったが、トイレは目で探しても見当たらなかった。暗い、狭い路地のような通路を、美智子の車椅子を押して行くと、会場のステージ前に躍り出た。眼前には、朝早くから大勢の中国の人々が詰め掛けてきており、すでに着席し粛として開講を待っていた。私たち日本からのツアー一行は最前列に着席した。

T先生の三十分位の講義の後、昨日と同様に貫頂が行なわれた。

貫頂を受け終えた人は、すぐに退去し、元の観客席に戻って坐禅のような姿勢で静功（黙想）を開始する。このような方法で、T先生は、次から次へとベルトコンベアー式に貫頂を施していった。

美智子の貫頂は、昨日と同様に入念に行なわれた。周りから、

「リーベンレン（日本人）…」という囁きが聞こえた。

貫頂後、次の人に移る前に、T先生が「今日は立たせてみよう」と、提案した。いつもと貫頂の流れが違うので、周りは静まり返り、T先生と美智子の様子に注目した。

美智子の足をポンと前に放り出し、床に着地させた。すると、昨日より一層両足がグッグッと動いた。大きな動きで痙攣性ではない意識的な動きのように、ゆっくりと動いた。

そして今度は、私と中国の係の人と二人で、美智子を車椅子から抱え上げて、支えて立たせてみた。しかし、これはさすがに無理で、美智子はドカッと車椅子に崩れ落ちた。それでも美智子は、顔を紅潮させ、立ち上がろうとして足を前に出そうとしたら、足はグッグッと動いた。この時、美智子は、立つことを懸命にイメージして続けていたという。（足が着いた感覚があった。立っているという感覚があった。手が指先までビンビンと通常の三倍位痺れ続け、重量感が足にあった。今までは、手に触った感覚は全くなかったが、手の周りに五センチ位の厚さのカバーがあるように感じた。わずかだが接触感が戻ってき

たように感じた）とのことであった。

今日は、この貫頂で終わりだった。ツアーに参加した人たちは、この後買い物や市内見物に出かけたが、私と美智子はホテルに戻って排便することにした。現在、美智子は二日に一度、定期的に排便することにしていた。

ベッドの上に、持参した四十五リットル用のポリビニール袋を二枚敷き、その上に持参した新聞紙を敷き、その上に紙オムツを二枚重ね敷き、その上にトイレットペーパーを広く敷きつめた。何故トイレットペーパーを持参したかというと、中国の街中の公衆用トイレには、紙が常備されていないと知っていたので、十巻位大型トランクに入れて用意していた。これらを横になった美智子の体の下に敷き込むのだが、かなりの時間を要した。

このように外出先での排便作業が大変であり、また、街を歩行中、いつ失便に遭遇するか分からないので、「脊髄損傷、特に頸髄損傷者は外出したくないのだ」と美智子は言っていた。

そして、準備が整って、美智子を横向きに寝かせ、肛門にレシカルボンという排便促進の坐薬を二つ入れ、二十分後に更に一つ入れた。その後二十分位したら、便が出始めた。もちろん、自分の意思でコントロールできない。

三十分位、そのままの姿勢で出し続けた。出た便は、一枚目の紙オムツとトイレットペーパーにそっとくるみ、トイレに流しに行った。

そして二枚目の紙オムツの上にトイレットペーパーを多数敷きつめ、それを身体との間に敷き込んで待機する。

　その間、便をトイレに捨てるのだが、トイレの水を先に流し、水流が渦巻き状態になった時に、トイレットペーパーにくるまった便を数回に分けて落とし込んだら、詰まることなくスーッと流れた。紙オムツは、流せないし、便も付着していないので、大きなビニール袋の中に入れ、ホテルのゴミと一緒に出すことにした。

　一方、美智子に対しては、残便があるかないか確認するために、ゴム手袋をして肛門に指を入れてみた。すると、肛門の括約筋がギュッと縮まった。こんなことは今までなかった。今まで括約筋の動きは全くなかった。美智子も、

「えっ、肛門が締まった？」

と、びっくりしていた。これは新しい発見だった。

　無事排便が終わり、何事もなかったかのように、この後、ホテルの夕食に向かった。夕食後、ホテルの一室で気功の講義が二十一時まであった。

　部屋に戻り、寝る支度をしていると、ＨＩ会長とＫ先生が訪ねて来てくれた。Ｋ先生に貫頂後の今までの変化を説明したら、次のようなことを説明してくれた。
　①回復の兆しが出ている。
　②回復の時間は、人によって異なる。一ヶ月で回復する人もいるし、一年以上かかる人もいる。

③傷口が治る。
④体の各部が回復し始める。大切なことは、
⑤心の安定
⑥心の持ち方が大切である。一番元気だった頃、走ったりしたことをイメージしなさい。心を安らかに保ちなさい。そうすることによって、T先生の「気」が充実してくる。気の充実↓回復　である。
⑦練功（功法に従って修練すること）すること。
⑧下丹田に気を置くことが大切である。そうすることで、エネルギーが少しずつ必要な所に集中する。
⑨治療を継続すること。
⑩練功、音楽（気功の練功用の曲）を聴きながら、寝ながらでも良いから練功をする。T先生の「気」を受けること。
⑪激しい動作をしないこと。特に首には禁物である。事情を知っている夫が、ゆっくりと首を支えてやることが必要。これが一番大切である。
⑫練功の時、自分の元気な時の頃をイメージし、思い出すこと。
⑬静功を主にする。次に按摩功をする。按摩功の後、両手で後ろ首の所に手をやり、貫通。右手で前に、左手を後ろに。
⑭一日に二時間以上やること。急がないこと。

⑮悲観的なことは考えないこと。
以上、注意点を説明してくれた。


五月二十六日、貫頂三回目、昨日と同じ会場であった。しかし、最終日とあって観客席は超満員であり、昨日の倍近くあったようである。

三日目にして、貫頂の流れにやっと慣れてきた。

昨日同様に、ステージ上で横二列に立ち並んで黙想している人たちに、T先生が前列右から次々に左手中指で、貫頂を施していく。貫頂を受けた人はステージを下りて元の席に着席し、音楽（十字真言を繰り返し歌った曲）を聴きながら静功（坐禅姿勢で黙想）して会場全員の貫頂が済むのを待つ。

全員の貫頂を終えたT先生は、ステージの上から観客席に広げた掌《てのひら》を向けて、左右まんべんなく「気」のパワーを照射する。

これが即ち「帯功」で、観客席の人々の貫頂で受けた「気」が、再びT先生が照射した「気」を受けて各々の体に適合するように調整される。

そして、一定時間照射した後、T先生自らも坐禅姿勢を組み、音楽を聴きながら、静功する。こうすることによって、会場全体が「気」のパワーの相乗効果により、より強力な「気」の坩堝《るつぼ》と化し、個人ごとの「気」と全体の「気」が見事に調和し、大きな「気の場」となって、病気を治すということであった。

ところが、この日はいつもの流れと違った。貫頂を三日連続して受けた為か、劇的な効果が顕れた人が続出した。中国の人たちは、早口で何かしゃべったと思ったら、割れるような拍手が会場から起こり、歌を歌っていた。そして、我が日本のツアー団員の一人がマイクを持った時、いつもの貫頂が変わってしまった。この人は、大阪の出身で、ミュージック教室を経営している社長であったが、眼がよく見えず、特に片眼は失明に近く、歩道に多数駐輪している自転車が見えずに衝突して倒してしまったことがあると言っていた。

「私は、眼が見えませんでしたが、先生の貫頂で見えるようになりました。こんな嬉しいことはありません。ありがとうございました。お礼に歌を歌います」

涙を流していた。係の人が早口で通訳したところ、会場から大きな歓声と拍手が返ってきた。

彼は、「…泣きなさい、笑いなさい…」という一節がある、『花』（作詞・喜納昌吉）を歌い終えた。さすがに、ミュージック教室の社長だけあって、堂に入った歌いっぷりで、拍手が止まず、手拍子に変わった。そして、もう一曲歌ったが、またしても手拍子！　アンコールだった。これはもう演芸会だった。彼は三曲目に、千昌夫の『北国の春』を歌い始めた。これは中国でも知られているらしく、会場全員が手拍子を打ち、一緒に歌う中国の人もいた。千昌夫そっくりの歌いっぷりで、見事、三番まで正確に歌い切った。会場からやんやの喝采が起こり、日本男児ここに在り、という感であった。

この間、背後ではT先生の貫頂が粛々と続けられており、厳粛であるべき貫頂を差しおいて許されるのだろうかと気になり、係の人をちらっと見やると、一緒になって「笑顔で手拍子」だったので、【行け、行け】という気持ちになった。後で聞いたことだが、「貫頂後、楽しいことを考えたり、晴れ晴れとした気持ちになることは、とても重要である」とのことだった。脳に良い刺激を与えることになるのだろうか。

二時間位経ってやっと貫頂が終わり、T先生の帯功が始まると、先程までの賑やかな会場は打って変わってシンと静まり返った。ゆっくりと音楽が流れ、T先生が観客席に掌を翳《かざ》してまんべんなく「気」を照射していく。そして、三十分位して収功した。

三日目にして気功の効果が顕著に現れた人が多かったが、美智子の場合は、初日に変化があったのみで、三日目には大きな変化がなかった。それでも、今までピクリとも動かなかった手足が現実に動いたので、感動が大きかった。そして、何よりも美智子の表情が明るくなった。その表情は、内心から自然に滲み出た、ほんのりとしたものであった。

これで三日間に亘る貫頂体験講座は一応終了となった。あとは、夕食後に講義を受けるのみとなった。

T先生始め他の先生方を囲んで、昼食会が宿泊ホテルで開かれた。昼食会は、終始喜びの声と感謝の言葉が飛び交い、温かい笑いの渦に包まれた。

T先生がおどけて三本の指を立てて、

「大阪の人は、三曲も歌ってしまった。これは番狂わせでした！」

と笑った。その指の立て方が日本と違い、中指、薬指、小指の三本を立てて笑ったので、

「番狂わせ」とあいまってツアー仲間の一同が笑い転げた。大阪の人が、

「目が見えるようになり、嬉しくて仕方がありませんでした。大変ありがとうございました」

と、謝意を述べると、大きな拍手が巻き起こった。

K先生が立ち上がり、

「車椅子の佐藤さんは、日本の南の島から参加してきました。足が動きました！」

と、美智子を紹介した。

「こんなこと初めてです。大変嬉しいです。ありがとうございました」

車椅子の美智子が応えると、ツアー仲間の人たちは大きな拍手で讃え、自分のことのように喜んでくれた。美智子の目に涙が光っていた。

「先生は、沢山の人に貫頂して疲れないのですか？」

と、誰かが質問すると、

「私は宇宙エネルギーを食べているから平気です。あまり食べなくても良いのです」

と、答えたので、皆半信半疑で驚いていた。そう言われてみれば、T先生は殆ど食べていなかった。信じられなかった。

美智子は隣席の人と、

「何故か幸せな気持ちになるような雰囲気ですね」

「私もそう感じているの。不思議だよねえ」

と、話していた。会場は温かい雰囲気に包まれていた。

私は、失礼だと思ったが、思い切ってT先生にサインをお願いした。講義のテキストの裏表紙を差し出すと、先生は笑顔で快諾し、マジックインクでサラサラと書いてくれた。これを見て他の出席者も、ほぼ全員が先生にお願いしたので、サイン会となってしまった。先生は少しも威厳を感じさせなかった。そして、全員で記念写真を撮った。良い記念品ができたと、皆喜んだ。

この後、ツアー一行はバスで大連市内見物に繰り出した。気功体験という一仕事を終えた解放感からか、一行内には家族的な連帯感が芽生え、バスの乗り降りする時に美智子の車椅子を運び持つ担当が自発的に出てきた。美智子以外のもう一人の車椅子にも担当が自然に決まってしまった。異国での同胞愛に少し胸が熱くなった。段差のある所などは、四人掛かりで美智子と車椅子を持ってくれた。都合二つの車椅子班が完備したことになる。

「せっかく来たのだから」と、車椅子の美智子を先頭に、中国のデパートに乗り込んだ。日本と違い、店内の照明は簡素で無駄がなく、店員は日本流の愛想はなく、公務員然としていた。逆に気が楽だった。

美智子は、手芸品売り場で車椅子を止めた。車椅子の生活になってから、ほとんど買い物をしたことがなかった。

「お土産、何がよいかな…」と笑う目で物色し、刺繍の壁掛けを数枚買った。美智子は嬉しそうだった。支払う時、「角」や「元」の単位計算が面倒なので、札束を何枚か渡し、必要なだけ取ってもらった。言葉も筆談もいらなかった。

バスで大連の街を一巡した。HＩ会長が名所を解説してくれた。戦前の大連の日本人街を見た。赤レンガ造りの建物とアカシアの並木も見た。美智子は、

「これが『アカシアの大連』！　ここは花が少ないねえ」と、呟いて見ていた。

「ここが旅順港です」と紹介された。

大分県竹田市出身の広瀬海軍中佐が、旅順港閉塞作戦で戦死した場所であった。竹田市は美智子の里の隣町で、美智子は広瀬中佐のことを知っていた。

「へえー、ここが旅順港…」と、感慨深げに見入っていた。

「お父さん、大連に連れてきてくれて、ありがとう…」と、しんみりと小声で言った。

「きっと治るから。きっと治してやる」

と、私はきっぱりと言った。

実は、自信がなかったが、そう言わざるを得なかった。以前の熊本会場と違い、今回は本場の中国であり、始祖たるT先生であるから、

『立つ。そして動けるだろう』と、信じていた。

しかし、実際を見た時、「これが現実か。一瞬にして『立つ』ということは無理かもしれないが、貫頂の回数を連続的に重ねれば、必ず『立つ』という現象が出現するはずだ」と思えてならなかった。今回の体験と熊本会場での「二十七日間治療を続けたら、これと同じ症状が治った」という言葉を重ねて考えると、「気」は実在し、「貫頂」という手段は

当然の理で必然の物理現象と思えてならなかった。

バスは蜂蜜工場に入って行った。蜂蜜は日本にもあるので、バスから降りるのを躊躇《ちゅうちょ》したが、「せっかくだから、土産でも」と、美智子と降りてみた。

一番目を引いたのは、工場の女性がポットの蜂蜜を小ビンに詰める段階の、その曲芸的な作業の動作だった。

女性は机の上に小ビンを置き、そっとポットの蜂蜜を小ビンに移し始めた。

と、見る間に、スーッとポットを持つ腕を頭上に掲げ、そこから一メートルほど下の小ビンに、見事な放物線状の蜂蜜を注ぎ込み始めた、と刹那、蜂蜜の放物線は、ピタッと弧を保ったまま微動だにせず、やがてスーッとポットを小ビンに近付けて、チョンと作業を終えた。その間、蜂蜜を一滴も漏らさず、何事もなかったかのように、次の作業に移っていく。この器用な中国の女性の作業を見ていたツアーの人たちは、ただ驚き、喜び、その正確さに拍手していた。

大連市街を一巡りしてバスはホテルに帰ってきた。この後、ツアーの人たちは夕食に街中に出るとのことだったが、私と美智子はホテル内で食事することにした。食堂に行く途中、美智子はピアノを見つけた。

「あっ、来た時に弾いていたピアノがこんな所にあった」

と、何だか懐かしそうに見とれていた。

食堂は一階にあった。窓は大きなガラス張りで、外の様子がよく分かった。チラシが道路に散っており、中国の人々が大勢忙しく行き交っていた。これも中国ならではの風景かと思った。給仕が来て「コーヒー？　オア　ティー？」と聞いた。中国に来て初めて英単語を聞いた。美智子は、「ティー　プリーズ」と言った。私は、コーヒーを注文した。注文はそれだけで、あとはヴァイキングコーナーから食べ物を選んだ。この方法は、中国語を必要とせず、助かった。

私はいの一番に、麻婆豆腐を選び、次にエビチリを皿に盛って、美智子のテーブルへ運んだ。美智子は笑顔で待っていた。

美智子は、麻婆豆腐を口にした途端、

「うっ、辛い！」

と言ったので、私も食べてみたが、なるほど相当に辛い！　日本のは程よい辛さだが、これはとても食べきれないので、エビチリと野菜類を分け合って食べた。中国に来て、初めて腹一杯になった。思わず顔を見合わせて笑った。

この後、夜に入って、ホテルの会場でツアーの人たちだけで、最後の気功の講義を受けた。そして自室に戻り、美智子をベッドに寝かせて（やれやれ…）と思い、『明日は中国を発つので、ぼちぼち荷物をまとめるかな』と思った時、美智子が弾んだ声で言った。

「父ちゃん、お疲れさん。ありがとうございました」

私は外国旅行は今回で二回目で、二回とも中国であったが、今回は『美智子に異変があったら、どう対処するか』との思いが片時も頭から離れず、旅行中ずっと身構えていた。

旅行中は風呂にも入らず、着の身着のままで寝ていた。

ところが、今、美智子の「ありがとうございました」の締めくくりの言葉を聞き、ふと今までの流れを振り返ってみた。

気功の貫頂を受け、美智子の身体上の異変と言えば、原因不明の震えがあったこと位で、肩から下のピクリとも意識的に動かせなかった体が、貫頂直後に「動いた」という事実は、むしろ歓迎すべき異変であった。

私は最も心配していたことは、今までの美智子は肩から下の部分は麻痺状態で、麻酔なしの状態でお腹に穴を開ける膀胱瘻手術をしても痛みは全然感じなかったが、貫頂効果でもし痛みを感じ始めたら、中国の医療技術で対処できるだろうか、ということであった。

しかし、これは今、『杞憂に終わったー』と思った途端に、急に気が抜けて愉快になった。

『気功の効果の、得るべきものは得た！』という気持ちになり、

「気功は本物じゃ。治るぞ。続ければ、少なくとも今よりは良くなるのは間違いなし」

と、美智子に宣言し、冷蔵庫の中の缶ビールを取り出した。これを見て美智子は、

「父ちゃん、飲みよ！　ありがとう」

と言って、思いっきりの笑顔で笑った。缶ビールの一口は格別だった。（もう、あとは帰るだけだ）と思い、缶ビールをもう一本開けて飲みながら、大まかな荷造りをした。美智子は色々とケラケラ笑ったりして話し掛けていたが、いつの間にか鼾《いびき》をかき始めていた。

明けて五月三十日（木）、今日は中国を発つ日。

朝、出発準備を整えて、美智子を連れて食堂に向かった。朝食はヴァイキングだったので、昨夜と同じものを皿に盛った。今日、帰れるということで、美智子は晴れ晴れとした表情であった。

ツアーの人たちもそれぞれ成果があったためか、話が弾んでいた。朝食後、チェックアウトを済ませた。四日間の宿泊料は、予め会費に含まれていたので、日本円にして六千円位追加料金を払った。

ツアーの一行はロビーに集合して、荷物を一ヶ所にまとめてバスを待っていた。美智子が入口近くの生け花を見ていた時、北海道から車椅子で参加して歩けるようになった人が、スーッと近寄ってきた。この時はまだ車椅子に乗ったままであったが、

「中国まで来る気力があるのだから、大丈夫ですよ」

と、言って、美智子を励ましてくれた。独りポツンと花を見つめている美智子を認めたこの男性は、自分の幸福感に引き換え美智子の淋しさを思うと、いたたまれなくなり、思わず声を掛けてくれたのだろう。美智子は今まで一度もこの人と話したことがなかったが、『歩けていいな』と、ずっと羨ましく思っていた。美智子は何と答えたか、覚えていなかった。両者とも辛かったことであろう。

バスの到着前に、あのT先生が見送りの為、ロビーに現れた。ツアーの一行は、サッとT先生を取り囲んだ。私も、美智子の車椅子を押して輪に加わった。一行は口々にお礼を述べた。

先生は、車椅子の美智子を見ると、「ハオ、ハオ」と相好を崩し、両手を差し伸べてきた。美智子は歓声をあげ、涙を流しながら、先生の両手にしがみついた。何やら言葉にならぬお礼を言っていた。一行は一歩引き、笑顔で見守っていた。

そして、私はまたもやでしゃばった。どうかな？　と思ったが、「先生」とばかりに、私の名刺を差し出した。一行は一瞬「あっ」と思ったようであったが、先生はすかさず、ご自分の名刺を私に返礼してくれた。これを見た一行は、我も我もと、名刺を差し出した。名刺を持たない女性は、両手を差し出したが、先生は快く全員に名刺を配った。美智子の車椅子担当の広島の人も、「佐藤さんのお蔭で、貴重な先生の名刺をいただけた。思いつかなかったが、グッドアイデアだよ」と、笑った。一行も喜んでくれた。私は頭をかきながら、「一つだけ皆さんの役に立ったかな」と照れ笑いした。

先生の名刺を改めて見た時、

「日本で言えば、医学博士か、または国務大臣に当たる方ですよ」

と、HI会長が説明してくれた。「元極学」とは、中国では医学として認められた学問の一つと考えられていた。

九時にホテルを出発した。出発の時、T先生の弟子のJ先生が、ツアーの一人一人に声を掛けていた。美智子にも、

「貫頂を受けなくても、毎日練功をしなさいよ。練功を続ければ、必ず効果が顕れます」

と、通訳を介して念を押していた。

この時の美智子は、まだ「練功」の重要な意味がよく分かっておらず、私も貫頂こそが一番の効果をもたらすものと考えていた。

T先生は、右手を高く掲げて笑顔で見送ってくれた。バスの窓際の人たちは、手を振りながら別れの挨拶を口々に叫んでいた。

大連空港に到着した一行は、搭乗手続きを済ませた後、車椅子の美智子と北海道の人とを中心にして周りを取り囲み、ロビーの床にベタンと座り込んで談笑を始めた。

何らかの障害を持つ人は、それぞれ何らかの気功の成果を体得していたので、手柄話のような調子の話になり、幸せがいっぱいだった。そして、いよいよ飛行機に乗ることになり、一行は飛行機の所まで移動した。私はリュックを背負い、美智子は車椅子を押しながら、地上の向こうに見える数機の旅客機群に近づいて行った。目的機が予想された時、『まさか！』と悪い予感がした。そして、飛行機の下に辿り着き、搭乗口に通じるタラップを下から見上げた時、「あっ！」と、色を失った。地上から二階家の屋根の高さ位の所にある搭乗口に、幅の狭い急階段のタラップが取り付けられていた。

『美智子を抱えて、これを上れというのか。無理だ。どうしようか』と、躊躇していると、中国の男性の乗務員二人が飛んできて、何やら中国語で早口にしゃべった。傍に居合わせた通訳のNさんが、

「佐藤さん、中国の係の人が手伝ってくれるって。あなたもリュックを下ろして手伝って」と言う。いつも美智子の車椅子を運んでくれた広島の担当の人も、

「私も手伝います」と、言ってくれた。中国の乗務員の二人が車椅子の両サイドに付き、美智子を車椅子ごと引き上げる仕種をし、背後から広島の担当の人と私が車椅子を押し上げよ、という身振りをした。タラップが急勾配なので、一人が躓いたら、全員が転げ落ちるかもしれないので、私は四人の最下位の位置で、（万一の場合は俺が食い止めてやる）と、肚《はら》を決めた。

意を決したら、行動は早かった。中国の人は、無造作に着手した。それぞれ言葉は違うが、「よいしょ、よいしょ」と、一歩ずつ掛け声を掛けて、階段を上っていった。途中で二回程休憩した。そして、ついに搭乗口に辿り着いた。

美智子は、「謝々《シェシェ》。ありがとうございました」と今にも泣きだしそうな笑顔を向けて、私も「謝々」と言いながら、中国の乗務員に握手を求めた。私は「日本人は合理的な機械力に頼り過ぎているのでは？　中国の人たちの人海戦術のパワーは決して侮るべからず」と舌を巻いた。そして私は、美智子の上半身を背後から抱え上げ、中国の乗務員が美智子の脚部を抱え上げて、飛行機の座席に引っ張り込んだ。私が窓側に、美智子が通路側に位置する。

美智子が着席する寸前に、担当の広島の人が車椅子の褥瘡防止用の座布団を美智子の座席に敷き込んで移した。この広島の人が旅行の最後の別れる時まで、車椅子を持ってくれた。美智子が着席した後、ツアーの一行と一般客が搭乗し始めた。ツアーの一行は近くの座席に点在したが、ＨＩ会長夫妻は、美智子の横の座席に着席し、

「今回、手足が動くようにならなくて、ごめんね」

と、美智子に話し掛けた。美智子は、

「いいえ、そんなことないです。手や足は動くようになりましたよ。ありがとうございました」と、逆に励ますように、笑顔で応えていた。

一般客がほぼ着席し終えた時、搭乗口の入口付近が急に騒がしくなった。

何やら、中国の男性が大声で怒鳴っている。

リーベンレン（日本人）という言葉が聞こえたので気になり、HI会長になにがあったのか尋ねてみたら、

「座席の指定が重複していたみたいです。日本ではこんなことはないでしょうが。ま、何とかなるでしょ」

と、あまり気にしていなかった。私は、どうなるのかな、と気になったが、しばらくして中国の乗務員がことを収めたようで、搭乗口がピタリと閉じられた。コンピューターのトラブルで、四人乗れなかったそうである。一時間程遅れたが、十二時頃、飛行機は無事大連を出発した。

出発して初めて、安堵の溜め息が出た。美智子は元気よく機内食を全部食べてしまった。HI会長夫妻と、機が到着するまで、笑い声を交えて、ずっとしゃべり続けていた。

十五時、無事成田国際空港に着陸した。着陸はスムーズであった。着いてから、日本の係員の親切さに感謝した。

「祖国は何と優しいのだろう」と、嬉しかった。

成田空港のロビーで、ツアーの皆さんと別れを告げた。美智子は、特に広島の人に、目を赤くしてお礼を言っていた。

今夜は羽田東急ホテルで一泊することにした。夕食には「思いっきり日本食」の寿司を注文した。美智子は、

「ワー、やっぱり日本や！」と喜んだ。

「無事帰国」と、大分の実家に連絡したら、

「ヤッター、お帰り」

と、長男が電話の向こうで、声を上げて喜んでくれた。

翌朝六時、大分へ帰る日、美智子はまだ寝入っていたが、ふと足先を見ていたら、足首から先がググッと動いた。こんなことは今までなかった。まるで、猫が目覚めた時、欠伸《あくび》をしているかのように、ゆっくりと動いた。

また、目を覚ましてから美智子は、

「手の親指の先がビリビリッと大きく動く！」と、目を輝かせて言った。

八時半にホテルを発ち、羽田空港へ向かった。空港では係員が、搭乗までの一切を手伝ってくれた。言葉が通じるありがたさ。日本の行き届いた優しさに、

「日本という国は、素晴らしい国だなあ」と、美智子としみじみ話し合った。

機内では、男性の乗客が女性の客室乗務員に、

「おいしいお茶を持ってこい」と乱暴な言葉で命じたが、それが却って気心が知れた家庭的雰囲気を醸し出し、旅の苦労を労うようで、心地良かった。

十一時二十分、大分空港に着陸。

「帰ってきたぞ！　もうここまで来れば何があっても大丈夫じゃ」

と、美智子に笑顔を向けて、思い切り全身の力を抜いてみた。この一瞬が幸せだった。

帰ってからの美智子

大分に着いた日の翌日、Ｊセンターに戻った。センターにはあらかじめ、「気功治療のため、中国へ行く」との外泊届は出していなかった。

美智子の状況は、日に日に指の動きが大きくなっていくようであり、眠っている時に足先をつついてみたら、足首から先がググッと動いた。

美智子本人は、

「意識的ではないけれど、手に力を入れた時、親指の先がビリビリッと大きく動くよ！」

と、目を輝かせて言った。

肛門の括約筋もギュッと締まる。美智子にこのことを聞いてみると、

「肛門には、なにも触った感じはないよ」

と答えた。すでに神経が死んでいるのなら、なんの反応もないはずだが、無意識とはいえ反応がある。脊髄反射かもしれないが、いずれ動くようになるのではないかと私には思えた。

だが、悪いニュースもあった。お尻の底部が赤くなった。旅行中、長時間座った姿勢を続けたことが原因かと思われたが、看護師から、

「赤く腫れている。たいへんよ。今のうちに治さないと、たいへんなことになるよ」

と、警告された。褥瘡とは、こんなに簡単になるものだとは思わなかった。

「床擦れが本物になったらたいへんだから、横向きに寝て、我慢するんだぞ」

と、美智子に言い聞かせたが、辛そうだった。

子供たちも、淋しい思いをしていた。この日、子供たちを預けている父の家に立ち寄ると、長男が、

「お父さん、今から、暇？」

と、聞いてきた。「暇やったら、バッティングセンターに連れて行って」と。

「よし、行こう」

と言うと、

「やったぁ！　お前も来い！」

と長男は喜んで、次男に声を掛けた。


翌日、センターの美智子を訪ねてみると、誰もいない居室で一人、車椅子で待っていた。思い詰めた顔でこちらを見るなり、

「お父さん、もう死にたい。もう、死んでもいいやろ。昨日、横向きに寝ていたら、汗びっしょりかいて。着替えもできんし、看護師を呼んで仰向けに寝かせてもらったら、やっと治った。もう死んでもいいやろ！」

「馬鹿言うな。死んだら、もっと苦しいことが待っているぞ。お前は確実に治るんだから、今がんばらんと、後悔するぞ。なんのために中国まで行ったか。がんばれ！」

私はそう言って励ました。

美智子は弱音を吐いたものの、車椅子からベッドへ、またベッドから車椅子への乗り移り訓練においては、目覚ましい進歩を見せた。まったくの自力で、十分くらいで乗り移りができるようになっていた。

「なぜかは分からないけれど、肩に力が入るようになり、体重移動ができるようになった」

と、美智子は言っていた。

また昨夜は、右手の人差し指が二時間ほどビリビリと動き続けたという。

「うれしくて仕方がなかった。お父さん、中国へ連れて行ってくれてありがとう」

美智子は涙を流しながら、私に言った。反面、中国から帰ってからの美智子は、限界を感じたのか、心の支えを失ったように気弱になっていた。

この六月の初めには、「七月三日からT先生が来日し、日本各地でセミナーを開催して貫頂を実施する」という情報が、HI会長から伝えられた。これを美智子に知らせると大喜びで、私は早速、セミナーの参加を申し込んだ。

一方、美智子の動きの変化は、日々顕著になっていった。六月の中旬には、こんなことを言い出した。

「左手の親指が無意識だが、一センチくらい大きく動いた」

「右手の薬指も動き始めた。こんなことは初めてや！」

「右手よりも、左手の方が動き始めるのが早かったが、今、右手も動き始めている」

「手のひらの中から、グーッと広がっていく。風船が大きくなるように、大きな力でグーッと指全体が広がっていく。昼間二時間くらい、特に親指が痙攣し続けた」

そして下旬になると、

「手の親指が、一センチくらい、自分の意思で大きく動いた！　動く時には、指先までジーンと感覚が走ったの。あ、ほら、感覚が入った！」

と、美智子は叫んで指を見つめた。その直後、指がギュッと内側に動いた。

「指先に『気』が入り、両手の親指がビリビリし始め、ビリビリと小刻みに動き始めるの。この時、動かそうとしたら、親指が一センチくらい動いた。もう、うれしくてたまらん！こんなに動いて、その後、大きな力で戻されるような気がする」

日本国内で気功を受ける

　そして平成八年七月六日。美智子は名古屋で気功を受けた。会場は、名古屋市中区栄の、電気文化会館だった。

　中国・大連の時と違い、今度は日本国内だったので、私も気が楽だった。セミナーの手順は大連の時と同様で、最初に講義が行なわれ、次いで貫頂が実施された。貫頂は、午前と午後の二回行なわれた。二回目に、T先生から貫頂を受けた時、美智子はこう言った。

「フラッシュを焚かれたように、目の前がオレンジ色になって、明るく眩かった。少し、首がだるかった」

　この時も、私は周りに誰も写真を撮った人がいなかったことを確認している。貫頂を受けた直後の美智子には、なんの変化も現れなかった。しかし、宿に帰ってから、突然変化が現れた。

「あんた、風呂に入れていいなぁ。私も風呂に入りたいよう……」

と、子供のように言った、その時だった。

「あっ！　左手の親指が、自分の意思で三センチも動いた！　ほら、見て！」

　美智子はそう言うと、親指をビリビリッと不規則に大きく動かしている。

「握ろうとしたら、こんなに動く。うれしい！　なんだか指先がジンジン痛い。初めてや」

そう言って感激していた。美智子は指を、確かに動かし、動かしていた。

二日目も貫頂を受けた。その直後、美智子は右手指の付け根に、強い痛みを感じたという。

「こんな痛みは初めてや」

そう言っていた。これはまさに、電気に感電した時と同じではないかと思った。そしてこの日は、中国のB先生が、美智子を抱え上げて立たせようとした。しかし、さすがにこれは無理で、美智子はぐったりと、車椅子の座席に崩れ落ちた。

「だけど、『立てる！』という感覚はあったよ」

美智子はそう言った。

「きっと歩けるので、立つ練習をしてください。一歩歩ける自信が、次の自信を大きくします。自然治癒力を高めることです。かすかな動きも、動く能力があるということです。後は、努力することです」

流暢な日本語で、B先生が美智子に説明していた。

ずっと後に気づいたことだが、この「努力」とは、静功（瞑想）して雑念を排し、「気」を一点に集中することだったようだ。

宿に帰って、美智子を車椅子からベッドに移した時、美智子の両脚がくにゃくにゃと曲がった。生きた脚の動きに、私は思わず声を上げた。

「わっ、動いた！　歩けるぞ！」

翌日十一時、名古屋空港を発ち、十二時頃、大分空港に着いた。そしてこの日は、別府のＪセンターへ直行し、十三時三十分頃到着した。

そこで、Ｊセンターの担当職員に呼び止められた。

「最近、外出や外泊が多いが、どういうことだろうか。周りの人がうらやましがるので、少し考えてほしい」

そのように注意された。「治療のための外出」とでも言おうものなら、「他のところの治療を受けるなら、センターを出てほしい」と言われそうで、本当の理由は言い出せなかった。

また、復職の問題を相談していた福岡の相談所からは、「かなり厳しい報告が来ているが、ご主人はどう思っているのか」と連絡が入った。

「今は、目標を持って進みたい」

私はそうとだけ、美智子の気持ちを説明しておいた。

そして今度は、七月十三日に大阪でセミナーが開かれるという知らせが入った。最初は、

「連続はきつい」と参加を見合わせていたが、美智子が、「やっぱり行きたい」と言い始めた。連続効果を説かれて、私は押し切られて行くことにした。七月なので、私は夏休みを取った。

七月十三日の大阪会場は、大阪市北区の天満研修センターだった。会場前でタクシーを降りて、私が美智子を車椅子に移そうとして、美智子の体に柔道着の帯を巻き付けて抱えようとした時、通りがかった若者が、「なにか手伝いましょう」と声を掛けてくれた。そして一緒に美智子を抱え上げて、車椅子に移してくれた。挨拶もそこそこに、彼はなにごともなかったかのように立ち去って行った。その後ろ姿に、私たちは頭を下げた。

私は、「さすがに大都会の若者はスマートだな」と感心した。

美智子は、「ごく自然に声を掛けてくれて、気負わないさりげない親切が、いつまでも忘れられない」と、感激していた。

大阪会場で貫頂を受けた直後、またもや美智子は、新しい感じがあったと言った。

「肛門がギュッと締まり、便が出そうに感じた」

そして足先に、熱い感じがし始めた。夜、宿に帰って九時頃から三十分間くらい、右手の親指、人差し指、中指までがビリビリと感じ始めたという。

そしてその晩は、二日に一度の排便日だった。便は普段よりも出にくかった。どうやら肛門の括約筋が強く締まり始めたようで、出た便の量も、いつもよりも少なかったようだ。

二時間程費やしてお腹をマッサージしてみたが、まったく効果がなかった。私は汗をびっしょりかいて、クタクタになった。

二日目の貫頂直後にも、著しい変化が現れた。両脚に痙攣が走った。縦に動く大きな痙攣だった。

今日も中国のB先生が、私と力を合わせて美智子を立たせようとしたが、無理だった。でも先生と、こう言い合った。

「足が地に着いた感じがあった」

「膝の屈伸が分かった。膝の感覚も分かった。脚全体が熱くなった」

宿に戻って、十時頃。ベッドで眠りに就こうとしていた美智子の左足中指と人差し指を、私はギュッとつまんでみた。すると美智子は、「うっ！」と声を上げた。左膝からガクンと、脚が上に動いた。そして十センチくらい上に持ち上がった。

大阪会場では、「立てないけれど、刺激を与えれば反応がある」というところまで来ていた。もうこうなったら、可能な限りセミナーに参加して、動けるようになりたい。美智子にも私にも、そんな欲が出て来た。

そして次は、福岡会場のセミナーに参加した。七月十六日火曜日。大分から車で高速道路に乗り、百六十七キロ。二時間十五分で会場に着いた。福岡でのセミナーは、この日一日だけだった。

Ｔ先生の貫頂を二回受けた。そして、ここで画期的なことが起こったのだ。

それまで美智子の左腕は、万歳のつもりで手を挙げても、やっと肩ぐらいまで斜めに上がる程度で、挙がってもすぐにバタンと下に落ちていた。それは美智子の意思に関係なく、バタバタ落ちるのだった。

ところが今回の貫頂によって、美智子は自分の意思で左腕が下ろせるようになった。以前のように、挙げたと同時に自然に腕が落ちることはなくなり、健常者なら当たり前のことだが、挙がった腕は美智子が下ろそうと思うまでは落ちない。いつまでも挙がったままでいるのだった。美智子は自分の意思で、腕を下ろすことができるようになったのだ！

新聞社の人間らしい人が、カメラを担いで美智子の方に近づいてきた。

「うれしいですか？　うれしいですか？」

そう迫るように聞かれた美智子は思わず、

「うれしいです。うれしいです……」

と、車椅子で後ずさりしながら答えた。顔は、涙でぐしゃぐしゃだった。会場には、医学関係者らしい女性も来ていた。色々な病気を持った人でいっぱいだった。

会場を後にして、駐車場で美智子を車のシートに乗せようとした時、たいへんなことが起きた。乗せ終えた瞬間、床にダラリと落ちているはずの美智子の両脚が、グッと水平に持ち上がったのだ！

美智子は、「わっ！」と驚き、歓声を上げた。私も、「おお！」とびっくりした。そして思わず顔を見合わせ、

「よかったなあ。来た甲斐があったぞ」

と、喜び合った。そして大漁船さながらに、宝船に乗ったような気分で福岡を後にした。

大分の自宅に帰り着いたのは、夜の十時二十分だった。

美智子を寝かしつけようとした時、美智子が不安げに訴えた。

「膀胱瘻のお腹に穴を開けているところが、ヒリヒリと痛い。痛みを感じ始めたよ」

（あっ、やっぱり来たか）と、私は思った。

「まあ、様子を見よう。今日まで集中して貫頂を受けたので、疲れもあるんだろう」

私はそう言って慰めた。美智子は、いつの間にか眠ってしまった。でも実はこの痛みは、一時的なものではなかった。

福岡以来、美智子の脚の動きは激しくなった。体に触れると、少し反応を示すようになっていた。昼、センター内のベッドの上で背伸びをした時、両脚が持ち上がったこともあった。

「今日は五分で着替えて、靴も履けたよ！」

美智子はそう得意げに言っていた。

センターの職員は、

「訓練の成果だ。指導は間違っていなかった」

と言ったらしいが、私はそうは思わなかった。

「あの程度の訓練で、成果が出たのではない。気功の貫頂の成果だ」と言ってやりたかったが、「気功」という言葉は言えなかった。

でも美智子には、逆に焦りが出てきたのか、

「このまま一生、生きたくないよう」

と、泣き出しそうな声で訴えた。

「心配すんな。少しずつ治っていく。今は苦しいけど、がんばれ。貫頂を続ければ、きっと治るから。焦るな」

私はそう言って励ました。

「できれば、T先生のいる武漢の蓮花山《れんかざん》に行って治療したい」

美智子はそう言い始めた。そうすれば、すぐに歩けるようになると、美智子は期待していたのだ。私は言葉がなかった。


そして十日後。今度は東京で気功のセミナーを受けることになった。これは、T先生の日本滞在最後のセミナーだった。

七月二十七、二十八日の二日間にわたり、東京杉並区の杉並公会堂で開催された。今回は、大連のツアーの時に一緒だった東京出身のNさんが奥さんと同行し、美智子の世話を

親身にしてくれた。

一日目の夕方、T先生の弟子に当たるK先生から貫頂を受けた。直後はなんの変化も認められなかったが、帯功時に美智子の両脚がガクガクと震え始めた、そして美智子は、「首の後ろがだるい」と言った。私はなにも感じなかったが。

そして二日目、T先生の貫頂を受けた。貫頂後に、三人の係の人たちが美智子を両脇から抱えて支え、一人が脚に手を添えて歩かせてみた。美智子はステージの袖口のところを、六メートルくらい歩いた。その時のことを、美智子はこう振り返っている。

「高い下駄を履いて歩いているようだった。脚の動きに上体がついていかず、反っくり返りそうになった。昔、歩いていた時の感覚が甦ってきた」

貫頂後、美智子が感じたこと、および私が見た状況は次のようなことだ。

①膝が熱く、ものすごくしびれた。

②ステージで立たせようとしたら、脚に表情があった。以前はダラリと足首が下がった状態だったが、今回は、「立とうとするが、どうしても力が入らない」という感情が、傍から見ていても感じ取れた。

③夕方会場を出た時、膝がブルブルと震えっぱなしだった。

④左手の人差し指がヒクヒクと動き、親指が強く動いた。

⑤右手の中指と薬指が、二本一緒にヒクヒクと上がった。

⑥両手が貫頂前に比べて、三倍くらいしびれた。
⑦貫頂直後、首の後ろがだるかった。そして膝が震えた。

こうして、東京会場でのセミナーは終わった。終了後のT先生の挨拶の時、言葉は分からないが、美智子は先生の顔をじっと見つめていた。

（先生しかいない。治してくれるのは、先生しかいない。どうか助けて下さい）

美智子はそう念じつつ、涙ながらにじっと見つめていた。

変化は続いた。宿に引き揚げて、美智子がベッドに横になっている時、私は足の人差し指をギュッとつまんでみた。すると、膝が両脚とも、三十センチくらい跳ね上がったのだ。

そして脚が大きく曲がった。

美智子はたいそう驚き、うれしくて、うれしくて、ベッドを叩いてはしゃいだ。

「こんなにうれしかったことはなかった！」

そう、美智子は言っていた。

炎症が小さくなった！

平成八年の八月に入って、以前入院していた飯塚のSセンターへ六ヶ月検診に行った。気功の効果が、西洋医学ではどのような形で現れているかと、興味津々で臨んだ。

当初の整形外科の先生はいなかったが、新任の先生がMRIの画像を撮って、退院時のものと比較してくれた。先生は、見比べて驚いた。

「前回、大きかった白い炎症部分が、今回は小さくなっています。これは、炎症が消えかけているということですかねぇ。なぜこうなったかは分かりませんが」

先生はそう言って、首をひねった。

私と美智子は、呆気にとられたように顔を見合わせた。そしてフッと、示し合わせたように笑った。

「ま、とにかく、いいことじゃないですか」

先生の笑顔に、私たちはうれしくなった。気功の効果が確かに実証されたと思った。

「指が動くんですよ」と言ったが、先生は、「痙性《けいせい》でしょう」と聞き流して、問題にしてくれなかった。

この件を、次に受診した泌尿器科で先生に話したところ、先生はこう言ってくれた。

「少し良くなっているかもしれない。快方に向かっているのかもしれませんね。先が楽しみだ」

美智子は、うれしそうに聞いていた。

早くＪセンターを出たい

しかし、気功の効果を実感するにつれ、美智子はＪセンターの訓練方針に満足しなくなっていった。

動く兆しが見えた今、もっと気功を受けて、もっと活発にリハビリ訓練を受けるために、自由に動き回れる場が欲しいという。「自由に出入りできるバリアフリーの家で生活し、そこを拠点にリハビリ訓練に出て行き、復職活動も進めたい。ワープロの技術を身につけ、英語教師の資格を活かして、いずれ復職を果たしたい」と言うのだ。

私に言わせれば、〝夢のような話〟だったが、美智子にしてみれば、起死回生の思いだったろう。

しかし、現実はそう甘くなかった。美智子は自分の理想と、センターの方針のギャップに苦しんだ。センターもまた、そのギャップに困惑していた。

ある時、美智子は目を赤くして私に訴えた。

「センターの担当の人から、『もう訓練に来なくてもいい』って言われた」

その一方で、同じ担当の人から復職活動に対して、このようなアドバイスも受けたという。

「市の教育委員会か、県の教育委員会を通じて、復職の活動をした方がいいのではないか」

また私はその担当者から、「大阪の障害者で、再就職をした人のビデオが見たいので、ダビングしてくれないか」と頼まれた。担当者は美智子の機能回復よりも、社会復帰の方に興味があったのだろう。私はダビングしたテープを届けた。

また美智子は、「完全なバリアフリーの家に住みたいので、今までの健常者用の家を建て直してほしい」と言い始めていた。

「二人の子供が大学に行けなくなるぞ」

私はそう反論し喧嘩になったが、美智子は頑として聞き入れなかった。

美智子の意見にも一理あった。センターに置いてくれる約束はせいぜい六ヶ月位が限度で、いずれ美智子を自宅に引き取らなければならない。その自宅とは、車椅子でも自力で充分に動き回れる家で、火事などの緊急時には自力で脱出できる設備を備えた、完全にフラットなバリアフリーの家でなければならなかった。

五番よりも重篤な、一番から五番の頸髄患者は握力がゼロなので、車輪についた把手《とって》(車輪の外側の円形の取っ手)が握れない。手首を把手に擦りつけて車椅子を漕いでいるので、五ミリ程度の段差でも、容易には乗り切ることができないのだ。

今までの我が家には随所に段差があり、廊下は狭くて車椅子の回転ができない。スイッチの位置は健常者向けで高くて手が届かず、浴室やトイレは狭くて、介助すらできない状態だった。

従って、この間取りのままでは、美智子を一人残して私が仕事に出るわけにはいかず、仕事を辞めなければならない。どう考えても、安価な改造では追いつかなそうだ。建て直すしか方法はないのかなと、私は暗い気持ちだった。

運転中に叩かれた

美智子から毎日のように急き立てられて、私は一応、建て替えのための新しい土地を探してみることにした。

まず、父母の実家付近から探し始めた。法務局で地籍調査もし、知人の不動産屋からも情報をもらった。美智子と外出した時は、電話帳を片手に不動産屋に片っ端から電話し、情報を収集したが、恰好な物件は見つからなかった。

やはり、自分の家が一番いい。こんなことを繰り返しているうちに、美智子のストレスが最高潮に達したのだ。


ある日、美智子と外出する時、子供たちを誘い出して公園でキャッチボールをしたり、ゆっくりと話し合ったりしようということになった。二人の子供たちは、「試験があるので時間がない」とブツブツ言っていたが、それをやっと誘い出した。そして公園でキャッチボールをした後、今度は美智子がゆっくりと話そうとした。すると子供たちは、「早く帰りたい」と言い出した。私たちは仕方なく、彼らを連れて帰った。これがいけなかった。

センターに連れて帰る途中、自動車の中で、美智子は爆発した。

「あんたたちはキャッチボールしてよかったかもしれんけど、私はなんのために来たのか分からん。事故に遭って、頸損したらたいへんやから話そうとしたのに、早く帰してってなんね！」

「大事なことでも、テスト前にあまり言うと、子供たちも困るど。そのへんは気をつけてやらんと」

私がそう言った途端、左肩付近にボカンと来た。そして美智子はなにか叫びながら、私の肩やらそこらをボカボカと叩く。運転中だが、私は映画さながらに防戦し、思わず叫んだ。

「こら！　止めんか！　危ねえじゃねえか」

前を行く車の運転者が、バックミラーの中で怪訝そうな目をこちらに向けていた。

美智子は助手席を半分倒しており、右手を振り上げて振れば、ちょうど私の肩付近を直撃できる体勢にあった。障害者にしては、美智子はあまりにも力が強かったので、私は内心驚いた。

「人を叩くために治療してやったんじゃねえぞ。もう知らん！」

と、私は叫んだ。

「ストレスがたまって言い合いになるから、もう来んでもいい！」

「ああ、行かん！」

と、大喧嘩になった。

そして私は一週間、本当に行かなかった。一週間後に行ってみると、美智子は素知らぬ顔で車椅子に座っていたが、すぐにさり気なく私に注文し始めた。そしていつものように、外出した。

家の設計図が完成

改造するか、家を建てるか。とにかく、知人の不動産屋と経費の比較を具体的にやってみた。見積額を比較すると、経費的にも、時間的にも、現住所での新築がベストだった。そして介護の流れから、部屋の配置は私が考えた。廊下の幅、スイッチの高さ、風呂場や居室の広さ、洗面台の高さなどの寸法は、Jセンターの寸法を測らせてもらって持ち帰った。車椅子が家に入る時の進入路の傾斜角度は専門家の意見を聞き、設計図に書き込んだ。角度によって進入路の長さが決まり、進入口の位置及び駐車場の位置が決まった。

道路を挟んで敷地の南側には、四階建てのビルがある。今までの家は日陰になって、冬至の最大日照時間はわずか二時間。頸髄損傷ゆえ、体温調節ができない美智子が生活するには不向きだった。居室は必然的に、日当たりの良い二階が望まれた。そのためエレベーターが必要となり、総工事費は、三千万円を超えた。

前回建てた十一年目の家のローンも残っており、毎月の返済予定額は、私の給料の半分くらいになる。食費、教育費が加わると赤字は必至で、私は思わず寒気がした。しかし美智子を引き取って、私が働きに出るためには、このような設備が必要だった。しかたがなかったのだ。

このようにして、平成八年十月の終わり頃、三ヶ月を費やして、やっと新築の設計図が出来上がった。美智子は行き先が決まったので安堵したが、私は不安でいっぱいだった。

気功を継続して受けられることに

この頃は、日本各地で開講される気功のセミナーを追いかけては受けていたが、今後どうやってそれを継続するかが大きな問題だった。

ところが、美智子はひじょうに運が良かったのだろう。セミナーで貫頂してくれた中国のA先生が、そのまま日本に残ることになった。先生は平成八年の九月から福岡でセミナーを開くことになり、美智子は継続して貫頂を受けられることになった。まさに天佑、渡りに舟だった。

A先生の福岡セミナーは、約三年間続いた。最初の一年は毎週金・土・日の三日間連続で、私は金曜日の昼から年次休暇を取った。土曜日は週休二日制が始まっており、この点も幸運で、三日間連続して貫頂を受けられた。美智子はうれしくてたまらない様子だった。

この頃の様子を、美智子は端的に記録していた。

金曜日は夫が午後年休を取り、福岡に夕方着いて貫頂と帯功だけしてもらった。大分には夜八時頃着いた。それから弁当を買いに行き、九時半頃から排便をして、土・日の朝、レタス巻きや巻き寿司、パン、バナナ、竹輪、ジャコ天、お茶などを買って二時間半高速道路を走る。途中、山田インターチェンジで昼食をとる。

A先生の最初の貫頂の時、膀胱瘻の管が刺さっているところが、少し焼けるように感じた。またカーブの道の時、脚がガタガタ震える反応があった。

一年間は毎月三回、毎週金・土・日に貫頂してもらった。A先生が貫頂した後は、いつも背中に大木または大きな定規を入れられたように、背骨がしっかりとシャキッとした感じがした。両脚は、両ももを上から束ねる固定枠をしなくても、ピタッとそろえることができた。

貫頂を受け続けていくにつれ、車椅子を漕ぐスピードもかなり出せるようになった。週に一回のスポーツの時間では、二十代の男子を追い越すまで早く漕げるようになった。PTでは、寝返りをすることができるようになった。ADLでは、ショーツに尿取りパッドを両面テープで貼り付けて、自力でショーツを穿き、ズボンも紐に手首を掛けて上に引き上げ、自力で穿けるようになった。ショーツを穿く前は、自力で尿袋を大きい袋から小さい袋に切り換えた。洗濯ばさみを工夫して作った自助具を使ってできた。自力で車椅子に乗り移り、自力で靴を履き、両脚を揃えてカーテンを開ける。そこまでが一番速い時で、三十分でできた。

A先生の貫頂は、「百会」といって、頭のてっぺん、上丹田、背骨、手首、肘、膝、首の受傷部分などに行ない、「気」を流した。

貫頂が終わって夜帰る時に、台風が押し寄せて高速道路で帰れなくなった時があった。

福岡から飯塚市のSセンターの傍らを通って帰った。窓に打ちつける大雨。そして夜で、外は真っ暗。道路も見えず、夫はハンドルにしがみついて必死に運転していた。危険だった。四時間もかかって、やっと家に帰り着いた。命拾いした―

この台風というのは、大分を発つ時すでに、道路の状態を予想できていたものの、美智子に泣くような顔で、「無理しなくてもいいよ」と言われると、私は逆に、「なんの！　心配ない」と出発してしまったものだ。しかし帰途、夜の土砂降りで前方が真っ暗でなにも見えなくて、心底怖かった。台風時の運転を、再び後悔した。

しかし、無事帰り着いた時、美智子のうれしそうな顔を見て、私は、

（こいつはなんという、運の強い人間かな……）

と思い、妙にうれしくなった。すると、全身の力が思い切り抜けた。私はひっくり返って、ゲラゲラ笑った。

そんなある日、私は「気」のパワーの強さをまざまざと見せつけられた。

いつものように夕方、A先生の貫頂を受けて、無事なにごともなく帰路についた。そして福岡市内を抜けて、高速道路の太宰府インターチェンジに入った時だった。

それまでなんともなく美智子と話し合っていたのだが、私は急に吐き気がし始め、熱が出たように顔が赤く火照りだした。寒気もし、頭痛がしてフラフラと頭が揺れ始めた。

「あっ、いかん！　なにか変じゃ」

私はそう言うと目を見開いて、ゆっくりと高速道路入口の左の路肩の広くなったところに車を寄せた。まるで強烈な風邪を引いた時とそっくりの状況だった。

私はフラフラとしながら車を飛び出し、路肩にしゃがみ込んだ。吐こうとしたが、なにも出てこない。（脳梗塞か？）と思ったが、手足のしびれはなく、指も手足も全部動く。（変だな）と思いながら、吐くものもなにもないようなので、運転席に戻った。

美智子が心配そうにのぞき込んだ。

「大丈夫？」

「ああ。どうにか持ちそうじゃが、少し休むぞ」

私はそう言うとシートを倒して、目をつむった。しゃべるのも億劫で、しばし苦しさをこらえていた。美智子は気を遣ってなにも話しかけず、じっと待っていた。

すると、どうだろう。三十分くらい経った頃、不思議なことに、顔の火照りも、頭痛も吐き気も寒気もすうっと引いてきて、先程までの苦しさは嘘のように消え去った。

（なんだったのだろうか？）

そう思った時、はたと思い当たった。かつて気功の先生が、こう言われたことがあった。

「貫頂を受けた後は、充分に静功（坐禅姿勢で瞑想して気を鎮める行為）して、体内の気を整えなければ、危険な状態に陥る」

（これだったのか）

と、私はやっと合点がいったのだった。

友人の病院から断られた

平成八年頃になると、美智子の理想とJセンターの方針には、大きな食い違いが生じてきていた。

美智子は気功で見え始めた兆しを、リハビリによって一気に進め、動けるようになりたいと考えていた。そのリハビリ訓練を、Jセンターに求めていたようだ。しかしJセンターは、「残された運動能力をいかに活用して生活していくか」という考えに止まっていたようだった。それでリハビリの現場は、色々と困惑していたようだ。

そこで私は、ものは試しと、友人が病院長をしている病院を訪ねた。現状を説明したら、返答はこうだった。

「今、ここの病院では、重度障害者を介護する設備がないし、専門に介護する人も置いていない。風呂にも入れられない。復職を目指してワープロなどをやるのは立派だが、今、大分で、復職できる設備のある職場があるのか？　今、リハビリは、どの程度進んでいるのか？　復職の為の訓練は、リハビリ効果が充分に出てからの話ではないのか？　段階を踏まずに、急ぎすぎる感がある。この病院に来たいというのは、本当にワープロ教室に通うという理由だけではない気がする。今後、復職を目指して訓練を続けて行くというのなら、Jセンターの指導員とよく話し合ったらどうだろうか」

私としては、話し合いができないので、ここに相談に来たのだが。

「本人の目的達成のための訓練方法と、Jセンターの方法が違うからといって、この病院に移りたいというのは、少しわがまま
すぎると思う。Jセンターの指導員に、どんな状況か、聞いてやろうか？　つまり、センターを卒業できる状態なのか。あちらがだめならこちら、というのは、自分勝手すぎる。佐藤君としては、どの程度の効果が出たら満足するのか。現代の医学では、無理だと思う。そんなに自分が思っている通りのことをやりたいと思うなら、自宅を改造するなりして引き取ったらどうだろうか」

（そんなに簡単に引き取れるか！）

私は話を聞きながら、そう思った。

「そんな人、いっぱいいるよ。そのかわり、一日中誰かが付いていなければならないよ。仕事を辞めた人も、いっぱいいるよ」

私は、（やれやれ……）との思いだった。こちらとしては、受け入れてもらえるか否かの返事が聞きたいだけだったのに、無駄足だった。介護を外から見ている人の考えが、よく分かった。

この前日、私がJセンターを出ようとした時、職員の人から呼び止められた。

「佐藤さんは注文が多いので、他の人のリハビリを中断することが多く、そのため、他の

人のリハビリが進まなくて、他の人から不満が出ている。対応しきれない。もっと訓練すれば伸びる人なのに、センターの方針を示しても、それに従おうとしない。

こんな状態が長く続くと、『どうぞ他のところへ移って下さい』ということになるでしょう」

そのような言葉だった。このことと、友人の病院長の言葉とを合わせ伝えると、美智子は涙を浮かべて無言で聞いていた。

「もういい、もういいよ。家に帰ろうや。早く家を建てるから、心配すんな」

私はそう言って慰めた。美智子はうん、うんと頷いていた。


翌日、気になって美智子を訪ねてみた。美智子はなんとなくすべてを諦めたような、さっぱりとした口調だった。「もう限界や」とはひと言も言わなかったが、「二十代の人と車椅子の競走をして負けた。もう四十代だから、仕方ねえ」と、悔しそうに言っていた。その言葉には、夢を諦め、具体的な問題に取り組んで生きていくしかない淋しさがにじみ出ていた。美智子の逃げ場のない苦しさが感じられた。美智子に歩ける喜びを、もう一度味わわせたかった。

ある日、自動車の中から、横断歩道を横切る人を見て、美智子はふと呟いた。

「いいなぁ。私も歩けていたのに。歩くことが好きやったのに……」

他人の何気ない動作が、どんなに羨ましかったことだろう。こんな弱い立場のものに、

「もう一生、お前は歩けないのだ」と、どうして言えようか。私はただ、「今のお前は仮の姿だ。きっと貫頂で治る」と、励ますしかなかった。今を支えるためには、こう言うしかなかった。

長男の決意

この平成八年には、長男は高校二年、次男は中学二年になっていた。十月に入って、次男は定期考査で九百点満点中八百八点を取り、学年順位二十八番だった。そして偶然にも、長男も学年順位が二十八番となり、この調子で行けば、大学入試もなんとかなるだろうと、私は高を括っていた。

ところが、ある夜の八時頃、長男はふらりと家を出て、大分川の堤防を散歩し始めた。しばらく経って帰ってきた時、私は心配して聞いた。

「どうした?」

「なにもやる気がしない。ばあちゃんから嫌味を言われるし……」

長男はそう言って悩んでいた。私は、きっと成績と進路のことが心底にあったのだろうと思い、励ました。

「枝葉のことは考えるな! きりがない。桶狭間の信長のように、一直線に走り抜け! 昔の航空隊の雷撃隊はなあ、ひとたび目標敵艦を捕らえたなら、背後に敵機が来ようが、艦砲射撃を受けようが、爆撃進路を変えず、一直線に進んで行ったぞ。お前も目標を早く定めて、一直線に向かって行け。目標は少し高めに定めたらどうか? そうしたら、方法は見つかる。悩む暇ないぞ」

　私は三十分かけて説得した。長男は、ふっと明るい顔になった。そして私は、英語塾に通うことを勧めた。だが長男の苦悩は、これで終わらなかった。二週間後には再び悩み始めた。頭部に脱毛が見られた。これはたいへんだと思い、私は再び悩みを聞いてやった。

「悩んでも、情報不足だから判断できず、解決しないいんだ。そんな思考形態ではいつまで経っても迷路から脱出できない。いっそのこと、考えることを止めろ。今やるべきことだけを考えろ」

　そう説得した。長男は、どうにか納得したようだったが……


　この説得が功を奏したのか、一応長男も吹っ切れたのだろう。十二月には頭に鉢巻きをして勉強し、全県模試の物理学では満点を取り、全県一となった。そうしたら一月になって、今度は、「父さん、数学Ⅲが難しい」と言ってきた。I高校では三学年でなく、二学年で数学Ⅲをやるのだ。

「数Ⅲは、悟ることはできん。習うしかない。クラスで一番できる子が、どこの塾に通っているか聞いて、すぐそこに行って入門してこい。請求書を父さんにくれ。払うから」

　私はそう言った。経済的には絶対に無理だったが、（今伸ばしてやらねば悔いを千載に残す）との思いだった。長男は翌日、そのとおりにした。

　そして三月の学年末には、通知表でオール5を取り、学年順位が一番になった。

ある夜、長男が次男に、こんなことを話しているのを私は隣室で聞いた。

「二人のうち、どちらかがお母さんの面倒を見ようや」

私は「すまん」と、心の中で手を合わせた。

そして三月末。二学年の終わりに進路を決定しようとする、ある夜。

「父さん、ぼくがもし医者だったら、母さんにとって有利なことになるかな?」

長男がそう尋ねてきた。

「もちろんじゃ。判断する時、たいへん助かると思うよ」

「そうか。やっぱ、医者しかないか!」

そう言うと長男は、ほっとしたような笑顔を私に向けた。

そして四月。長男は高校三年生、次男は中学三年生になり、二人とも以前と姿勢が少し違ってきた。長男は、今度は予備校に通いたいと言って、請求書を持って帰った。途中入校の半期前納分で、約十万円と書かれていた。

「……」

一瞬ためらったが、長男の熱心に説く姿を見て、私は即答してしまった。

「よし、行こうや。がんばれよ!」

この時期の私は、カード会社への返済に四苦八苦しており、大きな不安を抱えていたのだが、「医者」という言葉に思わず引き込まれてしまっていた。

一方、次男の方は、昔から塾に通わせるとサボり癖があったので、逃げられないように家庭教師を付けることにした。これは、当時の我が家の家庭環境では、家族の触れあいが持てなかったので、兄のような家庭教師を付けることで、家庭的雰囲気に触れさせるという効果も期待してのことだった。

その結果、学費や月謝で、私の給料が軽く飛ぶこととなった。ちなみに、二人の私立学校の月謝が四万六千円、長男の予備校の年間前納金が二十一万円、塾の月謝が三万九千円、次男の家庭教師代が月五万円……それに、父母への子供たちの下宿代として月十五万円の謝礼も加わった。東京へ仕送りするくらいに高かった。

美智子は常々、「山を売ってでも学問をさせる」と言っており、当然ながら私もその覚悟で、学費面でもいっさい親を頼らなかった。これは、共稼ぎだった美智子の公務員という地位によるところが大きかった。

美智子には、発症後三年間は休職期間として、率は下がるが給料、ボーナスが支給され、合わせて毎月掛けてきた共済年金の支給もあった。積立貯金もしていた。また、発症後一年半経って症状が固定してからは、任意に掛けていた生命保険金も、死亡時と同額くらい支払われた。そんなわけで、当座は余裕があったが、ここに私の油断があり、後に一大事が起きることとなる。

話が大いに横道に逸れたが、長男は六月に目標を県内の国立医科大学に決定し、猛勉強を開始した。学校の授業後、塾と予備校のハシゴをやり、夜の十時半頃まで勉強して帰った。

かくして八月には、長男は英検二級に合格し、以後、大学入試直前まで、学年順位はほぼ五番以内を維持していた。

ワープロ職能二級、日商三級に合格

一方、この平成九年には、美智子もがんばった。かねてからJセンターを抜け出して、ワープロ教室に通っていた美智子は、五月には八分間で四百四十三字も打てるようになり、職能ワープロ三級に合格した。

意外性に勢いづいた教室の講師は、「もっと行ける」とばかりに熱が入った。結果、美智子は七月末には、十分間に五百七十字打てるようになり、少し難度の高い日商ワープロ三級に合格してしまった。美智子の喜びはもとより、教室の女性社長は大喜びだった。

そして結局、翌年の三月、美智子は職能ワープロ二級に合格し、ひとまず一つの目標を達成した。文字を実用的にはほとんど書けない美智子にとって、このワープロ技術は、大きな自信と武器になった。

気功・福岡教室へ通う日々

　前述したように、平成八年の九月から、毎週金・土・日の三日間は、できる限り福岡へ赴き、気功の貫頂を受けた。長男もやっと進路を決定し、家の建て替え計画も本格化し、美智子もワープロ試験に合格し始めた頃だった。

　この頃の私の日記には、こんなことが書かれている。

平成九年八月八日（金）　台風接近
　今日、昼から福岡へ連れて行き、貫頂を受けさせる為、休みを取る。十三時三十分にJセンターに着いた。

　美智子は、そわそわと待っていた。すぐに出発してと言う。

　十四時ちょうど、Jセンターを出発。小雨が降り始めた。台風が今夜福岡に最接近するとのニュースを聞いていたので、ホテルに宿泊できるよう、登山用大型リュック（大連に持参したもの）にオムツなどを詰め込んで、車に積んでいった。

　自動車の中で、美智子はしゃべり続けた。途中、山田サービスエリアで小休止。尿の始末。これから一気に福岡へ。太宰府インターまで二十分。会場着十六時十五分。十七時、貫頂、帯功。A先生はニコニコと貫頂してくれた。

十八時に大分へ出発。途中、博多駅で駅弁を買い、太宰府インターで弁当を食べた。美智子の足、脚部が大きく動き始めた。美智子は大層喜んだ。尿を捨てる時、足がまるで意思があるかのように大きく動く。

「今までの動きの中で最高や！」

と、歓声を上げた。

「手の親指と人差し指の付け根のところが、ピチピチと、なにかが弾けるようにジンジンする。今日、初めて薬指が動いた。首筋がだるい！」

「今まで脚が細い針金のような感覚だったが、今は太い脚の存在がある。膝が熱い」

美智子は、まるでニュースの実況中継のようにしゃべり続け、歓声を上げていた。

この後、一気に大分へ。十九時十八分着。コンビニで明朝の食パンと弁当を買った。自宅に着いて、美智子をベッドに上げ、すぐに弁当を食べ始めた。

ベッドの上で足の指をギュッとつまむと、ビクンと足と膝が持ち上がり、周りの指もビリビリと動き始めた。これは初めての動きだった。

この後、歯磨き、着替え等々。

そして明日また福岡へ行くのだが、朝排便したら時間がなくなるので、「今晩しておきたい」と言い始めた。夜の十一時にである。もう泣きたい気持ちになった。

クタクタになった今、さらに重労働！

神は俺になにを求めているのか！

十一時から、眠たい気持ちで排便の準備に取りかかった。排便は、夜中の一時までかかった。

結局、便は片手一杯分しか出なかった。

やっとホッとし、解放された。

八月九日（土）

朝六時三十分。「父ちゃん」との声に起こされた。

「私には分かる。便が出そうや！」

と。

頭がガンガンする中で、やっと起き出し、排便にかかった。

坐薬を三つ、肛門に入れた。（浣腸で早く……）と思ったが、腸内に薬が残ると失便するので、坐薬を入れることにした。そしてこの間、洗濯に取りかかった。

一時間くらいして、片手いっぱいくらいの軟便が出た。手早く始末して、「フゥ」とひと息ついた時、

「父ちゃん、昨夜の残り湯でもいいけん、風呂に入れて！　もう、一週間以上風呂に入っちょらん。頭が痒いし、体がニチャニチャして、好かん！」

と泣くように言うので、入れてやることにした。

風呂場までは、美智子を抱きかかえて行かねばならなかった。シャワーチェアーに美智子を滑らないようにベルトで固定した。やっと洗い、荒拭きし、ベッドまで抱えていった。すぐに腹の膀胱瘻のガーゼを交換した。

やっと美智子が、

「ああ、気持ちがよかった」

と笑顔。私はもうすでに、クタクタだった。

そして十時三十分、福岡へ出発。美智子を連れて、十一時十分に大分インターに入った。

美智子はうれしそうにペラペラしゃべっていた。

十三時三十分、福岡の会場に到着。会場は帯功中だったが、それもすぐに終わり、A先生はすぐに貫頂をしてくれた。美智子は、「首がだるい。膝が熱い」と、一生懸命にA先生に説明していた。

会場下の駐車場で、美智子を自動車に乗せた途端、雨が降り始めた。

「運が良かったなぁ、父ちゃん」

と、美智子。

博多駅で駅弁を買い、そのまま帰路についた。

十六時、山田サービスエリアで夕食弁当を食べた。

「とにかくよく動く」

と、美智子は指を見つめて大はしゃぎ。

十七時三十分に別府に着いて、そのまま美智子を散髪に連れて行った。

「貫頂も受けたし、散髪もできたし、父ちゃん、ありがとう」

と、すっきりした表情で美智子は言った。

十八時十分にJセンターへ連れて行った。門限の十九時に間に合った。

八月十日（日）

今日は外出という理由で福岡へ。十時三十分にJセンターへ迎えに行った。

美智子は、「遅い！」と言いたげな顔で待っていた。

すぐに出発。自動車に乗せた時、美智子は、

「三日連続やけん、今日は行かんでもいいよ。父ちゃん次第や！」

と、かわいそうなことを言う。乗せた後に言うので、本心でないことは明らか！

「ばか！　行くつもりで来たんじゃ。行くぞ！」

と、苦笑いしながら出発した。

美智子は、初めのうちは車内では大人しく静功をしていた。が、すぐにしゃべり始めた。

十三時三十分、福岡会場に到着。

すぐに貫頂をしてもらい、帯功を受け、「明日は月曜日だから」と、すぐに帰ることにした。博多駅でパンと弁当を買い、山田サービスエリアで弁当を食べた。

「見て！　人差し指の動きが、今までで一番大きいよ」

と、美智子はいつものようにはしゃいだ。

十七時三十分に別府に着き、デパートで弁当を買い、その駐車場で夕食を食べ、十八時三十分に何事もなかったかのようにJセンターへ送り届けた。

以上が、福岡行きが三日続いた時の様子だ。これが一年以上続いた。

白バイに捕まった！

そんなある日。我々はいつものように福岡を目指して、快適に車を飛ばしていた。

その日は出発が十一時過ぎと遅れ、Ｊセンターの門限が十九時だったので、気に焦りが生じていたと思う。高速バスは、通常時速百十キロで走り、自動車は百二十キロ以内で走っていたので、普段は私もそれを守っていた。ところが、その日はアクセルをたびたび踏み込んだ。

日本車ならば、時速百二十キロを超えた時の追い越しは、アクセルを床まで踏み込んでも、なかなかスムーズな加速が得られない。ところがこのドイツ車は、時速百二十キロでアクセルを踏んでも、グンと加速する。百三十キロでアクセルを踏み込んでも、やはりグンと加速。おまけに新車なので不安感もなく、百四十キロでアクセルを踏み込んでみたら、同じくグンと加速してしまった。

（なんだ、このエンジンは！）

そう思った瞬間、後方から甲高いサイレンの音が聞こえた。

「あっ、しまった！」

「父ちゃん、パトカーや！」

バックミラーを見ると、いつの間にか白バイが追尾してきており、私は慌ててブレーキを強く踏んだ。バックミラーの中では、白バイも急ブレーキを踏んだのか、ハンドルが小刻みに震えている。あわや転倒かと思われたが、さすがにプロ。どうにか減速してきた。私は責任を感じ、気が動転していた。

止めた私の車に、白バイ隊員が近づいてきた。私は観念した。白バイ隊員が転倒しなかったのは、せめてもの救いだった。

「いい車ですが、随分急いでいましたねぇ。大分から、どちらまで行きますか？」

「福岡の博多まで、女房を連れて治療に行きます」

隊員は、助手席を倒して寝ている美智子を一瞥して、

「免許証を見せてください」

と言った。私は審判を待つ被告のような心境で、神妙に免許証を提示した。

「ゴールド免許ですか！　今まで違反歴はないんですね？　あなたは二つのものを失うところでしたよ。一つは命。もう一つは、事故がなくても、免許が取り消しになるところでした」

（……「取り消しになるところでしたぃ」とは？）

そう思っていたら、

「県外から治療に行くのに急いでいた、というわけではないけれど、ゴールド免許だし、今回は厳重注意！　が、今から先は、こうはいきませんよ。充分気をつけて行ってくださ

い」

と、丁寧な口調で優しく諭された。地獄で仏に会った気持ちになり、私は無性にうれしくなった。

「はい！　すみませんでした。ありがとうございます」

と、元気よくお礼を述べた。美智子も元気よく謝辞を述べた。

再び福岡へ出発した時、ふと美智子が口を開いた。

「ごめんな、父ちゃん。私が死んだら、ずっと楽になるやろうなぁ。私は害虫みたいや。だけど、私が今までずっと元気で来たら、こんなこと言わんかったやろうなぁ。以前の私やったら、一緒にいられんかったかもなぁ……」

そうしみじみと言った。自分の以前の姿に気づいたのか。私は、「そうかのう……」とのみ答えた。

また、ある日。子供たちを預けている父母の家に立ち寄ってみると、長男と次男がインスタントラーメンを食べていた。二人で淋しそうに食べていたので、

「バッティングセンターに行こう」

と誘い出した。二人は、

「ヤッター！」

「よっしゃ！」

と喜んでついてきた。

長男は百二十キロのスピードに挑戦し、手に豆を作るまでひたむきに打ち込んで、汗びっしょりになった。そのひたむきに打ち込む姿に、私は、

（お前たちにはなにもしてやれんで、すまん）

という気持ちでいっぱいになった。

気功の効果か？「空洞症は治っているよ！」と医師の声

そして平成九年九月五日金曜日。飯塚のSセンターへ検査に行った。

昼十二時頃、MRIの検査を終えて昼食が済んだ後、やっと入院の時に診てもらった外科部長先生の診察を受けることになった。

診察室に入る時、それまでMRIの画像をのぞき込んでいた外科部長先生が、身を起こしながらこう呟くのを、美智子は確かに聞いた。

「うーん、これは空洞症が治っている！」

美智子は胸をときめかせながら、私と診察室に入った。先生は振り向きながら、

「どうですか？　少し痩せたみたいだねぇ」

と、笑顔で気軽に話しかけてきた。

「Jセンターはよいところでしょう！」

と先生は話しかけてきたが、美智子は笑って曖昧に答え、挨拶の言葉を述べた。Jセンターのリハビリとは別に、中国の気功を受けていることは言えなかったが、今までに起こった変化、指の動き、脚の動きなどを先生に話した。

先生は笑顔で話を聞きながら、

「それは喜ばしいことじゃないですか」

　と、何回も相づちを打った。

　そして美智子の手や腕を屈伸させながら、筋肉の働きを確認し、こう言った。

「力が強くなっている。右腕を伸ばす筋肉は働いているが、左腕を伸ばす筋肉は働いていない」

　先生は気功の効果を知らないので、動きが良くなったことに対して、「喜ばしいこと」という表現をしたようだ。そして、ＭＲＩの画像を見て、

「空洞症は治っているよ」

　と、きっぱり明言した。

　画像を見ると、神経細胞の白く光っているところが以前は大きかったが、今は点くらいになり、黒い空洞症の部分が小さく、殆どなかった。昨年の説明では、

「黒い部分は空洞症と言って、死んだ神経細胞が体のどこかを通って体外に出ていき、その結果、その部分が空洞化する。ここの神経は再生されない。また、白く光っているのは神経が炎症を起こしている部分で、これは広がる可能性もあり、逆に小さくなる可能性もある。どうなるか分からないが、拡大すれば今よりも悪くなる」

　とのことだった。

　当時は私たちも、未だ気功のことをつゆ知らず、「たいへんなことになった」と思っていた。しかし、今日の説明では、「空洞症は治っている」という。それに、

「神経とは別の、この白い部分は、骨を固定している針金がＭＲＩの磁気に反応して白く光っているのであって、炎症ではない」

と言われた。

以前の、「空洞症は治らない」という説明が完全に覆されて、「空洞部分の細胞が再生された」としか思えない説明だった。現代医学では、あり得ないことのようだった。

とにかくびっくりし、美智子は喜んだ。そして、「職場復帰を考えています」と、先生に説明したところ、

「よし。診断書を書いてあげよう」

と、先生はすぐに書き始めてくれた。

診断書

傷病名　頸髄損傷　四肢痙性《けいせい》麻痺

現在　車椅子下のＡＤＬは、かなり自立しており、近日自宅復帰予定です。職場環境が整えば、職場復帰も充分可能です。

以上のごとく診断します。

平成九年九月五日

美智子は、本当にうれしそうだった。

「夢が現実になるんだ！」

次に、泌尿器科の先生の診察を受けた。

近況を説明し、膀胱瘻の穴を腹部に開けた部分に、痛みを感じ始めたことを訴えた。先生は信じられないらしく、

「知覚神経が快復してきているのかなぁ？　様子を見ようか」

と、回答された。が、痛みの方は、今後どのように変化するのか、不安だった。

一応の成果を手にして、夜八時、大分の自宅に帰り着いた。

翌日、この診断書の件を、美智子の学校の校長先生に報告したところ、校長はこう言った。

「県教育委員会にも話を通しており、今、対応を考えているところです。佐藤先生は、英語教師の免許も取っていることから、そちらの方向もあるのではないか。ただ、大分では初めてのことであり、受け入れる設備が整うかどうか、大きな問題があると思います」

この時私は、「設備の問題」が、実は大きな壁となると直感した。

私の心配をよそに、医師の『職場復帰も充分可能』というお墨付きを得た美智子は、水

を得た魚のように、俄然元気が出てきた。

ところが、Jセンターの担当からは、「センターとしては動きません。二人で動いて下さい。協力はします。頸髄損傷とはどういうものか、という証明は出します」と、極めて事務的な言葉の回答があっただけであった。

しかし、美智子は本気であった。

診断書を得てからは、私もつられて〝石に矢の立つ例《ため》しあり〟とばかりに、「どこまでできるかやってやる！」という気になった。

第六章　夢に向かって

たかが排便、されど排便

ところがどっこい、ここに失便（便の失禁）という厄介な問題が相変わらず横たわっていた。

職場復帰を果たしたとしても、もし勤務中に学校現場で失便してしまった場合はどうするか、という問題が燻《くすぶ》り続けていたのである。

Jセンターで、美智子は週に二回の排便日が指定されていた。ところが、そのうち一回でも排便できないと、週に一回となり、それが問題の根源であると思っていた。

そこで、週に一回しか排便が成功しなかった時は、ほぼ土・日曜日に外泊届を出して、自宅に連れ帰って排便をした。また、排便不成功のまま行動すると、決まって失便するので、必ず事前に排便するようにしていた。

七月のある土曜日。

朝十時半頃、センターに着くと、看護師から呼び止められて、

「この四日間、排便がないんですよ」と。

またか、と思いつつ居室に入った時、

「父ちゃん、便が出らん！」

と、美智子は子供のように、泣きそうな顔で訴えてきた。

「よし、今から帰って出してやる。心配するな！」

と言うと、ホッとした表情になった。

帰りの自動車の中で、一生懸命訴えてきた。「私はうん、うん」と聞いてやった。看護師は「食べれば、いつか自然に出るのに。少し、こだわり過ぎみたい」と言っていたが、そんなことではなかった。

美智子に言わせれば、

「頸髄損傷者は、自分で便を出せない。だから、薬の助けを借りて搔き出してもらうしかない。それを看護師さんたちがやってくれない。出ない状態が何日も続くと、便が石ころのように硬くなり、肛門が裂けてしまう。便が出ずに切れ痔になった人が多い。なかなか治らず、健康な人のように頻繁に病院へ行けないので、ますます悪くなる。Mさんなんか、毎日『肛門が痛い、痛い』と言っている」ということであった。

また、美智子と同室の人は、毎回排便時間を三十分で切り上げられていた。その為、三十分経過しても便が出なかった場合、看護師に遠慮して、

「あと十分様子を見て便が出なかったら、もうやめます」

と小声で言った。そして、看護師が部屋を出て行った後、カーテン越しに、

「切ない！　切ない！　切ないわ――」

と、声を振り絞って泣くように呟いた。

また、バナナが排便に良いと知っていたのだろうか。誰かが廊下の窓辺にバナナをそっと置き、

「これを食べて排便の時に役立てて！」

と書き添えられていた。

そして、失便した時は、すぐにベッドに上げられ、その日は何もできなかった。

さらに、排便に失敗した時は、「いつ出るか、いつ出るか」と常にハラハラしながら過ごしていた。

後に、この週二回の少ない排便サイクルを気遣ってか、ある看護師が、

「一日置きにしようね」

と提案してくれた時は非常に嬉しく、その看護師が天使に思えたと、美智子は述懐していた。


一方、介護者にとっても、二日に一度の排便は、大問題であった。即ち、出張、研修会、社内旅行は、日帰りが条件で、排便予定日に当たる飲み会等にも一切参加できなかった。

そんな状態が、私が退職するまで続いた。

あわや、便の山に顔を突っ込む

あの日は、美智子を自宅に連れ帰って排便をする予定の日だった。職場全体の送別会があり、どうしても外せなかった。

『なーに、飲んでも排便くらい大したことない』と、気持ちよくグイグイと飲んで好い気持ちになって、夜九時頃帰宅した。それから排便に取りかかった。

坐薬を入れ、大方三十分位すると両手に一杯から二杯分の便が排出される。量が充分でない場合は、ゴム手袋の指を肛門に入れて、便を掻き出す。そして二時間位後、便が出揃った時に、臀部を奇麗に拭き上げ、便をトイレに運び、最後に臀部を清拭する。

しかし、飲酒したその日は少し勝手が違った。坐薬を挿入し終えて、通常ならば便の排出まで、三十分位待つはずであった。この夜は不覚にもその場で居眠りをしてしまった。

フッと、何かを感じ、目が覚めてみると、眼前五センチの目と鼻の先に、大きな便の山がドッカリと積み上がっているではないか！

「ワッ」と、飛び退《の》いた弾みで、椅子からころげ落ちた。もう少しで便の山に、私の顔が、ベタンと突っ込むところであった。

察するに、椅子に腰かけて坐薬を挿入し終えた私は、机に突っ伏したような格好で、頭を美智子の臀部に支えられ熟睡したようだった。

飛び起きた私は、鏡をのぞき込んで見たが、顔は、どうやら無事であった。

それからは、深酒をして、排便介助をすることは一切やめた。


平成九年九月十三日（土）のこと。

朝九時に、美智子を散髪に連れて行くことにした。

別府に十時三十分着、十一時頃散髪開始。

美智子が散髪中に、私は再び大分へ。

ワープロ教室で教本と問題集を借りて、デパートで美智子の下着と昼の弁当を買い、再度別府へ。そして福岡行きの準備。

十三時十五分、美智子を連れて福岡へ向かった時、ワープロの問題集を十四時までに返却しなければならないことを思い出し、再度大分へ。

問題集を返却後、大分インターで昼食の弁当を食べ、十四時、福岡へ出発した。

十七時に福岡の会場着。すでに講義中だったので、途中から受講。十七時三十分から、O《オー》先生の貫頂を受けた。そして帯功。

十八時三十分に福岡出発。

二十一時に大分着。この時美智子は、「少し寒気がする」と言った。失便したのか？

二十一時三十分、私の実家に立ち寄り、次男に会い、帰宅。

これから排便を！　と思った時、やはり失便しているのを確認。大変だ！

臀部の洗浄等、処置が終わったのが夜中の二時。それから浣腸をして排便にかかった。

片手一杯程の便が出た。更に坐薬を二個入れてみたら、今度は硬い便が片手一杯分出た。

その後様子を見ていたが、もう出ないと感じた。朝の四時だった。

そして再び臀部の清浄、清拭。四時三十分までかかった。

もうフラフラを通り越えて頭痛がし始めた。

すると美智子は、すぐに大鼾をかき始めた。〝親の苦労子知らず〟の子供のような無邪気さに、思わず溜め息。『この糞闘はいつまで続くのか』と天を仰いで、思わず目頭が潤《じゅん》ときた。

築後十二年目の家を取り壊す

この九月には、復職を念頭に置いて、月末までに美智子の学校へ診断書を提出することになっていた。

また、復職後に役立てたいと、美智子はワープロ二級試験に挑戦していた。

そんな中、私は仮住居先と家具保管用倉庫の二ヶ所へ荷を送る作業に取りかかった。荷造りは私一人でやるつもりであったが、一向に進まないので、結局プロの運送業者に頼んだ。すると、さすがに仕事は早く、私は次々に梱包されていく荷物の表に品名を書き込むだけですんだ。

そしてわずか二日間で、鉄道コンテナで八台分ある荷物を全て梱包し、仮住居と荷物保留先の倉庫へ運び終えてしまった。

その夜、懐中電灯を手にして家に入ってみた。ガランとした家の中は、建てて十二年目の家だったが、意外に汚れており、柱の傷や襖の破れが懐かしく『ここで生活してきたのか』と感無量で言いようのない淋しい気持ちになった。

そして『もうこの家は、俺の手から離れた』と思った時、家に対して「ごめんな！」と呟き、思わず涙が出てきた。

その五日後の十月十三日、解体に入った。

朝、解体作業を見に行ったが、見るに耐えかねて、すぐに職場に戻ってしまった。

そして二日目の夕方、何もない更地を見た時、覚悟をしていたものの『うっ！』と、ショックが走った。

『今、この俺に何かあったら、もう二度と家を手にすることができない！』

と、取り返しのつかない気持ちになった。

道往く人が解体作業を見て、

「もったいないねえ！　私だったら充分に住めるのにねえ」

と、話しながら通りすぎたそうである。

ところが、私たちよりも更に厳しい事情の人がセンターにいた。

その人は新築した家屋が完成した直後、自動車に乗っている時追突された。そして頸髄損傷となった妻は、一度も新築の家に入ることもなく、バリアフリーの家に建て直したという。その位、全身麻痺の障害者にとって、生活のできる場は切実な問題であった。

家の内部の造作が進み、やっと内部を歩き回れるようになった頃、私は美智子に内部を見せることにした。体重が五十キロくらいに痩せた美智子を、私は両腕で抱きかかえ、一階から二階へくまなく見せて回った。

「ここが健常者用の玄関、この左脇が車椅子用の自動ドア玄関、そして右の奥が子供たちの部屋、トイレ、そして風呂場……」

六畳位の浴室の広さに美智子は驚いていた。続いて階段を上り、

「左が台所と居間、廊下を右に行くと、お前の部屋」

と美智子の部屋に踏み込んだ。作業中の棟梁に挨拶した時、美智子が声を上げた。

「ワァー広い。これならセンターの部屋と同《おんな》じや。父ちゃん、ありがとう」

美智子の居室は、二階の南西の角部屋で、体温調節のできない美智子に、一日中、陽が当たるように設計され、部屋内には傾斜鏡の付いた車椅子用の洗面台が取り付けられ、北側の隣の部屋には御座敷トイレと汚物処理用の大型便器が設置されていた。これならセンターで受けた訓練どおりの生活が独りでできるだろうし、私も仕事を辞めずに済むだろう、と思い、ホッと胸を撫で下ろした。

本格的に復職運動に入る

この平成九年の後半は、土曜、日曜の度に連続して福岡へ行き、中国気功の貫頂を受けていた。その度に、美智子の指、脚の動きが大きくなっていった。

そして十二月の初旬、以前から飯塚のセンターで復職を支援してくれている方々が、美智子を訪ねて来てくれた。

四人で協議した結果、『まず設備をどうしてくれとか要求せずに、飛び込むことが先』ということに落ち着いた。

帰路、美智子は、

「決めた！　来年の四月から復職しよう……と！」と、明るく宣言するように言った。

四日後、私は県教組のかなり上の方に面会を求め、美智子の気持ち、考え方、現況を説明した。氏は開口一番に、

「現場復帰というのは、非常にむずかしい」と言われた。

「どんな受け皿があるか考えてきた。結局は、上位に県教組があり、また、市教委も通す

ことになるだろう。

人員配置関係もむずかしい。今のところ考えられるのは、図書館くらいしか設備上考えられない。今後、どうしたら良いか考えていきたい。

一月に異動調書を出しても、受け皿の方針が決まらねば、どう処理してよいか決定できないだろうと思う。これから考えていきたい」と言われた。

私は、大分県では初めての問題であり、非常にむずかしい問題でもある、ということを再認識した。

そして十二月のほぼ同じ頃に、長男の三者面談が行なわれ、担任の先生から次のような講評をいただいた。

「大分医大、だいたい大丈夫。英数は、よく頑張っている。今後、古典、理科等の暗記物に力を入れれば、センター試験はＯＫだろう。推薦入学の合否は二月六日に発表。二次テストは受けなくても良いかもしれない」

との内容だった。この勉強への集中が困難な環境の中で、よくぞ頑張ってくれた、と感謝の気持ちで一杯になり、胸が熱くなった。

同じ頃、福岡の復職を支援して下さっている方が、美智子の学校の校長を訪ねて、復職のことを熱っぽく説いて下さった。

そして何通りかの方針が提示された。
・自宅に近い小学校に復職する。
・中学校の英語の教師として復職する。等々。
この動きを伝えると、美智子は握力のない手を打って声を上げて喜んだ。


そして十二月二十三日、天皇誕生日の日。

美智子の小学校の校長の自宅を訪ねた。

校長は、

「復職は前例がないので、むずかしいのは事実だが、要望（中学英語）のとおり、申請してみよう。どうなるか分からないが」

とのことであった。

中学校なら十校、小学校なら六校もの候補を挙げてくれた。

美智子は「校長先生と良い話ができた」と満足げであった。

孤独感

十二月二十四日、クリスマスイブ。

この日、電動車椅子に試乗する為、美智子を連れて県の社会福祉センターへ向かった。

センターで、美智子は手で漕ぐ車椅子で、どの程度の坂を登れるか試してみた。

登れた坂は、五メートル進んで二十五センチ高くなる勾配で、これを超えると無理であった。

しかし、同じ坂を電動車椅子で試したところ、当然ながら難なく乗り越えて、しかも操作も簡単であったので、美智子は手放しで喜んだ。帰りに、

「父ちゃん、本当にありがとう。今日はクリスマスイブ。十九年前、私たちの結婚式やった。十九年間、よく辛抱してくれた。ありがとう。子供たちにケーキを買って行こう」

と、何故か晴れ晴れした口調で言った。

そして、ケーキを買って、子供たちのいる私の実家に立ち寄り、ケーキを届けた。

「子供たちと一緒に食べたかったなあ。私たちのケーキも買おうよ。ショートケーキを買って、半分ずつ食べよう」と。

そのとおりにしてやった。が、ここまでなら良かった。この後、やはり来た！

「あ〜あ、帰ってもセンターでは、また、独りか！　本当は、もう一晩家に泊まりたいけど…」と淋しく言った。

明日は仕事の予定があるので、私は、ハタと困った。

美智子は荒れた。仕方がないが、一応センターに送って行った。着いてから、

「今晩、自殺しちゃるけん！」

と何に対してか、プンプンであった。私は、今同室に相棒がおらず、広い部屋にポツンと独りで生活している為、淋しいのかな、としか思い当たらなかった。

しかし、後が気になったので、一時間程、外で待機して窓越しに様子を見ていたが、九時頃カーテンを引き、着替えに入ったのを確認して、一応引き揚げた。

本当に、全てを我慢するしかない美智子が不憫でならなかったし、何をやっても報われず、八方塞がりの感じで堪《たま》らなかった。


翌日夕方、部屋に着いた時、美智子は英語の指導書を読んでいたが、ハッと顔を上げ、堰を切ったように泣きながら訴え始めた。

「父ちゃん、もういやや。昨日、何回も死のうと思った。何時間も独りぼっちで――。ベッドの上やったから、ハサミに手が届かんかった。

私には分かる。発作的になったら、何するか分からん。ううう……。それが怖い。私に

は危ないのがわかる。ううう……」

私は持参したケーキを机の上に置き、頭を撫でてやった。もう妻ではなく、吾が児への思いであった。

「悪かった…。昨日帰らずに引き返せば良かったなあ。よく辛抱した…」

と私は、やっと言った。

「父ちゃん、今晩は飲み会で来てくれんかと思った。（実は昨日のことが気になり、欠席したのだった）よく来てくれた。ありがとう。でも、もう、こんな状態長く続かん。ううう…」と、声を押し殺して泣いた。

「分かった。もうすぐここを出られるから。もう少しの辛抱や」

昨夜、別れ際に美智子が、

「クリスマスケーキ、明日持ってきて。子供たちと一緒に食べられなかったから、せめて同じものを食べたい」と言ったそのケーキを、そっと机の上から取り上げて、

「食べようや。俺も食べてない。お前が食べてないから、俺も食べんかった。一緒に食べよう」と。

「二人で半分ずつ食べよう」と美智子は、少し感情が治まった様子で言った。

箸で半分切り取って、美智子に食べさせた。子供がやっと機嫌を直したように、ケーキを頬張り、「おいしい！」と一言。

「これで、やっと一緒に食べたことになった。四人で食べた！」と。

私は目頭が熱くなった。

高い壁

年の瀬も迫った十二月二十八日の日曜日。

校長先生が実家に訪ねて来られて、私も出向いて相談した。

校長先生の話はこうだった。

「復職とは、現職場に復帰するのが原則だから、いろいろ聞いて回ったが、中学の英語の先生として行くのも、他の小学校に転任して行くのも、今の大分県ではむずかしい。ならば、今の小学校の近くに家を借りて、そこから小学校に通うという方法は考えられないか？」というものであった。

「健常者向けの家の設備では、生活そのものが困難だからこそ、家を建て替えているのです」

と答えた。校長先生は、もう一度話し合いたい、とのことであった。校長先生も、活路を見出すべく必死であった。

そして年も改まり、一月四日に校長先生と再度相談の機会を持った。

校長先生の考えは、前回とほぼ同じであったが、生活方法が少し変わってきた。

『今通《かよ》っている小学校の近くに家を借りるところまでは同じ。平日はそこから通い、日中は美智子の実母が一緒に生活する。そして夜は、実母が実家に帰り、私が美智子の面倒を看る』

というものであった。しかし、これも普通の家では生活ができない、ということで美智子は賛同しなかった。

私には、大きな壁が見えてきた。復職とは、『現職場に一度復帰することが原則』であるならば、現状の学校及び家の設備では、美智子は復帰できないではないか——。

この日は、結論が出ないまま、物別れに終わった。

そして三日後、再度校長先生と話し合った。校長先生は、最後に言われた。

「四月から、誰も知らない新しい職場に行き、気苦労するよりも、理解ある現職場に復帰し、様子を見る方が良い」と。

この意見に、美智子の母と私は賛同したが、美智子は、なおも英語の先生を希望し、校長先生の意見と対立した。

それで、私は福岡の支援してくれている人に、電話で相談したところ、校長先生の意見を取り入れるように、美智子を説得してくれた。

その結果、

「四月から十月までは、英会話とパソコンの練習をしながら、復帰を目指し、十月に小学校に復帰する。この間に、通勤方法を考える」ということで美智子は納得した。

校長先生は、人事異動調書の書き方も教えてくれた。美智子は、何もかもうまくいった、と喜んでいたが、私は、『通勤方法を考える』と、問題点を保留した点が気になった。

多事多端

平成十年の一月には、一応復職の方向性が定まり、目処は付いたと思った。

それで、この頃から、復職後の通学用、あるいは近距離の移動用として、電動車椅子の検討に入っていた。

先に県の社会福祉センターで、電動車椅子の利便性、必要性を確認していたので、同センターと別府のＪセンター、車椅子会社の人たちの意見を聞きながら、ドイツ製と日本製との比較段階に入った。


（比較の結果、ドイツ車の欠点）
・日本製に比べて重い。
日本製二三キロ、ドイツ製三八キロ。
・部品が入手しにくく、修理に日数がかかる。
・価格は、
ドイツ製は七十六万円。

日本製は四十万円位だが、福祉の補助が付けば、二～三万円の負担ですむ。

もう断然、日本製が有利だと判断できた。それで、日本製に決定した。

そして一月九日（金）十六時、私は人事異動調書を、美智子の勤務先の小学校に届けた。

同日の夕方、長男から、医科大学推薦一次選考に合格した旨、通知があったとの知らせが入った。この時は未だ、実感が涌《わ》かず、「今始まったばかりだ。今からが大切だ」と長男に念押しした。

一月十七日（土）

長男の大学入試センター試験第一日目。

朝七時四十分、貸切バスで出発する長男を見送った後、私は美智子の待つ別府のセンターへ向かった。今日は、福岡で中国の気功を受ける日であった。

着いた時、美智子は自力で着替えの最中で、難渋していた。何となく不機嫌であったので、「そりゃ、大変だ！」と大袈裟な身振りで手伝った。気功の講義・貫頂が十三時三十分に始まるので、十時三十分には出発したかったが、

「頭が痒いので散髪屋で洗髪したいけど、時間あるかな？」

と言い始めた。

にした。

「よし、連れて行ってやる」と応じた。

福岡まで、高速道を飛ばして二時間十五分かかる。ちょっと難しくなるが決行すること

洗髪を終えて美智子はニッコリ。

別府出発は、十一時四十分頃となったが、雨の中、時速一四〇キロ位で飛ばして、会場到着は十三時二十分だった。一時間四十分で着いてしまった。

会場で気功の貫頂を受けた直後、帯功に移ったが、美智子の左手の親指と人差し指が、ピクピク動き続け、左手の指の付け根がピクピクと脈打ち、右手の手首内側の筋が脈打っていた。自動車の助手席に乗せた直後、美智子が頭を持ち上げると、脚部がグッと水平に持ち上がった。

帰りも無茶だったが、雨が上がっていたので、フッ飛ばした。この一八〇〇ccのドイツ車は、時速一六〇キロまで簡単にスピードアップできて、何の不安感もなく快調に走った。時速一四〇キロ時点で、エンジンの回転数は四千回転であった。

十六時五十分、別府に着いて、美智子をセンターに送り届け、弁当の用意をして帰ることにした。

「明日は、朝、排便をするので、福岡に行けなくても良いよ」

と、淋しそうに言われると、余計に『連れて行かねば』と思った。否、どうやら、そう仕組まれた！

長男は、十八時四十分頃戻ってきた。

「今年は、皆、数学がむつかしかったらしい」と言った。


一月十八日（日）、センター試験二日目最終日。

八時五十分、センターから仮住居へ美智子を連れ帰り、排便に取りかかった。

十時三十分には排便を終えて、着替えさせ、十一時五分には福岡への出発準備が整った。

「間に合わんかったら、行かんでも良いよ」

と、淋しそうな顔をするので、

「とにかく、行ってみよう」と言ってしまった。


高速道に乗ったのが十一時二十分。小雨の中、パトカーの取り締まりもないだろうと、常時、時速一四〇キロで飛ばし、太宰府インターに着いたのが十三時ジャスト。会場には十三時二十分に着いてしまった。

会場では、ちょうど帯功が終わり、昼休みに入ったところであった。O先生が、すぐに貫頂をして『気』を入れてくれた。

美智子は、貫頂直後の効果を次のように言った。
・左肩がカーッと熱かった。
・左足が炭火を当てたように熱く、カーッと突っ張っている。

・左足の裏が、床全体に着地している感がある。
・左脚の膝が熱い。
・左手の裏、表面の半分が痺れている。
・くしゃみをした時、脚がグニャグニャと動く。等々。
私が自動車の助手席に乗せた時、脚がダランとは開かず、じっと閉じた姿勢を保っていた。美智子の意思が自身の身体に通じていると思った。

帰りも飛ばし、十七時に別府に帰り着いた。


翌一月十九日は雪。その翌日は〝大寒入り〟で、朝の気温は一・五度であった。とにかく寒い。夕方、美智子が気掛かりで行ってみた。

居室に入ると、美智子は暖房機の真下にいて、暖を取っていたが、こちらを振り向いて、

「父ちゃん！　肌着を着替えさせて！　一月八日以来、十二日間、風呂に入られんかった。寒い」と言うなり、声を上げて泣き始めた。

「月曜、木曜が入浴日やったけど、その日が休みやったから、風呂も休みで入れんかった。日中、訓練をしたので汗をかいた。けど着替えができん。あんたが来るのを待っちょった！」

と堰を切ったように一気に訴え、子供のように「うわーん」と目を赤くして泣き続けた。

「よし、分かった。背中を拭いてやる」と言うと、

「時間がないから、足だけでも良いよ」と言うので、足だけ拭いてやった。

その間、なおも泣き続けた。

「いつ、家が完成するんかい？　早く帰りたい。父ちゃん、頼むけん、早く帰して！」

「もう一ヶ月程の辛抱や、がんばれ」

と、やっと言った。


そして一月二十六日、長男の医科大学の面接試験が実施された。

夕方帰宅した長男に模様を尋ねたが、手応えがなく気になったので、翌日担任の先生に電話で今後のことを相談した。

「熊大工学部は受かるかもしれないが、本人の意思どおり、医科大学を目指す方が、たとえ浪人してもベストだろう。長い人生のうち、一年位は何でもない。佐藤君は、一年間ゆっくりやれば、もっと伸びると思う。昨日の試験は、募集人員十人に対して、六十余人が応募したらしいよ」と、先生。

初めてこれを聞いた私は、『しまった！』と思った。

私の人生は『しまった！』の連続ではなかったか——。

このことを、美智子に知らせた。

「ひょっとすると、浪人するかもしれんぞ。良いか？　他の工学部や私立は受けんと言うが。ここ一本槍じゃ！」

美智子は、「医学部を目指すことに賛成！」
と即座に言ってのけた。私はあっけに取られ、少し淋しい気持ちになった。

一方、この一月末には、美智子を自宅に引き取った時、家族の食事をどう支えていくかということも考えておかねばならなかった。

この平成十年当時は、現在のようにヘルパー制度が普及しておらず、私たちのように家事の担い手がなく、仕事も辞められない家庭にとって、受験期の食べ盛りの子供たちを食べさせ、仕事と介護を両立させ、家庭の安寧を守っていくことは至難の業であった。

そこで私は、まず市の福祉関係の部署を訪ねてみたが、職員からは〝ヘルパー〟の言葉は一言もなく、躊躇なく〝家政婦紹介所〟を訪ねて行くように指導された。

それもそのはずで、美智子が倒れた平成七年の五月に、老人福祉施設整備事業の一環として、国の助成制度がやっとスタートし、ホームヘルパーの活動拠点となる「ヘルパーステーション」の建設が大分県で四ヶ所計画されたばかりであったのである（平成七年五月十二日付大分合同新聞朝刊より）。

したがって私も迷うことなく家政婦紹介所の門を叩いたのであった。

加えて美智子が倒れてこの時までの三年間は、下宿代と称して毎月十五万円を母に渡して、子供たちの面倒を見てもらっていたが、母も充分なことが出来なくなり、母から私の弟の嫁に、こっそり食糧代を渡して面倒を看てもらっていたらしいが、この方法も気兼ねして充分な注文ができなくなった。

それで、新築して子供たちを引き取った後は、思い切って家政婦を雇うことにした。

家政婦の費用は、土日以外の一日四時間として、一ヶ月約十五万円が必要だった。

但し、この計画の収支は大変な赤字であった。

四十九歳の私（準公務員）の手取りは、月約三十万円位で、美智子のそれは、休職期間の三年間は月二十五万円位、二人分を合わせて、約五十五万円位であった。

そして美智子が復職できた時は、この収入が維持されるが、できない時は、給与収入は私の三十万円一本となるし、たとえ復職できたとしても、お金の為に全身麻痺の美智子をこれ以上働かせる気持ちは、私にはなかった。美智子の、健常者並みに働きたい、という熱意を支えてやりたいだけだった。美智子も障害に屈したくなかった。

給与収入はこのような有り様であったが、今までの貯金があった。それに加えて、美智子には、学校共済年金、共済保険、生命保険等があり、特に生命保険は、受傷一年半後には、死亡時と同額の保険金が入金されていた。

ところが悪いことは重なるもので、私の結婚当初からのカード会社への返済問題が急浮上してきた。これは美智子が倒れた時に予想はしていたが、大問題に発展していく。

しかし、今こそ、一つは美智子を可能性の限界まで引っ張っていき、結果が出ることを実証し、もう一つは二人の子供の学業を完成させ、人生の道を通してやるんだ、と心に誓った。

この二つは、人が馬鹿と言おうが、絶対に譲歩したくなかった。大問題の結末は、この時考えなかった。まず、目の前の橋を渡れ、と強いて思い込んだ。その一方、美智子が『気』で改善されたことが実証されれば、世界的な人類の朗報になるのではないか、と子供のように胸がときめいていた。

長男、国立医科大学に現役合格

この平成十年二月の頃は、私の仕事、介護、新築、子供の受験進学、等々で多忙を極めて、苦しい思いをした。介護疲れで翌朝モタモタして職場に二～三分遅刻して、上司から注意されたこともあった。

そんな中、長男の入試の発表があった。

前日の真夜中に訪ねた時、長男の苦しそうな表情を見た。

「もう考えるな。たとえ落ちても、今から始まると思えば良い。これで一般生と同じ条件になる。少しも不安になることはないぞ」と励ました。

「そうやな。じゃ寝る」と長男。そして別れ、私は借家へ帰った。

合否は五分と五分。『安全策を考えてやれば良かった』と思った時、思わず畳を打ち、「すまんことをした！」と唸った。

そして二月九日、発表当日。朝の洗顔前、私は長男に、

「今日、どんな結果を聞いても心配するな」と言ってやった。

ところが動揺していたのは私の方だった。

十二時に結果が分かるはずだと勘違いしており、十二時前には仕事が手に付かなかった。

昼休み、医大に結果を見に向かったが、確認すると『十三時から発表』と聞き、昼休み中には帰還できないと思い、引き返した。

そして夕方、実家へ寄ってみると、長男が苦しそうな顔をして夕食を食べていた。

「だめやったか？」

「分からん」

「一緒に行った友達は？」

「それも分からん……」

ここまで聞き、内心『しまった！』と叫んで立ち上がった。とにかく行ってみることにした。

十八時、竦《すく》むような足取りで掲示板に向かった。

あった！　長男の受験番号が目に飛び込んだ！

全身に火が点いたように涙で目が曇り、夢中で実家に電話した。長男は外出中とのことであった。美智子のいるセンターにも電話して、伝言を依頼した。

私は、実家で夕食をとってから、職場に戻り用地交渉に臨んだ。

夜十時に再び実家に戻り、喜色満面、長男と握手を交わした。

「やったな！　九回裏ツースリー、土壇場で逆転ホームランや！」

と手を握り締めたまま言うと、

「お父さんを喜ばすことができたのが、一番嬉しかった」

と一言。あとは言葉が続かなかった。

「ありがとう。すまんかった」と涙が出てきた。この頃の私は涙もろくなっていた。

翌日夕方、センターの美智子を訪ねた。部屋に入ると美智子は振り返りながら、

「お父さん、すごいなあ。よく頑張ったなあ。よかったなあ……。昨夜、合格を聞いてから、涙が流れて仕方なかった。よくやってくれた。眠れんかった……」

と涙を流しながら言った。

翌日、高校の担任の先生に挨拶に伺った時、今回の推薦入試は、とてつもなく難しい試験だったことを聞かされた。母の為に医師を目指し、親に経済的負担をかけまいとして、県内の国立大学を選んで一発勝負の戦いに挑んだ長男に、大変な心理的負担をかけたことに気付き、胸が熱くなった。長男に謝りたい気持ちでいっぱいになった。

美智子、三年ぶりの学校現場へ

長男の入試が一段落して、ホッと一息ついた三月二十二日、今度は引っ越しであった。旧居と新築バリアフリーの家の床面積は、大体同じ位に設計したはずであったが、コンテナ八台分の荷物は新しい家には収まらず、荷解《ほど》きせずに一階車庫に山積みした。

この荷物の多さに皆呆れていた。美智子がセンターから帰ってくるまでに、何とか住めるようにしなければならなかった。

そして翌三月二十三日、美智子は三年ぶりに職場の小学校を訪ねた。

この日は卒業式の前日で、三年前の教え子たちが、卒業式のリハーサルを行なっていた。美智子は、この日の為に卒業記念品として、鉛筆を一二三ダース持参した。

職員室には三人の先生方がおられ、美智子は早速話し始めた。式のリハーサルに出ておられた校長先生も呼んでくださった。

校長先生は、すぐに、「体育館に行こう！」と言ってくれて、美智子は、恐る恐る行くことにした。一人の先生に車椅子を押されて……。

三年前に教えた三年生が、明日卒業……。美智子は、卒業生、一人一人の顔を想い出し、何度も涙を流しリハーサルを見つめていた。リハーサルがすむと、校長先生が全児童に紹介して下さり、美智子は挨拶した。

「皆さんの歌声は、一つ一つがはっきりしていて、とてもよく調和していました。とてもよくできましたよ！」

と、美智子は賞賛の言葉を贈った。そして校長先生は、美智子の経過を説明した。この時、児童の間から、すすり泣く声が聞こえてきた。それが、だんだん大きくなっていった。最後に、校長先生は、次の言葉で締めくくられた。

「…美智子先生は、十月に、この小学校に戻ってきます」

この言葉に、会場のすすり泣く声が一段と大きくなった。美智子は泣いていた。私も涙をこらえることができなかった。

卒業生が体育館を出ていく時、美智子は一人一人と握手して、明るく言葉を交わしていた。

別れを告げ、美智子を自動車に乗せる時、十人位の六年生が車椅子を囲んで、握手を求めてきた。美智子は、力のない手を差し出し「元気で頑張ってね」と涙ながらに応じていた。

帰りの車中、美智子は、

「来て良かった。踏ん切りがついた。父ちゃんありがとう！」

と、何回も、晴れ晴れと言った。

「この小学校に戻ってきます」の一言が、どんなに嬉しかったことか。

第七章　新たな出発

帰宅

平成十年三月三十日（月）、美智子は別府のJセンターを退所し、念願の自宅に帰れる日がやって来た。転倒直後に入院し、それから早三年の月日が経っていた。

――飯塚では、絶望の中、苦しい訓練に泣き泣き耐え、やっと身体を移動することができるようになった。更に別府のJセンターでは、困難だった着替えが自力でできるようになり、ベッドから車椅子へ乗り移る動作も、単独でできるようになった。そればかりではなく、歯ブラシ等の生活に必要な〝自助具〟を手に入れ、更にはワープロを使いこなすまでになっていた。――

「これまで支えてくれた人たちのお陰や」

と、美智子はしみじみと口にしていた。

この日、私は休暇を取った。

朝十時、私はJセンターへ行き、看護部から自宅介護に必要な膀胱洗浄の訓練を受けた。次に車椅子から自動車へ、板を渡して美智子を横滑りに移す方法を一応習ったが、板の上では体が上手く滑らず、結局、我流の〝抱きかかえて移す〟という最も単純な方法に辿り着いた。そして夕方には、風呂に入れる訓練を受けた。この時は、『ま、何とかなるだろう』と、安易に考えていた。

十七時にJセンターの玄関で別れの挨拶をする段階になった時、美智子といつも車椅子のスピードを競い合った青年が、一番先に駆けつけてくれた。淋しそうなその青年の目と美智子の目が合った時、美智子の目は溢れる涙でいっぱいになった。かつてその青年は、

「僕には帰れる所がないんです」

と言っていたという。これを聞いた時、私も思わず目頭が熱くなり、『一緒に帰ろう』と言ってやりたかった。

我が家に帰り着き、自動ドアがスーッと開いた時、

「やっと帰れた。三年ぶりや！」

と美智子は喜びの声を上げた。が、私は朝からの帰宅作業で、声も出ない程疲れていた。

十八時三十分には、早速、家政婦さんが来てくれたが、台所は仮住居からの荷物が山積みされた状態だったので、食事の用意はそっち退《の》けで、荷物整理に取り掛かった。

そんな訳で、この日の夕食は駅弁となった。食べ終わって、やっと人心地がついたのか、

「やっぱ、自分の家は自由で良いなあ…」

と、ホッと顔を見合わせて笑った。美智子の目がキラキラと光っていた。

足の確保

退所期限が迫り、『とにかく出よう』という調子だったので、今後通院する病院は、一応、確保はしていたが、移動手段や生活リズムは、『やってみなけりゃ分からん』という有様だった。翌日から、美智子は電話帳を見ながら、手当たり次第にタクシー会社に電話した。

――余談になるが、指を動かせない美智子のために、家にはハンズフリーのプッシュボタン式電話機を設置していた。電話が掛かってきた時、「ハーイ」と声を上げれば、手離しのまま通話ができ、また、受話器にお手製の取っ手を取り付けていたので、美智子はそれに手を引っ掛けて、プッシュボタンを手の甲で押して電話を掛けることができた――

そして、私も仕事の合間を見て、タクシー会社を訪ね歩いた。

しかし、どのタクシー会社も「介護の認可を受けていない」とか、「乗降の手助けはできないことになっている」とかの理由で、搬送契約までには至らなかった。

けれど、その中で一社だけ、「何とかしましょう」と言ってくれた。そこは、〝福祉タクシー〟としての対応はしていなかったが、何とか美智子の搬送をしてくれることになった。

　こうして、夢にまで見た自由な自宅生活が始まった。

　毎朝、私は美智子に朝食のパンを用意して、八時半の出勤時間に間に合うように出発した。

　二人の子供は、私と美智子の生活が軌道に乗るまで、今まで通り実家の父母に食事や生活の面倒を見てもらっていた。これは年老いた父母にとっては、もう限界であったと思う。

　そして、昼、美智子は十二時三十分にタクシーを呼んだ。小型タクシーで、片道二キロ以内を七九〇円で請け負ってくれた。

　当初は、この小型タクシーを利用した。

　美智子は玄関横の自動ドアから出て、運転手に施錠を頼み、車の補助席に抱えて乗せてもらい、病院で降ろしてもらった。

　帰りも助手席から抱えて車椅子に乗せてもらい、開錠してもらって家に入った後、美智子が内側から施錠した。

　運転手が男女二人で来て、美智子は後部座席に寝かせてもらったこともあった。

　美智子は空を見上げて、

『高いお金を払い、こうまでしなければ、障害者は病院に行けないのか！』

と、泣きたい気持ちであった。

　ところが、これはまだ良い方であった。次第にタクシーの予約が取れないことが多くなった。

　こんな時、私は昼休みに勤務先から帰宅して、美智子を病院まで送り届け、帰りは介護付きの福祉タクシーを利用して美智子は独りで帰宅した。片道三五〇〇円、往復で七〇〇〇円にもなった！　あまりにも高かった。

　そこで、これ以後は、私が昼休みに送り届け、午後三時に一時間の年次休暇を取り、美智子を病院に迎えに行き連れて帰った。

　しかしこの方法は、仕事に集中できず、次第に年休が残り少なくなり、私は職場に気を遣うようになった。

　堪り兼ねて、美智子は市の障害福祉課に相談した。

　そして、交通費の助成制度があることを突き止めた。

　その助成制度とは、
①三三八〇円の福祉タクシー券が一年間に二十五枚支給される。ただしこの券は、一ヶ月に二枚のみ、しかも一回につき片道のみ使用可能で、往復使用はできない。
　とのことであった。もう一つは、
②高速道路の通行料が半額になる認証スタンプが障害者手帳に一年に一度押印され、料金所通過時にその認証印を提示すれば、半額料金で通過できる。
　というものであった。①か②の制度は同時に二つ受けられず、どちらか一つを選択する仕組みになっていた。

美智子は、①の方を選択した。

つまり、私が運転と介助ができない場合は、一年間に二十五回までは利用できる福祉タクシーの片道券（三三八〇円）を使用し、不足分の一二〇円を払い、二十六回目以降はすべて片道三五〇〇円の介護タクシーを利用し、その都度三五〇〇円の現金を支払わなければならなかった。

このように車椅子で障害者が行動する時には、非常に高額な運賃が必要となるので、街中で車椅子の障害者をあまり見掛けないのも道理であった。

『こんなはずではなかった！』

自宅生活を夢見てきた美智子にとって、今や移動そのものが問題となってきた。

そこで、六月の初めに県に補助金申請し、自己負担額八一、〇〇〇円で電動車椅子を購入した。だが、これは、移動そのものは楽であるが乗り降りは、どうしても単独ではできず、人の手を借りねばならなかった。管理面を考えると、通常の車椅子の方が手軽であった。そこで美智子と相談した。

「タクシー代を毎回払うより、リフト付きの車を買って分割払いした方が最終的には安く上がるはずだ！」ということになり、翌日、自動車販売店に問い合わせたところ、ちょうど良いのがあった。特注のリフト付きワゴン車だった。約三百万円だという。『痛い！』

「今、頭金は用意できないので、何とかボーナス払いと、月々の均等払いでお願いできないか？」

と持ち掛けたところ、

「良いですよ」

と、笑いながら、簡単にＯＫしてくれた。これには美智子も大喜びだった。

そして、運転手を派遣してくれるタクシー会社を探した。これも、なかなか見つからなかったが、何と！　灯台下暗しで、我が家から二百メートルほど離れた所にあるタクシー会社が、「近所の誼《よし》み」とばかりに、引き受けてくれた。

条件は、約束の時刻に運転手が会社から我が家に歩いて来て、美智子を車椅子ごとワゴン車に乗せ、施錠し、病院に送り届けた後、我が家に車を一旦持ち帰る。次に、帰りの時刻に車を取りに来て、病院まで行き、美智子を連れて帰り、車庫に納車する。そして一回の送迎料金は二〇〇〇円（片道一〇〇〇円）とし、毎月一回精算するというものであった。これは、会社にとっても初めての試みであったらしい。

結局、七月末にリフト付きワゴン車を購入し、美智子は何とかリハビリに通える目処がついた。

食の充実

二人の子供たちは、兄が医大一年生で野球部に、弟は高校一年生でラグビー部に入部していた。食べ盛りの子供たちにとって、充実した食事は刻下の急務であった。

子供たちを引き取る以前から、家政婦さんを雇うという方針であったので、美智子の帰宅当初から、食事の準備と家事をすべて家政婦さんに頼んだ。これは大当たりだった。

手料理第一号がベッドの美智子の眼前に並べられた時、美智子は目を見張った。今までの弁当生活と違い、皿にパセリを添えたハンバーグの盛り付けが目に飛び込んだ。

「わあースゴイ！　レストランみたいや！」

と、子供のように声を上げ大喜びだった。勿論、すぐに父母宅の子供たちにも届けたら、待ち構えていたように大喜びして食べ始めた。

よほど家庭の手料理が欲しかったのだろう。

だが、家政婦さんは、夕方の三時間来て、料理と家事をしてくれるだけだったので、私は毎朝、美智子のパンを用意してから出勤し、昼休み中に弁当を買って帰り、美智子に食べさせてリハビリに連れて行った後に職場に戻った。そして三時に休暇を取って、再び病院から美智子を連れて帰り、家政婦さんに美智子を引き渡して夕食等の面倒を見てもらう。一方、父の家に下宿している子供たちには家政婦さんが作った夕食を届ける、という忙しさだった。これは毎日だった。しかし、食べ盛りの子供たちはそれだけでは足らず、インスタントラーメンを作って食べたりした。この様子を見ていた母は、私に、

「子供たちに、弁当を買ってきて！　夜中にお腹が空くようだから」

と、帰宅途中に立ち寄った私に注文した。

私は、よくステーキ弁当を買っていった。これは子供たちに評判が良く、私も食べたい程であった。こんな状態が二ヶ月程続いた。

この当時の日記を振り返ってみると、
平成十年五月二十六日（火）
朝、パン。タクシーに電話。十二時四十分はＯＫ。だが、係が日田へ行くため、十五時はダメとのこと。吾輩が十五時、病院に行くことに。周りに気を遣う。
夕方、山香《やまが》へ用地交渉に。結論出ず。
帰社後、八時まで残業。帰宅二十一時。
美智子がベッドに移ろうとして動けないでいた。失便していた。ドッと疲れが出た。仕方なく処理にかかる。ベッド上に四五ℓのごみ用ビニール袋と新聞紙を重ねて敷き、その上に美智子を寝せて服を脱がせ、便の処理をし、ちり紙とウェットティッシュでお尻を拭

きあげた。フーッと溜め息をついた時、「便が出そうや。あっ、痺れてきた」と！

再度、排便にかかる。もうヘトヘト。夜十二時までかかった。それから携帯用ビデで下腹部を洗浄。便がいっぱい流れ出た。これが終わったら、今度は「風呂に入れて」ときた。もう泣きたい気持ちだが、尿路感染が怖いのでやっと入浴させた。終わったのが夜中の二時。

それから夕食。二時三十分。

それから吾輩の入浴。三時を過ぎた。

六月二日（火）

朝七時起床。昨夜疲れて入浴できず。朝シャワー。

美智子の尿袋交換、着替え、茶やパンの用意、ゴミ出し。　出発八時二十分。

それから美智子は病院に独りで行った。

昼から別府で用地対策連絡協議会。

夕方帰る途中、長男に会い、一緒に帰る。

帰ったら、美智子が待っていた。

九時半から入浴。湯船に入れてやる。喜んだ。良いことだ。

手、指がよく動く。洗う時、腹に温水を当ててやると、右足首が反射的にピクンと動いた。何回も。とにかく、よく反応し始めた。

『温かい』という感覚もあると言う。

六月三日（水）

七時起床。シャワー。昨夜はきつくて入浴できなかった。

七時四十分から美智子の着替え、尿袋交換。茶の用意、パンの用意。

八時二十分、パンをかじりながら出発。

一昨日、午前中、美智子は着替えに失敗して危なかった、というので昼休みに帰ってみる。十二時三十分、病院に送ってくれと言うので送る。一時、やっと職場に間に合う。

三時には、タクシー会社に迎えを予約していたとのことで、吾輩は自由となった。

仕事中、同級生の死亡を確認した。その相続問題で裁判所に行く。夕方過ぎまで、仕事。

長男の自動車学校入学資金三十万円を用意する。七時半、長男の帰宅を待つが帰らないので、実家の母に託して帰った。

帰ったら、二十時二十分。美智子が、

「父ちゃん、早く来て！　失便しそうや！」と。

やれやれ、という気持ちで準備にかかる。

ベッドに移し、着替えさせ、尿袋を携帯型から大型に交換。新聞紙を用意して、さて、と…。

夜中十二時頃、やっと完全に処置が終わった。

それから、タクシー会社に今日の利用料金九六〇円を払いに行く。真夜中だが当直に払いＯＫ。帰ってくると、美智子が、

「明日、別府で障害者の会議があるので、入浴したい」と言う。

『もうやめてくれ！　俺は倒れそうだ。眠いし』と、叫びかけたが、グッと歯を噛みしめ、やっと耐えた。とにかく腹が立ったが、我慢させると夜中に爆発すると困るので、仕方なく入れる。

入浴が終わったのが、一時半。

美智子は、ベッドに上がった途端に失便！　パンツ、シーツを汚してしまった。悪夢だ‼　もう泣きたい気持ちだ。子供なら、悔しさで泣いたであろう。きつい。悔しい。

「馬鹿！　排便した後に入浴したら残便が出やすいだろうが。赤ん坊がよく失便しようが！　そのくらい分からんか。迷惑かけるのもほどほどにしろ！　我慢せんか！」と。

もう、堪らずに怒鳴った。もう、涙が出た。

仕方なく後始末。清拭。衣類の着替え。シーツは、今交換できないので、オムツを敷いた。悪いが、家政婦さんに明日処置してもらう。

そして、吾輩の入浴。二時から二時三十分。風呂の掃除をして寝る。三時。

もう、クタクタ。本当に倒れそうだ。

この日記のような状態が二ヶ月程続いた時、家政婦さんへの経費が重く伸《の》し掛かってき

た。

家政婦さんへの手当ては、

四月分は、十二万七一八〇円。五月分は、九万九九一円。

六月分は、六万七〇四六円。（十四日分）払っていた。

これに、母に渡す子供たちの下宿代（実質世話代）十五万円が加わって…。

家政婦代と下宿代だけで、私の給料が、全部、吹っ飛んでいた。

この現実の出費に直面した時、いかに『まず、目の前の橋を渡れ』の私でも、尻に火が付いたカチカチ山の狸のように慌ててしまった。

月の半ばではあったが、家政婦さんに鄭重なお断りの電話を入れた。家政婦さんは快く了解してくれた。

天　祐

家政婦さんを断って一安心したが、また振り出しに戻った。一家が食べていくことが、こんなに大変だとは思わなかった。何とかしなければと思いつつも、簡単には旨い方法は見つからなかった。

またも、パンと弁当の日々が続くのかと思っていた。その数日後、すべて板張りの二つの子供部屋に、やはり畳を敷いてということになったので、この家を建てた時の棟梁に畳を敷き込む相談を持ちかけた時のことであった。

その棟梁が職人を連れてきて、作業を開始した時、美智子は懐かしさのあまり、棟梁に思わず〝困った話〟を打ち明けた。

「食事の支度が大変なので、家政婦さんに来てもらっていたけど、費用が、思いのほか掛かってねえ…」

「あ、何だ、そんなことかい。儂《わし》の女房が、ヘルパーステーションで働いているから、ちょいと電話して聞いてみてやるよ」と言って、すぐに電話を入れてくれた。

――え！　ヘルパーステーション？　まだ実用的段階ではないはずだが？――

と思った刹那、

「おい、お前、今すぐに来れんか？　今日、作業に入った佐藤さんの所じゃ。急ぎの用じゃけん、今すぐ頼むど」

話は〝あっ〟という間に進んだ。さすがに職人気質！　美智子は、このやり取りにあっけにとられたが、直後、それは大喜びに変わった。

運命の糸が巧みに綾なし、予め用意されていたかのように、渇望するものが現実に現れるという絶妙なタイミング！　これを天祐と言わずに何と言おうか。この棟梁との出会いで、食の問題は一気に解決することとなった。

近くの現場にいたためか、十五分程して棟梁の奥さんが笑顔で来てくれた。

美智子は生活の窮状を懸命に訴えた。終始、笑顔で聞いていた棟梁の奥さんは、

「よく解りましたよ。とにかく、契約とか支援計画は後で決めることにして、明日から、早速、入ることにしましょう」

と言ってくれた。夢のような展開であった。

話は早かった。

翌日から、棟梁の奥さんを筆頭に、二人、来てくれるようになった。六月二十二日のことであった。

こうして食の問題は、一応解決することになった。しかも費用の方は、市の福祉の援助もあって、一ヶ月あたり五万円前後の個人負担で済むようになり、大助かりであった。

（ヘルパーステーションについて）

美智子が倒れた二ヶ月後の平成七年五月十二日の新聞で、初めて「ヘルパーステーション」を知った。それには、大分県がヘルパーの活動拠点となる「ヘルパーステーション」の建設に資金支援するとの内容であった。今まで県下にヘルパーは七二五人いたが、「ステーション」は一軒もなかったのであった。

ポチ五郎という名前の由来

いま一つ、一日置きの「入浴」という大きな問題が残っていた。

お腹に膀胱瘻という「穴」が開けられていた！

美智子を引き取った当初は、「入浴くらい、何とかなるだろう」と簡単に考えていたが、すぐにその考えが甘かったことに気付いた。当時の日記を振り返ってみると、

平成十年七月二十七日（月）

今日は玖珠へ、現地調査の日。

朝七時、家を出る。七時十五分集合との事。

六時に起床、少し眠い。目覚まし時計が鳴る。洗顔後、美智子の世話。お茶、パン、尿捨て。昨夜の排便は0《ゼロ》だったので、「ズボンを穿かず、そのまま今日一日はベッドで過ごす」と美智子は言った。ズボンを穿いての失便は、処理が大変だからだ。

ベッド用のオーバーテーブルの上には、お茶のペットボトル（五〇〇cc）を五本用意した。何かあったら、実家の母を呼ぶ、ということで。

昼過ぎの十五時四十分、玖珠の山頂で、携帯電話が鳴った。

「お父さん！　何時頃帰れるかい？」

「分からん。今、玖珠の山の上じゃから」

「分かった。変わったこと、ないけんな！」と。

実はこの時、二五〇〇ccの尿袋が満杯状態で、過緊張を起こしていたらしい。

頭痛と汗、美智子は契約していた警備保障会社に電話して、駆け付けてきた隊員に尿を捨ててもらい、やっとホッとしたとのこと。

吾輩は、十七時に現場を出て帰途に就く。十九時過ぎ、帰宅してみて、前述のことが判った。玄関に入るなり、

「父ちゃん！　大変や、便が出る。痺れてきた！」との声。下ろしかけたヘナヘナ腰を、「ヤッ」と持ち上げ、そのまま上がり込み、排便の準備にかかった。排便は九時頃から、たっぷり十一時頃までかかった。

この二時間の間に、排便と吾輩の夕食は同時進行。排便がすむと、

「父ちゃん！　今日は風呂に入れてくれる？　入れてくれない？　どっち？」ときた。

『もう勘弁してくれ！』と叫びたかった。吾輩は、現場の山野を歩き通し、汗びっしょりでクタクタになって帰ってきて、更に排便と風呂の世話……泣きたい……。

しかし、入れた。洗ってやる時、

「あー、気持ちが良い！」と、喜んだ。

風呂から出たのが十二時。これからベッドに上げ、着替えさせ、尿捨て、尿袋交換……

それから吾輩の入浴。やっと汗を流して、風呂の掃除を済ませて、ホッ。一時であった。

そして、この二日後、七月二十九日。

夕方から用地交渉を二件すませて、八時に帰宅。待っていたかのように美智子の注文。

夕食後、すぐに美智子の排便。十一時までかかった。

それから寝る支度をしようとすると、それを見ていた美智子が、

「風呂に入れてくれんのなら、体だけでも拭いて！　体が痒い」と。…ほら来た！

「本当は入りたいけど、あんたに任せる。後で文句言われるの好かんから」

「今日は本当にきついけん、拭くだけにしてくれんかのう？」と言うと、

「あーあ、入られんのやなあ」と、食い下がる。一歩も引こうとしないので、

「ほんなら、入れてやるわい」と言うと、

「私は、どっちでも良いんよ。文句言われるの、好かん。あと五分以内に決めて！　どっち？」と、あくまでこっちの責任にし、どうしても入れさせようとする。いつもこんな風に、こちらが負けるしかない。悔しい。

結局、十二時半から風呂に入れ、すべてがすんで吾輩のシャワーは、一時半からとなった。

こんなことが一日置きである。

明日は排便のみであるが、明後日は排便と入浴が重なる。一日置き……。

吾輩が倒れて、誰も介助しなくなった時、その先は、どうなるか……。

この日記のように、私が単独で入浴させる時の、膀胱瘻に対する不安と、疲労時の入浴時間を何時に設定するか、の問題があった。二年後には、膀胱瘻の問題は、膀胱瘻を止めて、尿路にカテーテルを留置し尿袋を装着することで解決したし、入浴は、ヘルパーステーションの介護サービスを受ける、ということで解決したのだが。入浴という重圧から解放された時、私は大変嬉しかった。毎日の排便と一日置きの入浴という義務は、研修会、出張、飲み会、スポーツ、体力作り、等々、すべてを打ち消した。宅建士の資格を取っても、それを生かす道すら閉ざされていた。悔しかった。

しかし、一つ、愉快なことに気が付いた。

ある時、非常に疲れた思いで帰宅した時のこと、

「ああ、また、排便か、入浴か…」

と思って、玄関を開けた時、

「おかえり、とうちゃん！」

と、元気な美智子の声。しかし顔を合わせると、いつものように、体調の悪いことなどを一所懸命に訴えてきた。

その姿は、まるで主人の帰りを戸の内側で待っていた愛犬が、戸を開けた途端に跳びつ

いてきて、「早く散歩に連れて行け、ワンワン」と吠えかかってくるのと同じように思えた。

「まあ、ゆっくり話せよ。まるで『ここ掘れワンワン』の庭のポチみたいじゃねえか」

と、思わず苦笑し、言ってしまった。

「ポチ」とさらりと言ってしまうと、何故か心が非常に軽くなった。

考えてみるに、人間も愛犬ポチも要求する感情は同じはずである。ただ言葉を喋るか否かの違いがあるだけである。人間は言葉を喋るばっかりに、理屈が多く、犬よりもすべてが重く大変になる。たとえば、同じ体を洗ってやるにしても、人間の方が犬よりも、はるかに気苦労が重く大きい。犬を散歩に連れて行く人は、そう嫌な顔をせずに糞の処理をしているようだが、これが人間だったら、話は別のものになるのではないか。

すなわち、要求を訴える時の美智子を「愛犬ポチ」と思い込むことによって、心の負担が軽くなったような気がする。

そして、どうせ呼ぶなら愛着を感じ、面白く愛称化した名前で呼ぶことにした。

「ポチ五郎」であった。

以後、呼び掛けの時は「ポッちゃん」と呼んで、日誌には「美ポチ」と書いている。以後、「ポチ五郎」の仕出来《しでか》した行為には、あまり腹が立たなくなった。

再び中国へ

以前からの復職も、そろそろ大詰めの時期に来ていた。が、この平成十年九月に入って、再び中国へ気功の貫頂を受けるツアーが組まれる、というニュースが入ってきた。

今回は、中国の気功の本拠地にある病院に入院し、気功の貫頂と帯功を受けることができるというものであった。

ポチ五郎（美智子）は、

「今度こそ、立って歩けるようになりたい」という一心であった。

が、私は「頸髄損傷であるが為に、西洋医学の膀胱瘻という処置をし、麻酔なしでお腹に穴を開けても痛みを感じないでいたが、万一気功の効果で神経が繋がり、お腹に激痛を感じ始めた時、異国の中国の中国医療で対応できるのか？」という心配が、再び頭の中を過《よぎ》った。

「下手すれば、日本に帰れなくなるが」と。

更に復職については、これまでに県・市と学校関係と、幾度も協議を重ねてきたが、具体的には勤務時間等の労働条件や、控え室・トイレ等の設備改造の予算はどうするか、という問題にも突き当たっていた、と思う。そして、「復職は非常にむずかしい」とまで言われていた。

一つ言えることは、復職にしろ、膀胱瘻の件にしろ、私たちの一存では決定できず、今私がいくら考えても明確な回答は出せない、ということであった。

頸髄損傷は一生涯の問題であり、復職は一時の問題である。「今回が最後のチャンスである。やれるところまでやってみよう」と思い、本場中国の気功に賭けてみることにした。

さあ、中国の気功専門病院へ！

ツアーは平成十年十一月十九日から、十三日間の日程で組まれており、その内、ポチ五郎だけは、八日間気功専門の病院に入院するという計画であった。

目的の病院は、広大な気功関連施設構内の中国湖北省鄂州市蓮花山という所にあった。鄂州市と武漢市は隣接しており、鄂州市の中心部から西方へ約五十キロ進むと、史跡で有名な武漢の黄鶴楼に行き着いた。更に、大河「長江」を挟んで鄂州市の対岸には「赤壁の戦」の「赤壁」が聳え立っていた。

今回も、旅行中に一番気になったことは、飛行機内等で、突然失便（便失禁）したらどうしようか、ということであった。一応大人用オムツを穿いた上に、機内持ち込み可能な登山用リュックサックに四十五ℓ用のビニール袋を用意しており、緊急時にはポチ五郎を抱え上げ、そのビニール袋を座席の上に敷き込もうと考えていた。結果的には、その緊急事態は一度もなく、ただただ神に感謝するばかりであった。

十月十九日の十七時に福岡空港を発って、一時間四十分で武漢空港に着き、宿に一泊し、翌二十日にバスで武漢の宿から二時間掛けて蓮花山の病院に着いた。そして、二十一日から病院で気功の講義を受け、貫頂と帯功を受けた。

一日の気功の日程は左記の通り。
・九時半　自室でR医師の診察、注射
・十時　　講堂で貫頂と帯功を受ける
・十二時　自室で昼食
・十四時　別室で按摩功
・十五時　講堂で貫頂と帯功を受ける
・夕食後　自室で刘医師より貫頂を受ける
・二十一時から排便

これ等貫頂と帯功を、八日間の入院期間中連日受けたが、「突然立って歩き始める」というような気功効果は見られなかった。しかし、足の指のどれを抓んでみても、膝が「ピクン」と山型に持ち上がった。また、貫頂で体内に受けた「気」を鎮めないと、「健康どころか、逆に体調が悪くなる」と聞いていたが、ポチ五郎にも私にも、貫頂後に軽い下痢症状が現れた。ちなみに、ここ中国では、生水は一切飲んでいない。

そして、この二度目の中国以前に、月一回の割合で、三日連続ポチ五郎を連れて、福岡で蓮花山出身の先生から、貫頂と帯功を受けていた。

また、夏場は夏季休暇を取って、福岡会場、大阪会場、名古屋会場等に来日した蓮花山の先生を追っかけして、貫頂を受けていた。その時の効果と今回の効果が相まって、脚に大きな動きが現れたような気がする。


入院日が終わりに近づいた頃、ポチ五郎の学校長から国際電話が掛かってきた。

「すぐに出頭するように」との内容だった。

「今すぐには出頭できない」と答えた。もう、これで復職は無理だと、私は思った。

この復職の件は、結局は「復職不可」ということになり、平成十年十二月に、ポチ五郎は退職することになるのだが。


（精算）入院費は十万円位であった。この時の「元」を「円」に換算すると、一万円＝七百元　だったようである。


（十月三十一日、帰途に就く）

昨夜、失便を二回し、その処理に夜中の二時まで掛かった。もしやと思い、七時に起きて確認したら、やはり床の中で失便していた。十時出発というので、あまり時間がない。すぐに排便にかかった。

まず摘便。貫頂の効果？　か、私は昨日六回も下痢をしている。ポチ五郎も二回している。帰る途中、失便の可能性が充分考えられた。排便は、七時半から九時前までかかった。途中、モーニングコールが掛かり、八時から朝食、九時にはトランクを廊下に出すよう指示があった。全て間に合わなかった。排便に集中した。便を便器に流す時、詰まらないように注意しながら、五回に分けて流した。九時前にやっと終わった。

万一の時に備えて用意してきた大人用の紙オムツをして帰ることにした。（これが良かった）

排便が終わって、大至急荷造りに掛かった。その時、ドアがノックされ、ボーイがトランクを廊下に出せと合図、「ちょっと待って」と、身振りで伝達。ポチ五郎を着替えさせ、身支度を調えて荷造り完了。九時半、トランクを出す。ボーイに「謝々！」

それから出発まで三十分、大急ぎで食堂に急行。失便しないことを念じつつ。

ポチ五郎は失便を警戒し、パンとおかゆだけ食べた。やっとホッとして、一階へ下りた。外は雨が降り始めていた。バスに乗り込み、四十分かけて武漢空港へ着いた。空港の搭乗口で、ツアーの通訳の人と気功の先生と別れ、あとは日本人の仲間八人で行動。私は登山用リュックサックを背負い、ポチ五郎の車椅子を押し、仲間の二人がトランク三個を運んでくれた。

飛行機は十二時四十分に出発し、日本時間の十五時に福岡空港に着いた。

膀胱瘻をやめた

ポチ五郎が膀胱瘻の手術をしてからは、弱い痺れはあったが、痛みはなかった。しかし、中国の気功に出合い貫頂を受け始め、回数を重ねるにつれ、弱い痺れが強い痺れとなり、痛みを伴い始めた。

それでポチ五郎は、膀胱瘻の手術をして下さった先生に、膀胱瘻を外してくれないか、お願いに伺ったが、「膀胱瘻が良い」と言われて、そのまま二年間程我慢してきた。が、膀胱瘻の傷口に火箸を突っ込むような激痛を感じ始めたので、泌尿器科の先生に頼み込み、膀胱瘻を外してもらい、十六号フォーレの尿管を尿道に留置し、体外に尿袋を取り付ける装置に交換した。

(尿袋に換えて良かったと感じたこと)

一、痛みがなくなった。

二、傷口を消毒しなくてよくなった(膿も出ないし、出血もしない)。

三、取り扱いが簡単である。　　等

（蓮花山以後）の流れ

平成十一年二月一日　膀胱瘻の穴を痛がる。
六月一日　車椅子で脚を水平にしてやると、二秒位水平を保った。
十月三日　膀胱瘻の傷口を非常に痛がる。
平成十二年一月十七日　胆のう結石（七㎜）発見。
七月四日　緑色の排便が出る。
七月二十九日　胆のう結石が消失した。これは大変不思議なことで、医師も説明できなかった。
十月二十八日　膀胱瘻を外し、尿道に尿管カテーテルを留置する尿袋と交換する。

ポチ五郎が膀胱瘻を外して、脚部に装着する携帯型尿袋に換えて以来、二十年以上経つが、痛みも不便さも感じていない。ただ、男性の場合は女性に比べて尿道の長さが長いのでむずかしい点があるかもしれない。

またも九回裏の逆転ツーランホームラン

平成十三年二月九日、次男が大分医科大学に現役で合格した。

この不安定な家庭環境の中で、精神的に随分苦しかったと思うが、よくやってくれた。兄に続く快挙であった。私とポチ五郎を助けてくれた思いでいっぱいであった。

まさに九回裏、ツースリーのフルカウントの大逆転ホームランであった。ただ涙、涙、涙…次男の集中力は凄かった。高校一年時に、いきなりトップに立った時、試験勉強期間は「二週間の内、たったの二時間しか寝ていない」と言っていた。そんなことができるのか、と思った。

また、そろばん一級で三桁の掛け算は暗算できるが、これは瞬間の記憶力が身についているからではないだろうか。


もう一つの逆転ホームラン。

令和四（二〇二二）年、一月十五日の新聞に、「脊髄損傷にiPS移植」という記事が掲載された。これを見てポチ五郎は、

「ワッ、治るんや！　生きてて良かったー」と、大喜びであった。そして、

「一生寝たまま、言われたら、リハビリとか、する気がしない。治るからリハビリする気になるんや」と、笑いながら言った。

人生逆転の　大ホームランであった。

（完）

エピローグ

『絶対に、どんなことがあっても、首の骨だけは折るな』と切に願う。

ポチ五郎が倒れて二十七年間介護してきたが、一番の問題点は、本人に再起の希望を持たせることと、排泄の問題でした。

「一生寝たまま」と言われたら、誰でも希望は持てないし、「生きる気力」を失います。また、「排泄がコントロールできない」ということは、外出もできないし、生活リズムが思い通りに取れません。排便に関しては、介護者の私は、二十七年間毎日、夜中の二時まで排便作業に束縛されました。

ところが、iPS細胞が発見され、且つ令和五年の春に頸髄損傷の治験が行なわれるとのことにより、一挙に、この二つの問題が解決しようとしています。本当に嬉しいことであります。

ポチ五郎は「生きていて良かった」と、日に何度も繰り返し、言っていました。

今日、体験記『生きよ！　ポチ五郎』の原稿を脱稿しました。このことを、著作にあたりアドバイスを頂いた今井真理様に報告したところ、「おめでとうございます」との言葉を頂きました。大変嬉しく、ありがとうございました。

また、著作により、出版までこぎつけることが出来まして、坂場明雄様、須永賢様、竹内明子様ほか、（株）文芸社の方々には大変お世話になりました。

小生、一時はカードローン自転車操業地獄に陥りましたが、何とかポチ五郎と両親に助けられ、お世話になりましたことを、深く感謝いたします。

令和四年　六月

佐藤　一徳才

著者プロフィール

佐藤 一徳才（さとう いっとくさい）

1949年（昭和24年）大分県生まれ。

日本大学法学部法律学科卒業後、2年間、研究室に残り、法律を勉強。

昭和49年4月　大分県警察学校に入校。

昭和49年9月　大分県土地開発公社に入社。

昭和51年3月　（株）日映企画の新人募集オーディションに合格するが断念。土地開発公社を勤続。

平成2年　宅地建物取引士試験に合格。

平成7年3月　妻美智子が倒れ、以後仕事と介護。

趣味、写真。

生きよ！　ポチ五郎

2023年2月15日　初版第1刷発行

著　者　佐藤 一徳才

発行者　瓜谷 綱延

発行所　株式会社文芸社

〒160-0022　東京都新宿区新宿1－10－1

電話　03-5369-3060（代表）

03-5369-2299（販売）

印刷所　株式会社暁印刷

ISBN978-4-286-12710-1